Joan Weng
AMALIENTÖCHTER

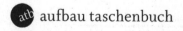
aufbau taschenbuch

JOAN WENG, geboren 1984, studierte Germanistik und Geschichte und promoviert über die Literatur der Weimarer Republik. Bei atb sind die Romane »Das Café unter den Linden« und »Die Frauen vom Savignyplatz« sowie die Kriminalromane, die ebenfalls im Berlin der Zwanziger Jahre spielen, »Feine Leute« und »Noble Gesellschaft« lieferbar.

Weimar 1918: Klaras große Liebe Fritz ist aus dem Krieg zurückgekehrt. Doch nur um sich schon wieder zu verabschieden. In Berlin wird er als Arzt nach den Novemberunruhen dringender gebraucht als in Weimar. Klara ist enttäuscht, vor allem aber will sie eins: dabei sein, wenn die neue Republik gegründet wird, wenn Rosa Luxemburg zu ihren Anhängern spricht, wenn die Zukunft neu gestaltet wird. Und so folgt sie Fritz nach Berlin. Doch hier ist die Lage gefährlicher, als sie ahnte. Politische Unruhen, Straßenkämpfe und Streiks haben die Hauptstadt fest im Griff. Dann lernt sie Martha kennen, Kriegswitwe und Eigentümerin eines Anzeigenblatts, das kurz vor dem Ruin steht. Um es zu retten, beschließen sie, sich an die Leser zu wenden, die sie am besten kennen: Frauen. Ihre Tipps, Kolumne und Kontaktbörse kommen gut an. Doch ausgerechnet als Klara nach Weimar zurückkehrt, um an der verfassungsgebenden Versammlung teilzunehmen, verursachen sie einen politischen Skandal …

Joan Weng

AMALIEN-
TÖCHTER

Roman

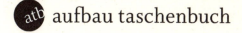

ISBN 978-3-7466-3508-8

Aufbau Taschenbuch ist eine Marke
der Aufbau Verlag GmbH & Co. KG

1. Auflage 2019
© Aufbau Verlag GmbH & Co. KG, Berlin 2019
Umschlaggestaltung www.buerosued.de, München
unter Verwendung mehrerer Bilder von © Lookphotos/Günther Bayerl
und mauritius images/mauritius history
Gesetzt aus der Sabon durch Greiner & Reichel, Köln
Druck und Binden CPI books GmbH, Leck, Germany
Printed in Germany

www.aufbau-verlag.de

Für Knufke und Karl, Weltenretter,
und für Elena, Weltenretterin

PROLOG

Weimar, Sommer 1917

Es war zu eng. Viel zu eng, freies Atmen unmöglich. Klara war einfach viel zu fest in ihr Korsett geschnürt. Die Mutter hatte darauf bestanden und vielleicht hatte sie ja auch recht. Schließlich werde man nicht jeden Tag fotografiert – außerdem plante Klara, Fritz eines der Bilder heimlich zu schicken.

Im Wartebereich des Fotoateliers war es trotz weit geöffneter Fenster stickig und schwül. Der Schweiß rann ihr den Nacken und die Stirn hinab, lockte ihr mühsam glatt an den Kopf gelegtes Haar. Warum dauerte es nur so lange?

Seit bestimmt einer halben Stunde saß sie nun schon hier und wartete darauf, dass sie an die Reihe kam. Sie griff nach ihrer Schultasche, betrachtete einen Moment lang den halben Säuglingssocken mit gehäkeltem Spitzenrand, den musste sie heute auch noch fertigkriegen. Handarbeiten lagen Klara nicht besonders, bei ihrem kommende Ostern anstehenden Abitur fürchtete sie Hauswirtschaft deutlich mehr als Chemie.

Neben dem Strumpf steckte ihr Schreibblock. Klara rang mit sich, Schreibblock oder Strumpf? Der Schreibblock siegte, schließlich würden ihre Freundinnen Lotti und Grete nachher bestimmt das neue Kapitel hören wollen. Gegen fünf Uhr würden die beiden im Lazarett Schluss machen, danach waren sie mit ihr in der großherzöglichen Bibliothek verabredet. Wieder spürte Klara das nagende schlechte Gewissen, sich wegen der Fotografie um den Verwundetendienst gedrückt zu haben.

Aus dem Atelier drangen plötzlich Schreie – das verzweifelte Toben eines Kindes. Dann flog die Tür auf, und ein kleines Mädchen stürzte heraus. »Ich will zu meiner Mama!«, brüllte es. »Zu meiner Mama! Mama!« Es dauerte einen Moment, bis Klara das Kind erkannte – die kleine Nichte des Fräulein Seidenmanns. Im selben Moment trat diese in den Wartebereich, das sonst so kunstvoll in Kränze gelegte Haar zerzaust und das elegante, fliederfarbene Leinenkostüm ganz zerknittert. »Paulinchen! Mäuschen, was ist denn los?«

»Meine Mama soll kommen!«, brüllte die Kleine, entriss der Tante die Handtasche und schleuderte sie an die Wand.

Klara wusste gar nicht, wo sie hinsehen sollte und nur, um irgendetwas zu tun, versuchte sie, den verstreuten Tascheninhalt einzusammeln.

Münzen, ein Taschentuch mit Monogramm, Lebensmittelmarken, in dem zu eng geschnürten Korsett war das Bücken eine Qual, und dann, dann sah Klara sie. Da lag eine Postkarte. Eine Ansichtskarte von Neapel!

Obwohl befreundete Familien mitunter Bildungsreisen ins Ausland unternahmen, kannte Klara niemanden, der es jemals nach Neapel geschafft hatte. Eigentlich wusste sie nicht einmal so genau, wo Neapel überhaupt lag. Am Meer und unter strahlend blauem Himmel, zumindest, wenn man der Aquarellzeichnung auf der Karte Glauben schenken durfte.

Wegen des Geschreis unbeobachtet, drehte sie blitzschnell die Karte um. In tiefem Blau prangte da eine italienische Briefmarke, die Rückseite war eng beschrieben, in einer schwungvollen Schrift.

Die Welt versank – Neapel! Wie es wohl war, wenn man nach Neapel reiste? Oder wenn man wenigstens Menschen kannte, die einem von dort schrieben? Durch wie viele Hände diese Karte gegangen sein musste, was dieses kleine Viereck alles gesehen hatte! So viel mehr als sie. War nicht auch Großherzogin Anna Amalia in Neapel gewesen? Und hatte sie nicht dort sogar einen musikalischen Salon geführt? Es war Klara, als könnte sie das angeregte, geistreiche Geplauder, das Rauschen und Rascheln von steifen Seidenkleidern hören, dazu der Geruch des Meeres, von Sand und Sonne. Plötzlich fühlte sich Klara ihr seltsam verbunden, die weitgereiste Anna Amalia, das bezaubernde Fräulein Seidenmann und Klara, vereint durch diese Karte. Es war fast, als färbte etwas vom Glanz dieser großen Frauen auf sie ab, als sei diese Karte ein Versprechen, was diese konnten, würde sie vielleicht auch können – eines Tages, da war sie sich mit einem Mal ganz sicher. Und warum eigentlich nicht? Was sprach dagegen?

Sehr viel – die Kosten, das Gerede, ganz aktuell der Krieg. Und doch, die Großherzogin Anna Amalia hatte es auch getan, allem Gerede zum Trotz. Ganz fest hielt Klara die Karte, diesen sichtbaren, fühlbaren Beweis einer Welt dort draußen.

»Danke.« Fräulein Seidenmann stand plötzlich neben ihr, griff nach der Tasche. Das kleine Mädchen weinte nun lautlos, das weiß-blaue Matrosenkleidchen beschmutzt und zerknittert. »Ich möchte heim zu meiner Mama«, bat es leise, und da begann plötzlich auch Fräulein Seidenmann zu schluchzen. Die Tränen liefen ihr ungehindert über das Gesicht, sie machte keine Anstalten, sie zu verbergen.

Für einen Moment wusste Klara nicht, was sie tun sollte, doch dann, obwohl sie sich nicht besonders gut kannten, legte Klara ihr einen Arm um die Schulter. Zu gern hätte sie etwas Tröstendes gesagt, aber sie sollte erst viel später begreifen, was eigentlich passiert war. Daher fragte sie nur: »Soll ich Sie nach Hause begleiten?« Das Fräulein schüttelte den Kopf, wandte sich zum Gehen.

»Ihre Karte«, rief Klara, Fräulein Seidenmann griff nach ihr, warf einen raschen Blick darauf, und dann ließ sie sie einfach fallen.

Schnell bückte sich Klara nach der Karte, starrte auf die feine Aquarellzeichnung und hatte plötzlich wieder das Gefühl, frei atmen zu können.

Kapitel 1

Weimar, Dezember 1918

Fritz war wieder da, doch als Klara davon erfuhr, war es bereits fünf Tage vor Weihnachten oder anders gesagt, Fritz war seit mindestens 48 Stunden zurück, ohne sich bei ihr gemeldet zu haben. Warum nur meldete er sich nicht? Freute er sich denn gar nicht auf sie? Fehlte sie ihm nicht?

In seinem letzten, noch in Berlin aufgegebenen Brief hatte das ganz anders geklungen – da hatte er das Wiedersehen gar nicht abwarten können. Und 48 Stunden waren eine wirklich lange Zeit, selbst für einen wie Fritz, der abwechselnd mit der Rettung der Welt oder einer anstehenden Blinddarmoperation beschäftigt war. Konnte man so lange vergessen, sich bei seiner Verlobten zu melden?

Gut, wirklich offiziell verlobt waren sie nicht, aktuell noch ohne Ring und Bekanntmachung in der Zeitung, aber bei seinem letzten Fronturlaub im vergangenen Mai hatte Fritz sie in aller Form seinen Eltern vorgestellt, und dies, obwohl sie Klara von Kindesbeinen an kannten. Ihr verstorbener Vater, der Privatsekretär des Großherzogs, und der Lungendoktor hatten sich früher alle paar Wochen auf ein Gläschen Kognak und eine Partie Domino getroffen.

In den darauf folgenden Monaten hatte Fritz' Mutter sie mehrfach nachmittags eingeladen und, bei echtem Bohnenkaffee und einem Obstkuchen, dem man die allgegenwärtigen Rationierungen nicht anmerkte, in freundlichen Worten über die Anfordernisse und gesellschaftlichen Verpflichtungen einer Arztgattin gesprochen. Das hatte doch schließlich etwas zu bedeuten, oder? Mit einiger Mühe hatte Klara sich dann auch wie die höhere Tochter benommen, die sie ja nun auch einmal war, hatte sehr aufrecht gesessen, keinen zweiten Löffel Zucker in den Kaffee genommen und Interesse am Rosenschneiden geheuchelt. Was sollte sie auch machen? Schließlich liebte sie Fritz. Da musste sie seine Mutter eben in Kauf nehmen.

Es war ihr mit jeder Einladung leichter gefallen, denn sie spürte aufrichtiges Mitleid mit Fritz' Mutter, die so überhaupt nichts von dem wusste, was dort draußen in der Welt vor sich ging. Die so ganz offensichtlich keine Ahnung hatte, was ihr Sohn für ein Mensch war oder auch nur, wie sehr sich seine Zukunftspläne von ihren Vorstellungen unterschieden.

Deutlich weniger Mitleid, sondern nur mühsam unterdrückte Gereiztheit brachte sie jedoch ihrer eigenen Mutter entgegen. Nach jenem Treffen im letzten Mai hatte diese begonnen, mit prüfendem Blick die gesamten Weißwäsche ihres Haushalts durchzugehen, hatte überlegt, ob sich diese Tischdecke oder jener Bettüberwurf besser für ein Brautkleid eigne, vielleicht mit einem Saum aus den Spitzenvorhängen der guten Stube?

Klara hatte daneben gesessen, an ihrer Unterlippe genagt und sich nicht getraut darauf hinzuweisen, dass ein Kleid in Reinweiß strenggenommen nicht mehr passend war und der geschlossene Kranz auch nicht, wenn man schon beim Thema war.

Nur: Jetzt war der Krieg schon über einen Monat lang aus, Fritz endlich wieder in Weimar, und nichts! Nicht einmal ein paar rasch hingeworfene Zeilen, dafür musste er doch Zeit finden – selbst wenn er im Lazarett, in das sie noch immer täglich neue Verwundete brachten, sicher viel zu tun hatte. Trotzdem, warum nur meldete er sich nicht?

Voller Ungeduld tigerte Klara in ihrem Zimmer auf und ab. Was war nur los? Schon sein letzter Brief hatte deutlich kühler geklungen. Sie hatte es auf die bedrückende Arbeit in einem Seuchenlazarett geschoben. Was aber, wenn er sie gar nicht mehr heiraten wollte?

Klara seufzte, warum waren Männer bloß so schrecklich kompliziert? Warum durfte man als Frau nicht einfach direkt fragen, *Du, was ist das zwischen uns denn jetzt?* Immer abwarten und sanft und anschmiegsam und verständnisvoll sein, es war doch zum Verrücktwerden! Dabei wusste sie ganz genau, was sie wollte.

Eine Zukunft ohne Fritz, ohne seine hochfliegenden Träume und vor Idealismus glänzenden Augen, konnte sie sich einfach nicht vorstellen. Punkt.

Und die Reaktion ihrer Mutter auf eine Trennung, die durfte sie sich nicht vorstellen, obwohl sie nicht einmal mit Sicherheit sagen konnte, ob ein sang- und klangloses Verschwinden von Fritz die Mutter eher betrüben oder in ihrer Weltsicht bestätigen würde. »Warum sollte sich ein junger, gut aussehender, in Heidelberg studierter Arzt, Fecht-Chargierter seiner

Verbindung, einziger Sohn einer der besten und ver-
mögendsten Familien Weimars für deinen Krauskopf
interessieren? Erzähl mir das mal, meine teure Klara!«
Wie oft hatte sie diese Frage gehört. Fritz' Liebe zu
ihr war ihrer Mutter schon immer spanisch vorgekommen. »Auch wenn er noch so seltsame politische Ideen
vertritt, so verwirrt kann ein Mann doch gar nicht
sein?«

Anfangs hatte Klara noch versucht, dagegen anzure-
den, aber irgendwann hatte sie es aufgegeben, hatte
sich den Sermon brav eine halbe Stunde lang ange-
hört und war dann in ihr Zimmer gegangen, um sich
mit ihrer Sammlung von Ansichtskarten zu beschäfti-
gen. Das Wissen, dass es da draußen noch so viel mehr
Welt gab, als nur das kleine enge Weimar, hatte sie
meistens trösten können. Diese Welt wartete auf sie,
das spürte Klara ganz genau. Aber heute hätten die
Karten sie nur noch mehr an Fritz und ihre gemeinsamen Träume erinnert. Nein, es war Zeit zu handeln,
sie konnte unmöglich länger in der Enge der mütter-
lichen Wohnung sitzen und warten!

Auf Zehenspitzten schlich Klara sich an den Gar-
derobenschrank im Flur, nahm ihren guten, eigentlich
für das aktuell nasskalte Wetter vollkommen ungeeig-

neten Theatermantel heraus. Es gab einfach Situationen, da siegte der Wunsch nach Schönheit über die
Vernunft. Sie warf ihrem Spiegelbild einen letzten,
ziemlich missvergnügten Blick zu. Normalerweise war
sie mit ihrem Aussehen ganz zufrieden, aber heute kam
ihr alles schlicht ganz und gar falsch vor.

Hastig schnürte sie sich die Stiefel, wenigstens
die Beine waren in Ordnung, die sah zwar nie einer,
hübsch waren sie trotzdem. Dann drückte sie lautlos
die Messingklinke, witschte blitzschnell ins Treppenhaus, wo sie nun ohne weitere Rücksicht die steinerne
Treppe herunterpolterte, an der frisch polierten Tür
der Witwe Morgenstern vorbeistürmte und mit einem
kleinen Sprung die letzten Stufen nahm.

Raus. Endlich raus.

Draußen, in der schneidend kalten Winterluft, blieb
sie einen Moment verschnaufend stehen. Wohin nun?
Zu Lotti? Eher nicht, Lotti war am Büffeln, sie stand
kurz vor der Meisterprüfung in Fotografie – als erste
Frau in ganz Thüringen, das hatte ihr Vater bei der
Kammer durchgesetzt, er brauchte schließlich einen
Nachfolger und die Söhne waren alle gefallen. Dazu
hatte die Freundin aber noch ganz andere Sorgen. Erst
gestern noch hatten sie sich leise flüsternd darüber in

der Bibliothek unterhalten, seit Wochen das gleiche Gespräch, die gleichen bangen Sorgen. Lottis Verlobter, der Kriegsfotograf Paul Rieger war Mitte Oktober, kurz nach Bildung der parlamentarischen Regierung unter Max von Baden nach Wilhelmshaven beordert worden. Die Heeresleitung hatte wohl Gefallen an Pauls Aufnahmen von grimmig entschlossenen, gern auf ihr Gewehr gestützten Frontsoldaten sowie seinen seltsam schönen Aufnahmen zerstörter (französischer) Landstriche gefunden. Als sein besonderes Talent galt es, mit seiner Kamera noch dem rattenverseuchtesten Grabenabschnitt etwas Endzeitlich-Heroisches zu verleihen, und diese Gabe schien nun in Wilhelmshaven benötigt, denn dort wurde während der letzten Oktobertage die Hochseeflotte zusammengezogen. Leutnant Rieger hatte also pflichtgemäß fotografiert, die gewünschten von Morgennebel umwogten Bilder der SMS Markgraf und die windgepeitschte deutsche Flagge vor dem Hintergrund dramatischer Wolkengebirge, vor allem aber fotografierte er bald mit Begeisterung Meuterer und die rote Fahne. Das letzte Lebenszeichen von ihm stammte aus Kiel, wo es ihm wohl gelungen war, den vor einer Matrosenversammlung sprechenden SPD-Vertreter Gustav Noske vor die Linse zu bekommen, schräg von oben, die Massen sich im Endlosen verlierend, wie er Lotti stolz geschrieben hatte. Danach hatte er weiter nach Berlin gewollt, ohne Befehl und ohne offizielle Kriegsdienstentlassung – nur aus der Hauptstadt kam plötzlich keine Nachricht mehr. »Was, wenn er verhaftet worden ist, oder tot – als Deserteur, als Revolutionär erschossen?«, hatte Lotti wieder und wieder gefragt.

»Und wenn nur einfach sein letzter Brief nicht angekommen ist? Vielleicht knipst er im Moment bei bester Gesundheit neben Arbeitern marschierende Matrosen, das Schild *Brüder! Nicht schießen!*, links oben im Rand? Oder stell dir vor, vielleicht sogar Rosa Luxemburg?«

Bei dem Gedanken an die geniale Politikerin, diese allen Anfeindungen trotzende Denkerin, die einzige Frau vor einer Masse gebannt lauschender Männer, war Klara ganz aufgeregt geworden.

»Oder er fotografiert schöne Berlinerinnen, mit roter Fahne und sonst nichts am Leib. Du kennst doch Paul«, hatte Lotti trotzig hinzugefügt und war in Tränen ausgebrochen. Nein, zu Lotti konnte sie mit ihren dummen, kleinen Fritz-Sorgen wirklich nicht gehen.

Entschlossen gab Klara sich einen Ruck. Sie fror inzwischen ziemlich, die Bewegung würde sie etwas wärmen, der Theatermantel war zwar herrlich elegant, doch eindeutig zu dünn.

Sie würde zu Grete gehen, wobei …

Die Freundin hatte Klara nämlich nicht nur die Hochzeit, sondern auch die Witwenschaft voraus. Grete bewahrte Haltung. Das hatte sie schließlich im Lyzeum gelernt, wenn sie weinte, dann tat sie es allein. Sie trug kein Schwarz und erwähnte ihren Mann nie wieder – allerdings nahm sie kurz darauf eine Stelle im Lazarett an. Dreizehn, vierzehn Stunden täglich gab sie nun dünne Suppe und sonntags auch Ersatzkaffee aus, wechselte Verbände, verteilte Bettpfannen und verschenkte ihr trotz allem strahlendes Grübchen-Lächeln. Andererseits, den Trost dieses Lächelns brauchte sie jetzt wirklich. Vielleicht würde sich Grete über ein wenig Abwechslung freuen?

Es hatte zu schneien begonnen, und auch wenn man noch weit entfernt von den Schneemassen des vergangenen Winters war, Weimar begann bereits, sich in ein Puderzuckerparadies zu verwandeln.

Sie entschied, den langen, schönen Weg durch den Ilmpark zu nehmen, vorbei an der künstlichen Ruine und der Shakespeare-Statue. Früher hatte sie sich immer vor dem lachenden Totenschädel am Fuß der Statue gefürchtet, doch mittlerweile erinnerte sie der stolze Shakespeare nur noch an ihren Vater und seine große Verehrung für den Dichter. Was hatte er immer zu ihr gesagt? Ungeduld ist aller Laster Anfang.

Klara seufzte. Wo er recht hatte, hatte er recht, es würde sich schon alles fügen, vielleicht brachten die sich ändernden Zeiten auch für sie eine Veränderung?

Frauen durften jetzt ja sogar wählen – zwar hatte Klara mit ihren neunzehn Jahren das auf zwanzig gesenkte Wahlalter knapp verfehlt, aber der Tag würde kommen, an dem auch sie mitbestimmen könnte. Ihre Zeit würde kommen. Ob mit oder ohne Fritz, ihre Zeit würde kommen – wenn es nur mit Fritz wäre.

Ganz still stand sie da, betrachtete den immergrünen Efeu, der die künstliche Ruine hinter dem Denkmal überwucherte – sehr friedlich war der Park in diesen grauen Stunden.

Es hätte irgendein Nachmittag der letzten vierzehn Jahre sein können; der verlorene Krieg, die Revolution in Berlin, die Abdankung des Kaisers, Fritz' seltsames Schweigen, Gretes gefallener Mann und Lottis verschollener Fotograf, all das schien so unsagbar weit weg. Der Schnee fiel ruhig, doch unaufhaltsam.

Ein Parkwächter lief mit knirschenden Schritten an ihr vorbei, ihm fehlte das rechte Auge und er zog das linke Bein nach, doch Unfälle hatte es immer gegeben. Im Frieden wie im Krieg hinkten die Parkwächter.

Ein Rotkehlchen nahm auf Shakespeares Schulter Platz, plusterte sich auf, sah Klara aus klugen Knopfaugen an, und einen Moment lang erfüllte sie Freude. Es war der erste Vogel, den sie seit Wochen, wenn nicht Monaten sah, doch dann erinnerte sie sich an den Grund für das Verschwinden der Tiere, auch der Katzen und der Mäuse.

»Sch, flieg weg!«, zischte sie und machte eine auffordernde Bewegung mit den Armen. »Weg mit dir, du dummer Vogel. Los, troll dich, wenn sie dich kriegen, fressen sie dich auf.«

Aber das Rotkehlchen blieb sitzen, vielleicht war es erschöpft, vielleicht auch nur neugierig, was die wildhaarige Frau im Theatermantel da Sonderbares trieb, und gerade in dem Moment, in dem Klara mit ihrem Schlüsselbund zum Wurf ausholte, wild entschlossen, diesem begriffsstutzigen Federvieh eine Lektion in *Gefährlichkeit der Menschen* einzubläuen, fragte eine vertraute Stimme: »Klara, mein Mädchen, was um alles in der Welt machst du da?«

Fritz!

Da stand er, in seinem dunkelbraunen Tweedmantel, einen dicken Strickschal um den Hals und eine an eine Husarenkappe erinnernde Pelzmütze auf den noch militärisch kurzen, blonden Haaren. Statt seines wilhelminischen Schnauzers trug er nun einen, seine Schmisse verdeckenden, etwas unordentlichen Vollbart – vielleicht lag es daran, dass er ihr so fremd und verändert vorkam.

»Klara, freust du dich denn gar nicht?« Er breitete die Arme aus, und als sie schüchtern zögerte, machte er einen Schritt nach vorne, umschlang sie, presste sie sich heftig an die Brust. Und da war er, der vertraute Geruch nach Tabak und Desinfektionsalkohol. Mit dem behandschuhten Zeigefinger hob er Klaras Kinn ein wenig an, gab ihr einen Kuss auf den Mund. »Freust du dich nicht? Hast du mich schon ganz vergessen?«

Klara schüttelte den Kopf, machte sich von ihm los, platzte heraus: »Na, du bist gut! Wer hat denn hier wen vergessen? Du bist schon seit dem 17. wieder hier und hast mir kein Lebenszeichen geschickt. Was glaubst du, wie ich mich gefühlt habe!«

Natürlich wusste sie, dass das ein ganz schlechter Anfang war, Frauen dürfen Männern niemals Vorhaltungen machen, das steht ihnen erstens nicht zu, und zweitens mögen Männer es nicht, auf etwaige Verfehlungen hingewiesen zu werden, noch dazu in scharfem Ton. Aber auch wenn sie das mit der sanften Zurückhaltung im Alltag so einigermaßen hinbekam, wenn sie sich ärgerte, war es damit vorbei. Und im Moment ärgerte sie sich wahnsinnig, besonders weil Fritz auch noch lachte – ein typisches Fritz-Lachen, sehr laut, breit und selbstsicher.

»Klara, mein kleiner Derwisch«, prustete er, nachdem er sich ein bisschen beruhigt hatte. »Mein Mädchen, wie es leibt und lebt.«

Kopfschüttelnd zog er sie erneut zu sich. »Ich hatte zu arbeiten. Es hat sich viel geändert in den letzten Monaten. Die Welt ist im Umbruch und die Lazarette sind voll. Dazu das Wetter, die Glätte, der Frost, die Spanische Grippe, die Alten und die ganz Jungen, sie sterben mir wie die Fliegen. Und sag selbst, woher hätte ich ahnen sollen, dass du von meiner Rückkehr weißt? Ich hätte mich schon bei dir gemeldet. Was sind schon ein paar Tage, wir haben Revolution! Komm hilf mir, ich wollte Efeu sammeln.«

Mit dem Kinn zeigte er auf den Arztkoffer zu seinen Füßen. »Bewegung wird dir guttun, wenn man nur rumsteht, kühlen die Glieder aus, ganz schlecht, kriegt man Grippe von, normale nicht die Spanische. Möchtest du vorbeugend eine isländische Moospastille? Sind meine letzten.«

Klara konnte nur den Kopf schütteln, ihre Wut war verflogen, jetzt hatte er es doch wieder geschafft, sie um den Finger zu wickeln!

»Auch gut, dann stehst du Schmiere, und ich ernte die Ruine ab. Wenn du einen Parkwächter siehst, pfeifst du, in Ordnung?«

»Aber warum klaust du Efeu?«

Die erste Begegnung mit ihrem aus dem Krieg heimgekehrten zukünftigen Ehemann hatte sie sich irgendwie anders vorgestellt.

»Ist als Umschlag gut gegen Nervenschmerzen. Wir haben sehr oft Nervenschmerzen bei den Amputierten«, erklärte Fritz indessen und öffnete seinen Koffer, begann mit großem Eifer, Blätter vom Ruinenbewuchs zu rupfen. »Ich will mir einen kleinen Vorrat anlegen, in Berlin ist Efeu schwer zu bekommen.«

»Ah so.« Klara stutzte, »du willst wieder nach Berlin?«

»Natürlich.« Jetzt hörte er tatsächlich einen Moment mit der Ernte auf und sah sie aufmerksam an:

»Was soll ich denn hier? Wer's bis nach Weimar ins
Lazarett geschafft hat, der ist über den Berg. Aber in
Berlin ist Revolution, in Berlin wird scharf geschossen.
Da braucht man Ärzte. Ich reise schon morgen früh
zurück in die Hauptstadt. Es wird Bambule geben, das
ist klar. Dieser Ebert und seine Scheidemänner sind
Radieschen, die sind nur außen rot. Mit denen können
unsere Leute nicht regieren.«

»Aber mit wem denn dann? Mit Liebknechts Leuten?«

Nachdenklich rollte er ein Efeublatt zwischen den
Fingern. »Mit Liebknecht? Im Leben nicht. Liebknecht, ein beeindruckender Mensch, ein politisches
Genie, aber vollkommen wahnsinnig. Eine Revolution nach russischem Vorbild? Völlig unmöglich. Dafür herrschen hier die falschen Bedingungen, das wird
nie klappen. Nie! Aber du hättest ihn sehen sollen, wie
er im Herbst in Berlin ankam, frisch aus der Haft entlassen, zu Tausenden sind die Menschen zum Anhalter
Bahnhof geströmt, nur, um einen kurzen Blick auf ihn
zu erhaschen. Die Massen lieben ihn einfach. Wenn
er spricht, will man all das Gesagte glauben, weil er
selbst so fest daran glaubt.«

Klara nickte. Da war er wieder, der Fritz, den sie für

27

seine Begeisterung liebte. Und natürlich wollte er wieder nach Berlin, da passierte schließlich was – während sie hier nur alles aus der Zeitung erfuhr. In Weimar würde ganz sicher nie Geschichte geschrieben werden, Weimar hatte seinen behaglichen kleinen Platz in den Geschichtsbüchern schon bekommen, und damit war es zufrieden.

Fritz' Augen hatten richtig zu leuchten begonnen, als er von den Erlebnissen berichtete. Wie gerne wäre sie dabei gewesen, am neunten November, nach der Abdankung des Kaisers, als Philipp Scheidemann vom Balkon des Reichstags die Republik ausgerufen hatte – vorläufig noch eine Republik ohne Verfassung und ohne gewählte Regierung, aber dafür mit allgemeinem, gleichem und direktem Wahlrecht, auch für Frauen.

Als sie es in der Zeitung gelesen hatte, hatte sie es nicht glauben können. So ein unbeschreibliches Glück – politische Mitsprache, Gleichberechtigung!

Und obwohl sie wütend auf Fritz war, weil er Berlin ihr vorzog, fragte sie: »Warst du da, beim Reichstag? Oder beim Berliner Schloss, als Karl Liebknecht die Republik ausgerufen hat?«

»Nein. Ich hab gearbeitet, ich hab an dem Tag über fünfundzwanzig Patienten an die Spanische Grippe verloren, ich hab's erst erfahren, als Hilde, die Oberschwester davon erzählt hat. Und um ehrlich zu sein, dachte ich im ersten Moment nur: *Scheiße, jetzt hat das Fieber Hilde auch erwischt. Sie fantasiert schon.*«

Er lachte kopfschüttelnd. »Ich konnte es wirklich nicht glauben. Dass es so schnell gehen sollte. Morgens sind wir noch in einer Monarchie aufgestanden und abends waren wir eine Republik. Nicht zu fassen, dass wir das miterleben durften. Ich glaube, ich habe es immer noch nicht ganz begriffen. So ein Glück, dafür hat sich der Krieg beinahe gelohnt. Wenn jetzt nur der Frieden hält.«

»Und nun willst du da also wieder hin, nach Berlin? Obwohl scharf geschossen wird. Hattest du das jetzt nicht lange genug?«

Der letzte Satz war vielleicht doch ein wenig spitz geraten, jedenfalls quittierte Fritz ihn mit einem lauten Einziehen der Luft, dann sagte er knapp: »Ganz offensichtlich nicht.«

»Ach, jetzt schmoll nicht«, bat Klara. »Ich weiß ja, du willst den Menschen helfen, aber das kannst du hier auch, du hast selbst gesagt, die Lazarette sind voll. Kannst du nicht bleiben? In Sicherheit, bei mir? Nur ein bisschen, bis sich die Lage beruhigt hat?«

Fritz erwiderte nichts, sondern rupfte stumm-verbissen Efeu.

»Weißt du«, versuchte Klara es weiter, »ich mach mir doch nur Sorgen. Nehmen wir, nur als Beispiel, das Seuchenlazarett, in das du dich im Herbst hast versetzen lassen. Du sagst mir, dir kann nichts passieren, du seist immun, weil du die Grippe schon im Frühling hattest. Gut, du hattest Grippe, aber andere, die gestorben sind, auch. Du hast es einfach angenommen, und ich, ich saß hier und hab jeden Tag drauf gewartet, dass deine Mutter anfängt, Schwarz zu tragen.«

»Ach, Klara«, seufzte Fritz und ließ dabei seinen inzwischen prall gefüllten Arztkoffer zuschnappen. »Du bist wirklich ein liebes, gutes Mädchen, weißt du das?«

So wie Fritz das sagte, klang es nicht besonders erstrebenswert, ein *liebes, gutes Mädchen* zu sein.

»Du brauchst dir keine Sorgen um mich zu machen, wirklich nicht. Ich hab doch immer Glück, selbst wenn ich die Grippe hab, ist es am Ende ein Glück.« Mit diesen Worten schleuderte er seinen Koffer von der kleinen Anhöhe hinter dem Shakespeare-Denkmal in den Schnee, sprang dann selbst hinterher. »Wir beide werden schon noch heiraten, nur eben nicht gleich.«

War das jetzt der Antrag? Klara schluckte trocken. War es nicht das, was sie die ganze Zeit hatte von ihm hören wollen? Hatte ihr Fritz nicht soeben versichert, er würde sie vor den Altar führen? Ihr Fritz, mit den hochfliegenden Idealen und manchmal wirren, doch immer so unsagbar schönen Träumen? Er würde sie also heiraten, nicht jetzt sofort, aber er würde. War das kein Grund zur Freude? Warum hatte sie dann nur das Gefühl, vor Wut platzen zu wollen? Sollte sie nicht besser … Doch noch bevor sie den Gedanken zu Ende führen konnte, platzte es aus ihr raus: »Fritz, das hat damit gar nichts zu tun. Ich meine, danke für den Antrag und ja, vermutlich werden wir heiraten, schon weil ich mir keinen anderen Weg denken kann, für immer bei dir zu bleiben, aber versteh doch: Ich mache mir Sorgen. Nicht, dass du mich sitzen lässt, sondern, dass dir etwas passiert. Ich kenn dich doch, wenn da einer im Kreuzfeuer liegt und nach dem Arzt schreit, bist du der Idiot, der losgeht, ihn zu holen. Kannst du vielleicht bitte auch mal an mich denken, nicht immer nur an die anderen? Und an dich selbst? Ich liebe dich, wenn dir etwas passiert, passiert es dann auch mir! Und das will ich nicht.«

Tröstend legte er einen Arm um sie. »Klara, mein

Mädchen, du weißt gar nicht, wie schwer du es mir machst, von dir fortzugehen. Deshalb habe ich so lange gezögert, dich zu besuchen.« Zärtlich fuhr er ihr mit dem behandschuhten Finger über die Wange. »Ich würde auch lieber hierbleiben, im kleinen, gemütlichen Weimar, wo meine Mutter sich über die Einschränkungen durch den Krieg beschwert und erzählt, sie habe das zweite Dienstmädchen entlassen müssen und bräuchte nun oft den ganzen Tag, nur um ausreichend Kohlen und Brot zu bekommen. Gestern hat die Köchin mir ihr Leid geklagt, sie habe letzten Winter sogar Pudding und Marmelade aus der Hindenburgknolle machen müssen und das, wo sie doch so besonders köstlich Erdbeeren einkochen kann – weißt du, wenn ich so etwas höre, da könnte ich schreien. In Berlin, in München, in Hamburg und Stuttgart verhungern Kinder, denen fehlen nicht die Erdbeeren in der Marmelade, denen fehlt das Brot. Denen fehlt alles – vom Vater über die Schuhe bis zum Essen.«

Klara legte ihren Kopf an Fritz' Schulter und so, eng beieinander untergehakt, stapften sie durch den Schnee. Nach ein paar Metern blieb Fritz plötzlich stehen, wickelte ihr seinen dicken Wollschal um. »Damit du nicht noch mehr frierst, du eitles kleines Geschöpf. Weißt du, was ich am Allerliebsten machen würde? Am allerliebsten würde ich dich jetzt sofort und auf der Stelle heiraten, mir ein bequemes Plätzchen in der Praxis meines Herrn Papas suchen und unseren Kindern beim Heranwachsen zusehen. Aber es geht leider nicht. Es wäre feige. Die Welt ist im Wandel. Und sie braucht Ärzte, jetzt mehr denn je. Es wäre nicht richtig, es mir hier behaglich zu machen, während in Berlin die Menschen, die etwas für uns verändern, meine Hilfe brauchen. Es ist wie damals, als mein Vater mich für kriegsdienstuntauglich erklären lassen wollte. Ich will nicht in einer Welt leben, in der die Söhne reicher Ärzte kriegsdienstuntauglich gemauschelt werden, während der Sohn unseres Kutschers irgendwo vor Verdun im Schlamm versunken ist. Und ich will mir später auch nicht den Vorwurf machen, die Hilfsbedürftigen in Berlin im Stich gelassen zu haben. Die Welt ist im Wandel, und vielleicht kann ich meinen kleinen Teil dazu beitragen, dass der Wandel in die richtige Richtung geht. Vielleicht ist dieser Wunsch auch eitel, aber ich fühle mich verpflichtet, es wenigstens zu versuchen – verstehst du das?«

Natürlich verstand sie das. Deswegen liebte sie ihn ja. Aber trotzdem war da dieses nagende Gefühl, ausgeschlossen zu werden, von seinem Leben oder zumindest von dem, was sein Leben wirklich ausmachte.

»Wie geht es Jakob?«, fragte sie, weniger aus tatsächlichem Interesse an Jakob, als um Zeit zu gewinnen. Sie hatte eine Idee, doch die musste erst durchdacht werden.

Jakob war Fritz' engster Studienfreund. Gegen Mitte seiner Heidelberger Studentenzeit hatte Fritz sich aus Gründen der Konzentration bei der Kaufmannswitwe Helga Sommerfeld ein Zimmer gemietet. Frau Sommerfeld hielt sich sehr aufrecht, lachte nie und hatte eine eiserne Moral, sie duldete grundsätzlich keinen Damenbesuch und Herren auch nur bis vier Uhr nachmittags. Den Genuss alkoholischer Getränke verbat sie sich ebenfalls, und es war allseits bekannt, dass sie Zimmerherren, die in ihren scharfen Augen einen berauschten Eindruck machten, vor der Wohnungstür nächtigen ließ. Sonntags verlangte sie Kirchgang, und gebadet werden durfte jeden zweiten Sonnabend, nach der Großwäsche. Es war ihr bisher noch immer gelungen, jeden verbummelten Studenten durch das Examen zu bekommen – nur eine kleine Schwäche besaß sie, und diese Schwäche war Jakob Zittlau.

Jakob war Berliner, Schriftsteller und wohnte Tief-

parterre. Manchmal stand er sinnend in Frau Sommerfelds prächtigem Obstgarten und hielt lächelnd eine
Apfelblüte in der Hand – dann keimte ein Gedicht in
ihm. Allerdings war seine Lyrik trotz der Affinität zu
Blumen eher politisch, abstrakt, reimfrei und von daher schwer verkäuflich. Mehrfach stand auch die Zen-
surbehörde vor Frau Sommerfelds Tür, doch sie verzieh ihrem Zimmerherrn jedes Mal, selbst die häufigen
Besuche seiner ständig wechselnden hübschen Cousinen sah sie ihm nach – nur manchmal äußerte sie Er-
staunen über seine doch sehr weitläufige Verwandtschaft.

Und auch Fritz, der bis zur Begegnung mit Jakob das
biedere, sich zwischen Universität, Kneip- und Fecht-
saal abspielende Leben eines Verbindungsstudenten
geführt hatte, war hoffnungslos fasziniert von dem Lyriker. Jakob, der um des wirtschaftlichen Überlebens
willen für Zeitungen und Zeitschriften Beiträge über
das moderne Theater schrieb, nahm ihn gern mit, auch
hinter die Bühne und in kleine, ständig verrauchte Cafés, wo man schon mal den ganzen Nachmittag an
einem Glas Hauswein sitzen durfte. Dort, auf umgedrehten Kohlekisten flegelnd, zwischen in leere Flaschen gesteckten Kerzen und ewig fleckigen Tisch-

decken, wurden die beiden, der wohlhabende Arztsohn und der mittellose Dichter tatsächlich Freunde. Denn eines war ihnen bei allen Unterschieden gemeinsam: Sie konnten kein Unrecht ertragen.

Über die richtige Art des Kampfes dagegen stritten die beiden heftig, mit Wutgebrüll und zertretenem Mobiliar – Jakob brannte für Marx und den Kommunismus, für den Weltfrieden und die Vereinigung aller Proletarier; Fritz, der zu dieser Zeit begann, im Armenspital zu arbeiten, glaubte an eine friedliche Revolution – ja, vielleicht sogar abermals von oben. Eine organische Entwicklung, angeregt durch Bildung und fest verankert im Schoße der Monarchie.

Im Sommer 1913, als Fritz gerade seinen Wehrdienst antrat, zog Jakob Zittlau nach St. Petersburg, als offizieller Theaterkritiker und inoffizieller Marxist. Im Krieg hatte man ihn dann im Osten eingesetzt, nach dem Frieden von Brest-Litowsk sollte er in den Westen verlegt werden, zumindest hatte Fritz das während seines letzten Fronturlaubs im Mai erzählt.

»Wie geht es ihm?«, fragte Klara nun abermals, »hast du schon etwas von ihm gehört?«

Fritz nickte, und dann sagte er: »Seine Mutter hat mir geschrieben. Diese Mütter immer, ich hätte es nie für möglich gehalten, dass Jakob eine Mutter besitzt und noch dazu eine, die ihre Briefe auf cremefarbenem Büttenpapier verfasst. Grauenhaftes Weib.«

»Ja, und was hat seine Mutter geschrieben?«

»Wie soll es ihm gehen, wenn er nicht selbst schreibt?« Fritz zuckte die Schultern, doch in seinen Augen lag eine tiefe Traurigkeit. Manchmal drohte auch er den Glauben zu verlieren, gute Freunde starben, Kinder verhungerten und trotzdem machte Fritz weiter, immer weiter.

Eine große Hilflosigkeit überkam Klara – wie so oft im Gespräch mit Fritz hätte sie gern etwas Tröstendes gesagt, aber ihr fehlten die Worte. Sie konnte sich vorstellen, was der Verlust Jakobs für Fritz bedeutete.

»Seine Gasmaske war nicht dicht. Bei der letzten Flandernschlacht, im April.«

Klaras Kehle war wie zugeschnürt, was wenn es Fritz gewesen wäre? Es hatte so viele getroffen. Lottis Brüder, Gretes Obergefreiten. Man würde Fassung von ihr verlangen und auch erwarten können, Trauer war Normalität geworden. Oder es ginge ihr wie Lotti, die jeden Tag hoffte und betete, und mit jeder verstrichenen Stunde schwanden die Chancen auf ein Wiedersehen mit ihrem Verlobten.

Klara starrte ihre im Schnee versunkenen Schnürstiefel an, sie schämte sich – für ihren Egoismus, weil sie Fritz für sich wollte. Dabei wusste sie doch um die Wichtigkeit, die Richtigkeit seines Handelns, liebte ihn ja gerade wegen seines selbstlosen Idealismus, wegen seines unermüdlichen Anstürmens gegen die Schlechtigkeit des Lebens.

Sie musste auch etwas tun, sie fühlte es ganz deutlich – nur was? Nie würde die Mutter zulassen, dass sie wie Grete im Lazarett arbeitete oder einer ordentlichen Berufstätigkeit, wie Lotti sie anstrebte, nachging. Daran war nicht zu denken. Da würde die Mutter wahnsinnig werden.

Eine Weile gingen sie schweigend durch den immer höher werdenden Schnee. Jeder ihrer Schritte wurde sanft gedämpft, welch Sinnbild für das Leben hier! Wie lächerlich, ja, fast peinlich Klara das selbst jetzt noch so beschauliche Weimar vorkam. Selbst das Elend in den Lazaretten war ein gemildertes, wer hier lag, kam meist durch, hatte das Schlimmste überstanden. Ja, sie konnte Fritz' Wunsch, nach Berlin zu gehen, verstehen. Etwas tun, beitragen, helfen, mitwirken – nicht länger nur Zuschauer sein, sondern handeln!

Und plötzlich nahm ihre Idee Gestalt an, schien ihr

nun schon fast der einzig gangbare Weg, sie musste sich nur trauen.

»Ich hab ein Geschenk für dich«, holte Fritz sie in die Gegenwart zurück. Er kramte in seiner Manteltasche herum, reichte ihr schließlich eine etwas zerknautscht aussehende Postkarte: »Für deine Sammlung.«

Wie immer, wenn sie eine neue Karte bekam, begann Klaras Herz vor Aufregung und Freude zu klopfen. Es war eine gemalte Ansicht des von der Revolution noch ramponierten Brandenburger Tors und davor, Arm in Arm, ein Paar. Klara stutzte, starrte. Das Paar, das waren Fritz und sie!

»Das hat mir ein Bekannter gemacht, nach dieser Fotografie von dir, die, bei der du dich immer beklagst, dein Korsett sei zu eng gewesen. Er ist Postkartenmaler. Ich dachte, es gefällt dir vielleicht.«

»Und wie! Das wird die Königin meiner Sammlung!« Für einen kurzen Moment waren alle Sorgen wie weggewischt. Es würde schon alles werden. Diese Postkarte, das war ein Zeichen. Sie beide vor dem Brandenburger Tor …

Sie holte tief Luft und sagte:

»Fritz.« Ihre Stimme klang vor Aufregung kieksig, sodass sie noch einmal wiederholte: »Fritz, nimm mich

39

doch mit. Nach Berlin. Ich möchte nicht länger hier hocken, Däumchen drehen und auf dich warten. Ich möchte bei dir sein. Und ich möchte dir helfen. Ich kann das. Oder wenn das im Lazarett nichts für mich ist, dann finde ich etwas anderes. Du weißt doch, ich schreibe gut, vielleicht lässt sich damit etwas anfangen? Ich möchte mit, und ich möchte meinen Teil beitragen.«

Einen Moment lang starrte er sie einfach nur fassungslos an, dann sagte er: »Klara, in Berlin ist Revolution. Dort ist es nicht sicher. Du kommst auf keinen Fall mit. Wenn du die Hauptstadt sehen willst, dann fahr ich im Sommer gern auf Hochzeitsreise mit dir …«

»Fritz, merkst du eigentlich, was du gerade sagst? Ich bin nicht deine Mutter! Und mir geht es nicht darum, Unter den Linden ein wenig zu flanieren. Ich will meinen Teil beitragen, dazu, dass diese Zeit sich in die richtige Richtung wandelt. Wir haben Frauenwahlrecht, wir haben Gleichberechtigung. Ich will und ich werde nicht länger brav zu Hause warten, während du Menschen hilfst. Wenn Berlin für dich nicht zu gefährlich ist, ist es das auch für mich nicht.«

Fritz schüttelte nur den Kopf, bevor er jedoch etwas

sagen konnte, fuhr Klara dazwischen: »Wenn du mich nicht mitnimmst, gehe ich allein.«

Er starrte angestrengt auf die in Griffhöhe von Brennholzdieben vollständig entasteten Bäume, dann blickte er sie an. »Du hast dir das jetzt also in den Kopf gesetzt, in Ordnung, von mir aus. Um dich jetzt noch abzuhalten, bräuchte ich vermutlich ein Ulanenregiment, aber – und das betone ich ausdrücklich – allein auf deine Verantwortung. Und unter einer Bedingung. Ich reise vor, sobald ich eine Bleibe für uns gefunden habe, telegrafiere ich dir die Adresse. Am besten wird es wohl bei meinem Onkel in Dahlem sein, zumindest bis wir offiziell verheiratet sind. Aber das muss ich erst klären. Das dauert ein paar Tage, zufrieden?«

»Ja«, jubelte Klara und fiel ihm um den Hals. Vor lauter Freude brauchte sie einen Moment, bis es ihr auffiel: Über Fritz' Onkel in Dahlem sprach man nicht, zumindest nicht, wenn man kein boshafter oder klatschsüchtiger Mensch war. Sein tragisches Schicksal war jedoch schon so manchem jungen Mann als mahnendes Beispiel vor Augen gehalten worden: Kaum zwanzigjährig, hatte der Vater ihn zum Studium der Juristerei nach Berlin geschickt, und dort hatte er sich

41

zunächst durchaus sehr vielversprechend gemacht, doch dann, von einem Tag auf den anderen, brach das Unglück in Gestalt einer rothaarigen Harfenistin über ihn herein. Sie war Mutter zweier Kinder und Gattin eines seiner Professoren. Ein durch und durch schamloses Weib, sagte man, halbe Französin obendrein. Die Familie Faber schrieb mal verzweifelte, mal drohende Briefe, Fritz' Vater reiste eigens nach Berlin, um seinen geliebten kleinen Bruder zur Umkehr zu bewegen, doch es war vergeblich. Im Frühling 1903 heiratete Wilhelm Faber die Frischgeschiedene und trat vom Vater enterbt, von der Familie verstoßen als Lektor in ein eben gegründetes Verlagshaus ein – ein jüdisches, wie an diesem Punkt oft noch betont wurde.

»Klara, ich muss mich jetzt wirklich beeilen, ich bin um fünf verabredet, amerikanische Zigaretten gegen Morphium zu einem guten Kurs, zumindest, wenn es sauber ist. Du kannst dir nicht vorstellen, was für Zustände in Berlin herrschen. Ein Parteigenosse von mir versucht schon, seinen Desinfektionsalkohol selbst zu brennen, natürlich aus Rüben. Gibt ja sonst nichts in diesem Moloch.« Er schüttelte sich, und nachdem er ihr einen langen Kuss auf den Mund gegeben hatte, versprach er: »Ich schreibe, sobald ich einen Schlaf-

42

platz habe, und wenn du es dir bis dahin anders überlegt haben solltest, kann ich dir nur gratulieren. Berlin ist nichts für höhere Töchter, zumindest nicht im
Moment.«

Kapitel 2

Klara rannte, schlitterte durch den Schnee, rempelte eine empörte Dame an, stürzte fast, hielt sich gerade noch an einer Straßenlaterne fest, rannte weiter, hämmerte wild gegen den bereits geschlossenen Fensterladen des Fotoateliers Held. Paul Rieger lebte, Paul Rieger hatte geschrieben – einen Brief mit beiliegender Ansichtskarte des Hamburger Hafens. Paul lebte!

Liebes Fräulein Klara,
Lotti hat mir erzählt, dass Sie Ansichtskarten sammeln, weshalb auch ich Ihnen heute eine schicken möchte, gewissermaßen als vorgezogenes Geschenk zu dieser ersten Friedensweihnacht. Ich bin, wie Sie vermutlich ja wissen, aktuell in der Hauptstadt, wo leider noch nicht viel vom christlichen Geist zu spüren ist.

Der Hunger und die Kohlenknappheit sind allgegenwärtig. Beispielsweise brach gestern vor meinem Hotel das Pferd eines Bierkutschers vor Erschöpfung und Hunger einfach tot zusammen, während sein Besitzer in der Gastwirtschaft noch feilschte. Und als der Mann nach vielleicht einer Stunde zurückkam, da war von seinem Tier nur ein nasser Fleck auf dem Pflaster geblieben. Selbst die Knochen, selbst das Blut hatten die Hungrigen gestohlen. Er konnte von Glück reden, dass man ihm seinen Wagen gelassen hatte. Das ist Berlin.

Dazu gibt es Gerüchte, und ich fürchte, es sind nicht nur Gerüchte, dass unser Reichskanzler Ebert mit der Obersten Heeresleitung paktiert: militärische Unterstützung gegen innere Autonomie der Armee. Wenn je ein Bock zum Gärtner gemacht wurde, dann bei diesem Bündnis, die Waffengewalt der Monarchisten, der Nationalisten zum Schutze der Demokratie. Man möchte lachen, wenn es nicht so traurig wäre.

Am Nikolaustag hat der sozialdemokratische Stadtkommandant auf Spartakisten, auf sozialistische Demonstranten schießen lassen, bestätigt sind 16 Tote, vermutlich sind es zwei- bis dreimal so viele. Ich traue mich nicht, die Bilder entwickeln zu lassen, aus Angst, sie könnten in falsche Hände geraten.

Die Radikalen sinnen sowieso schon auf Rache, hoch die Revolution!

Noch ist ihr Rückhalt gering, wie man ja eben erst bei der Abstimmung über die Wahl zur Nationalversammlung, beim Ja zur parlamentarischen Demokratie gesehen hat.

Der Mann, dem ich mein Bett von sieben morgens bis sieben Uhr abends untervermietet habe, ist der ehemalige Chauffeur eines russischen Grafen, eines höheren Beamten im Dienste des Zaren. Wenn nur die Hälfte seiner Erzählungen wahr sind, Gnade uns Gott für den Fall, dass Liebknecht und Konsorten die Oberhand gewinnen sollten. Es darf einfach nicht passieren.

Aber genug der tristen Worte, ich wünsche Ihnen und Ihrer Frau Mutter von ganzem Herzen ein gesegnetes, friedliches Weihnachtsfest und hoffe, Ihnen zu Silvester bereits persönlich »Einen guten Rutsch!« mitgeben zu dürfen.

Drücken Sie mir etwas die Daumen, vielleicht reisen Ihre Freundin Lotti und ich schon im Januar zu den Friedensverhandlungen nach Paris.
Fröhliche Weihnachten wünscht
Paul Rieger

Obwohl Klaras Mutter und die Witwe Morgenstern, wie sie sich gegenseitig versicherten, von der Tochter eines Fotografen, also eines halben Künstlers, nichts anderes erwartet hatten, reagierten sie doch mit peinlicher Bestürzung auf die Tatsache, dass Lotti am 28. Dezember mit ihrem grünäugigen Paul Rieger vor den Altar treten wollte, genau einen Tag nach seiner glücklichen Rückkehr: Zwischen den Jahren heiraten und der Bruder noch kein halbes Jahr unter der (französischen!) Erde, so etwas hätte es zur Zeit des Kaisers nicht gegeben.

Lotti, Grete und Klara aber konnten über derartige Einwände nur entnervt die Stirn krausen. Die feinen Damen Weimars würden sich noch wundern, jetzt kamen neue Zeiten.

Beim Schein einer sparsam flackernden Gaslampe saßen sie im Atelier von Lottis Vater und nähten in fliegender Eile aus einer alten Tischdecke und drei Servietten ein Brautkleid zusammen. Während Grete und Lotti absteckten, zuschnitten und nähten, stickte Klara eifrig Blumen, Schmetterlinge und Blätterranken über nicht mehr zu entfernende Flecken.

»Ich freu mich so sehr für dich!« Immer wieder musste Grete in der Arbeit innehalten, um sich mit dem schon feuchten Ärmel die Tränen von den Wangen zu wischen, und vermutlich dachte nicht nur Klara daran, wie sie vor nicht ganz einem Jahr Gretes Brautkleid genäht hatten. Der Obergefreite war so zerfetzt worden, dass der Sarg unter seinem Holzkreuz leer blieb.

Doch mit einem echten Lächeln seufzte Grete: »Morgen um die Zeit bist du schon auf dem Weg nach Paris. Oh, wie ich dir das gönne!«

Flitterwochen in Paris, und das auf Kosten der *Berliner Illustrirten Zeitung*.

Entgegen seines anfänglichen Zögerns hatte Paul die Bilder des Nikolausmassakers natürlich doch verkauft, alles andere wäre schließlich Zensur, und die *Rote Fahne* hatte sich für diese nur ganz leicht nachretuschierten Bilder auch sehr großzügig gezeigt, ihnen in ihrer anklagenden Wucht die komplette Titelseite gewidmet. Diese wiederum war dem Haus Ullstein in die Hände gefallen, und dort beschloss man, dass ein Mann, der für eine gute Aufnahme auch vor Maschinengewehrsalven nicht zurückschreckte, unbedingt in das von den Ullstein-Brüdern eingeläutete neue Zeitungszeitalter gehörte. Man hätte ihn gern exklusiv unter Vertrag genommen, doch Paul hatte abgelehnt –

er war gegen jede Form von exklusiven Ansprüchen an seine Person, außer natürlich in der Ehe, wie er nach kurzer Pause gegenüber Lotti und Klara beteuert hatte.

Drei Tage hatte das Haus Ullstein geschmollt, ihm dann ein noch besseres, ein unwiderstehliches Angebot unterbreitet. Übernahme der kompletten Reisekosten in die französische Hauptstadt, Regelung aller bürokratischen Hürden einer Ausreise, dazu Lohn, Unterhalt und Spesen für die Dauer der kompletten Pariser Friedensverhandlungen und als Gegenleistung nur das Vorkaufsrecht auf sämtliche von Paul geschossenen Bilder, von den Tauben am Fuß des Eiffelturms bis zum schweißfleckigen Hemd Woodrow Wilsons.

Paul hatte sich Bedenkzeit erbeten, und dann hatte er dem Verlagshaus Hugenberg, bei dem er am Vortag für die Bilddokumentation der Friedensverhandlungen unterzeichnet hatte, geschrieben, bedauerlicherweise müsse er von dem Vertrag zurücktreten, er sei leider heftig erkrankt, die Nachwirkungen eines Gasangriffes.

Das war Paul Rieger, grünäugig, schwarzlockig und von flexibler Moral.

Aber Lotti hatte nur überglücklich gelacht, Flitterwochen in Paris und die auch noch von unbestimm-

ter Dauer, hoffentlich tagten die Herrschaften nur
schön lange. Und die für ihre fotografische Meisterprüfung noch fehlenden Bilder würde sie einfach dort
schießen. Angeblich konnte das Frühlingslicht in den
Pariser Gassen einem das Herz brechen, und so weit
musste es ja gar nicht kommen, es reichte schon, wenn
es die Prüfer so milde stimmte, dass sie über Lottis Ge-
schlecht hinwegsahen.

»Alle lasst ihr mich im Stich«, klagte Grete halbernst
weiter. »Du nach Paris und Klara nach Berlin. Nur ich
hock hier und verteile bis ans Ende meiner Tage Graupensuppe.«

»Unsinn, Gretelchen«, wollte Klara trösten, doch
Lotti holte tief Luft und sagte scharf: »Es tut mir leid,
dir das sagen zu müssen, Klara, aber ich denke, als
deine Freundin ist es meine Pflicht. Das mit Berlin ist
eine Schnapsidee. Du hast doch selbst gehört, was Paul
über die Lage in der Hauptstadt erzählt hat.«

Die meuternden Matrosen hatten die Reichskanz-
lei besetzt und den Stadtkommandanten als Geißel
genommen, der seit dem von ihm angeordneten Ni-
kolausmassaker an sozialistischen Demonstranten
bei den linksrevolutionären Kräften allseits verhasst
war.

51

Der auf Geheiß von Ebert, Scheidemann und Landsberg durch den preußischen Kriegsminister durchgeführte Versuch einer Stürmung von Marstall und Stadtschloss am Weihnachtsmorgen war so katastrophal wie blutig gescheitert.

Bei Pauls Abreise hatte keiner gewusst, ob der Stadtkommandant überhaupt noch am Leben war oder was die Hasardeure eigentlich wollten: einfach den ihnen noch zustehenden, wegen der Diebstähle im Stadtschloss bisher einbehaltenen Sold und dann die Entlassung oder auch die Übernahme in die geplante republikanische Soldatenwehr?

Oder einen Putsch, den Sturz des Rats der Volksbeauftragten und die Errichtung einer Räterepublik?

Offensichtlich war nur eines: die Hilflosigkeit der neuen Regierung angesichts eines Haufens brutaler, schwer bewaffneter Gesetzloser. Klara hatte Pauls Schilderungen mit vor Sorge klopfendem Herzen zugehört. Vor ihrem geistigen Auge sah sie Fritz, mal durch MG-Salven zu einem Verwundeten robbend, mal im Schutze mehrerer Schutthaufen Verbände legend.

Wenn sie nur drauf bestanden hätte, sofort mit ihm zu reisen! Sie wollte sich einreden, dass er in ihrem Beisein vielleicht ein kleines bisschen vorsichtiger wäre. Und zumindest wären sie zusammen gewesen. Die Ungewissheit und das Warten machten sie wahnsinnig. Während des Krieges war es schon schlimm gewesen, aber das nun, das war etwas anderes. Ständig hatte sie das Gefühl, ihre Chance, etwas zu tun, zu verpassen.

»Du solltest hierbleiben. Kein gescheiter Mensch geht freiwillig jetzt dorthin. Nur weil Fritz glaubt, die Welt retten zu müssen, brauchst du dich noch lange nicht erschießen zu lassen«, fuhr Lotti heftig fort. »Ich hab wirklich Angst um dich. Du weißt nicht, worauf du dich einlässt.«

Klara nickte widerwillig, das alles stimmte, da konnte sie nicht viel dagegen sagen – aber sie wusste auch, dass sie gehen würde. Sie wartete nur noch auf das Telegramm mit der Adresse.

»Und außerdem ist es nicht besonders klug«, ergänzte Grete etwas undeutlich, sie hatte den Mund voll mit Stecknadeln. »Du kompromittierst dich. Wenn er dich nicht heiratet, findest du nie wieder einen Mann. Wer nimmt dich denn nach so einer Geschichte noch?«

»Dank auch schön für den Hinweis, aber wenn Fritz mich nicht heiratet, will ich auch nie wieder einen Mann.«

Das war wohl wahr, doch ganz so selbstsicher wie sie sich gab, fühlte Klara sich in der Tiefe ihres Herzens nicht. Und das Gespräch mit der Mutter stand ihr auch noch bevor. Deren Standpunkt kannte sie schon, bevor sie mit ihr darüber gesprochen hatte: Wenn Fritz Wert auf Klaras Anwesenheit legte, sollte er sie eben heiraten. Zwar hatte Klara – in etwas großzügiger Auslegung der Wirklichkeit – behauptet, Fritz habe bei ihrem gemeinsamen Spaziergang im Ilmpark in aller Form um ihre Hand angehalten und zögere nur aus Anständigkeit, die Verbindung öffentlich zu machen. Aus Anständigkeit deshalb, weil er so Klara im Falle eines Falles eine öffentliche Trauerzeit ersparen würde – angesichts solch edler Regungen hatte ihre Mutter nicht viel einwenden können, aber geglaubt hatte sie es bestenfalls zur Hälfte.

»Er hat versprochen, mich zu heiraten, und das wird er tun«, versuchte sie jetzt ihre Freundinnen zu beruhigen. »Wenn ich Fritz nicht vertraue, wem dann? Lotti glaubt ihrem Paul doch auch, wenn er sagt, er habe geschrieben und die Post sei nur nicht angekommen.«

Lotti nickte einige Male, allerdings ein wenig zögerlich. Vielleicht ahnte sie schon, dass für eine Ehe mit ihrem kateräugigen Paul viel guter Glaube nötig sein würde? Er hatte einen Ruf und sicher nicht den besten. Ob das mit dem Fräulein Seidenmann wirklich stimmte? Egal, nicht alle Männer waren so, und ihr Fritz war es ganz bestimmt nicht.

»Klara«, fuhr Grete indessen fort. »Niemand zweifelt Fritz' Aufrichtigkeit an. Wir sind sicher, dass er dich auch heiraten will, nur …« »… nur wir haben Angst, dass er es vor lauter Politik so lange vor sich herschiebt, bis er aus Versehen erschossen wird.« Lotti lächelte unsicher und entschuldigend. »Dann stehst du da, entehrt und ohne alles, zu deiner Mutter bräuchtest du nicht zurückkommen, und Witwenrente würdest du auch keine kriegen.«

»Warte, bis er dich geheiratet hat«, ergänzte nun wieder Grete. »Berlin läuft doch nicht weg.«

Auf einmal war Klara nach weinen zumute. Sie hatte ihre Freundinnen so furchtbar lieb. Sie wusste, sie meinten es nur gut, und doch fühlte sie sich ihnen fremd. Wie so oft in solchen Momenten, dachte sie an das schöne Fräulein Seidenmann, das Karten aus Neapel erhielt und mit dem Wohnmobil durch Wales zog, ganz ohne Mann. Und an Anna Amalia musste sie denken, an den halb fertigen Roman auf ihrem Schreibtisch und daran, wie die Großherzogin allein

55

nach Italien gereist war, obwohl man das als protestantische Witwe auch damals nicht tat.

»Oder stell dir vor, du kommst in andere Umstände, und dann wird Fritz erschossen. Oder holt sich doch noch die Spanische Grippe. Dann hast du ein uneheliches Kind und weißt schon für dich selbst nicht, wovon das Brot kaufen.« Was, wenn sie doch recht hatten, wenn Fritz sie wirklich schlicht vergaß zu heiraten? Oder es sich anders überlegte? Fritz war manchmal launenhaft und unbeherrscht. Da gab es dunkle Stunden voll Zorn und zerschmettertem Porzellan. Oder was, wenn sie am Ende ihn nicht heiraten wollte? Wovon sollte sie leben? Von ihrem Geschreibe wohl kaum.

Klara blickte sich hilflos in dem Atelier um. Und dann sah sie es, die bemalte, heruntergelassene Leinwand, hinter einem gelben, chinesischen Schirmchen, einer mit Stoffrosen berankten Pappsäule und einem feingliedrigen Jugendstilbänkchen, da war es: das Meer. Mit Fischerbooten und versinkender Sonne. Lottis Vater vergaß sonst nie, die Hintergrundleinwände nach getaner Arbeit wieder aufzurollen. Er fürchtete, sie würden ausbleichen.

Ganz langsam nickte Klara, es war zwar nicht die Bucht von Neapel, aber ein Zeichen war es trotzdem.

»Ich werde es schon schaffen«, sagte sie. »Irgendwie werde ich es schaffen, ob mit oder ohne Fritz. Die Zeiten sind im Wandel, im Moment ist alles möglich. Ich werde nach Berlin gehen, sobald ich eine Adresse habe, geht es los. Ich muss. Schaut doch, ihr habt alle eure Opfer für die neue Zeit gegeben. Ihr tragt beide etwas zum Wandel bei – du, Grete, im Lazarett; du, Lotti, als erster weiblicher Meister in Fotografie, und nur ich säße hier, würde Däumchen drehen und warten, bis Fritz oder ein anderer Mann mich heiratet. Ich käme mir so schäbig vor, ich will auch etwas tun. Vielleicht mit meinem Schreiben? Vielleicht etwas ganz anderes? Ich werde es nur herausfinden, wenn ich es wage. Der perfekte Moment wird nie kommen, deshalb ist er eben jetzt. Ich muss gehen, und ich werde gehen.«

Lotti seufzte, Grete seufzte, und dann schlang sie ihre Arme um Klara, drückte sie fest, flüsterte leise: »Dann nimm wenigstens meinen guten Koffer, dass der auch mal was von der Welt sieht.«

Fotografische Ansichtskarte: der Kaiser an Bord eines Kriegs-
schiffes, umgeben von seinen Hunden.

27.12.1918

Liebste, kleiner Derwisch,
ich habe Arbeit in einem Armenlazarett und Bleibe bei
meinem Onkel gefunden, wohne Parkstraße 12, Ber-
lin-Dahlem. Ich möchte dich nicht bitten, zu kommen,
die Lage ist unübersichtlich und gefährlich, aber wenn
du wirklich bei mir sein willst, dann telegrafier mir,
wann du eintriffst (ungefähres Datum reicht, Bahn-
pläne sind eine Katastrophe). Natürlich fehlst du mir
grauenhaft, wie ja eigentlich immer in den letzten Jah-
ren, aber es wäre besser, du bliebst in Weimar. Bis zu
meiner Rückkehr küsse ich dich eben auf Distanz. Wie
immer in Liebe und Treue
Kuss, Fritz

PS: Ich dachte, Karten mit dem Porträt des Kaisers
muss man kaufen, solange es sie noch gibt.

Kapitel 3

Berlin, Dezember 1918

Ihre Mutter hatte sich schließlich gebeugt – sie hatte die Entschlossenheit ihrer Tochter gespürt, hatte geahnt, dass kein Umstimmen mehr möglich war. »Ich werde gehen«, hatte Klara gesagt, kurz und knapp. Eine Feststellung, an der es nichts zu rütteln gab. Einzig hatte die Mutter darauf bestanden, dass ihre Tochter erster Klasse nach Berlin fahren würde. Gerade jetzt, wo sich langsam zeigte, dass viele Vermögen den Krieg nicht überlebt hatten, war es von größter Wichtigkeit, von einem gewissen Standard nicht abzuweichen.

Klara hatte mehrfach vergeblich beteuert, dass ein Erste-Klasse-Billet rausgeschmissenes Geld sei, die Züge waren im Moment grundsätzlich derart überfüllt, dass man dankbar sein musste, überhaupt einen Platz zu finden, und so kam es dann auch.

In dem ursprünglich für vier Personen ausgelegten Plüschklasse-Abteil saßen schon vor Klaras Zustieg fünf: eine halb verhungert aussehende, vielleicht achtzehnjährige Witwe mit winzigem, fortgesetzt im Schlaf hustendem Säugling auf dem Arm und einem als Koffer verwendeten Kissenbezug voll mit ihrer verbliebenen Habe; ein älteres Ehepaar, das sich krampfhaft an den Händen hielt und ohne Gepäck reiste, sie im abgetragenen Sommermantel, er nur im Sakko; ein junger, lockenköpfiger Mann mit flammendrotem Halstuch und in einer Uniform, deren Rangabzeichen er abgeschnitten hatte, sowie ein Vollbartträger in einer schlecht zum Zivilsakko umgeänderten Marineleutnant-Jacke, auch er mit kämpferisch rotem Halstuch.

Die beiden ehemaligen Soldaten waren auf dem Weg nach Berlin, denn es hieß, die Spartakisten bräuchten in diesen Stunden jede eine Waffe haltende Hand.

Sie und die junge Witwe spielten »Siebzehn-plus-vier« um aus einer alten Zeitung gerissene Papierfetzchen und gleich bei ihrem Eintreten luden sie Klara auf eine Partie ein, doch diese schüttelte nur stumm den Kopf und drückte sich in der Fensterecke neben eine geblümte, zerschlissene Hutschachtel. Ihr war vor Aufregung ganz schlecht.

Sie hatte die Mutter angelogen, behauptet, Fritz
würde sie am Bahnhof abholen, hatte gesagt, er arbeite in der Charité und habe für sie im *Kempinski*
ein Zimmer gemietet. Ein Einzelzimmer, versteht sich.
Was würde sie wohl wirklich in Berlin erwarten?

Vor zwei Tagen hatten die Unabhängigen Sozialdemokraten den Rat der Volksbeauftragten als Reaktion
auf den Schießbefehl des Reichspräsidenten und die
Todesopfer der mühsam befriedeten Weihnachtsunru-
hen verlassen, an ihre Stelle waren – ohne jede juristi-
sche Grundlage – Mehrheitssozialdemokraten gerückt.

War der Rat der Volksbeauftragten damit überhaupt
noch die rechtmäßige Übergangsregierung?

Würden die USPD-ler, vielleicht zusammen mit den
Spartakisten und den revolutionären Obleuten, eine
Gegenregierung aufstellen? Fast schien es so, in Russland jedenfalls waren die Bolschewiki im letzten Januar ganz ähnlich vorgegangen, vielleicht war die Gegenregierung inzwischen sogar schon ausgerufen, und
sie hier, sie in Weimar, sie in ihrem Zug, sie wussten es
nur noch nicht?

Klara hätte auch nicht sagen können, ob sie die Entwicklung begrüßte oder sie für falsch hielt. Sie wollte
Frieden und Gleichheit, gleiche Rechte für Frauen,

für Arbeiter, für Arme – nur welche der zahlreichen Parteien ihr diese Wünsche dauerhaft erfüllen würde, konnte sie nicht sagen. Dafür erschien ihr die ganze Situation zu unübersichtlich – es hing ja immer davon ab, mit wem man sprach. Die beiden Rotes-Halstuch-Träger ihr gegenüber waren sicher von der Richtigkeit eines erneuten Putsches überzeugt. Nur eigentlich war sie Ebert und seinen Leuten ja dankbar, dass sie den Krieg beendet und die Demokratie eingeführt hatten, und jetzt war die Demokratie doch nur eine Stufe auf dem Weg zur Diktatur des Proletariats?

Diktatur und Proletariat waren beides keine Worte, die in Klaras Ohren besonders vertrauenerweckend klangen, aber was wusste sie schon? Sie hatte ihre Informationen ja bisher nur aus Zeitungen, vorgekaute Meinungen, die man teilen oder nicht teilen konnte. Wenn sie erst in Berlin war, erst einmal sah, was dort vor sich ging, dann würde das anders werden.

Nach einer guten Stunde stockender Fahrt begann der Säugling der Witwe zu weinen, und die Mutter ging mit dem Kind aus dem Abteil, kehrte nach wenigen Minuten jedoch schon zurück, mit inzwischen wütend schreiendem Kind und feucht glänzenden Augen.

»Keine Milch«, flüsterte sie entschuldigend, den von den Männern angebotenen Schnaps zur Beruhigung des Kindes wollte sie jedoch auch nicht.

Nach kurzem innerem Kampf schenkte Klara ihr ihren Apfel sowie ihr halbes Steckrübenbrot, woraufhin die junge Witwe endgültig in Tränen ausbrach. Der Säugling auf ihrem Arm wurde dabei ganz nass und vergaß vor lauter Verblüffung darüber, sogar zu weinen. Die beiden ehemaligen Soldaten feierten diesen Umstand, in dem sie allen Mitreisenden ihre Schnapsflasche anboten.

Eigentlich trank Klara nie, auf Lottis Hochzeit hatte es Sekt gegeben, aber der hatte ihr nicht geschmeckt, doch nun überwog die Hoffnung, dass nach einem ordentlichen Schluck die Aufregung etwas abflaute, weshalb sie kurzentschlossen nickte und die Flasche entgegennahm.

Es half tatsächlich, schon nach dem dritten kräftigen Schluck breitete sich eine warme Geborgenheit in ihrem Magen aus, der Hunger verschwand, und nachdem die Witwe mit dem Säugling unter erneuten Dankbarkeitsbekundungen ausstieg, hatte Klara doch Lust, mit den beiden fremden Männern und dem Ehepaar »Siebzehn-plus-vier« zu spielen.

Der Sieger nach drei Partien durfte jeweils noch einmal die Schnapsflasche halten und als die leer war, packte der ältere Herr seinen Flachmann mit selbstgebrannter Mirabelle aus – schließlich war Silvester und endlich, endlich Frieden. Auf 1919! Auf den Frieden!

Und als der Zug am frühen Nachmittag bei Halle eine Stunde stand, kuschelte sie sich mit einem seltsam angenehmen Schwindelgefühl in ihre Ecke und dachte darüber nach, wie Anna Amalia sich wohl gefühlt hatte, als sie zum ersten Mal allein nach Neapel gereist war. Darüber nickte sie sehr zufrieden ein. Hochgeschreckt war sie erst wieder, als am Fenster schon die ersten Berliner Vororte zu sehen waren. Nun war sie also hier. In Berlin.

Seltsam grünstichig fiel das abendliche Licht des letzten Tages des Jahres 1918 durch die riesenhaften Rundbögenfenster des Anhalter Bahnhofs, als sie zusammen mit Dutzenden, mit Aberdutzenden von anderen Reisenden auf den Bahnsteig gespien wurde. Einen Moment lang stand sie einfach nur regungslos inmitten der drängenden Masse.

Berlin.

Züge pfiffen, Eisen quietschte auf Eisen, Menschen

brüllten Namen, Sätze, Worte; Kinder weinten nach ihren Müttern, andere lachten, von irgendwoher drang Musik – ein Leierkasten?

Klara stand ganz still.

Sie atmete tief ein und aus, den Geruch nach Kohlendampf, nach eiskalter Winterluft und der Allgegenwart von Zigarettenqualm.

Sie fror in dem frostigen, die Eisenbahnhalle heulend durchfegenden Wind, man schubste sie und ihren von Grete geliehenen Koffer von rechts, knuffte von hinten, drängelte fluchend von links, Klara aber stand in unbeweglicher Andacht.

Berlin. Sie hatte es tatsächlich geschafft. Alle Aufregung, alle Sorge fiel von ihr ab, vielmehr fühlte sie sich seltsam friedlich und angekommen.

Mit einem raschen Griff in die Brusttasche ihres Mantels vergewisserte sie sich, dass sowohl die Karte mit Fritz' Adresse als auch ihr Talisman, die Ansichtskarte von Neapel, noch an Ort und Stelle waren, und nahm dann ihren Koffer.

Sie würde es schon irgendwie nach Dahlem schaffen. Aber gerade als sie sich in Richtung des prächtigen Haupttors begeben wollte, fiel ihr eine junge Frau auf.

In einen ungewöhnlich prächtigen Pelzmantel sowie eine dazu überhaupt nicht passende kanariengelbe Kombination aus Strickmütze und Schal gewickelt, schlummerte sie auf einer der gusseisernen Wartebänke, und zu ihren Füßen stand aufrecht ein Pappschild, auf dem in roten, ziemlich schwankenden Lettern prunkte: »Abholkommando für Fritz Fabers Klara! Bitte wecken«.

Klara musterte die sommersprossige Frau einen Moment lang, *Fritz Fabers Klara* – damit war ohne Zweifel sie gemeint, und so stupste sie der Schlafenden sacht gegen die Schulter, dann etwas weniger sacht und schließlich schüttelte sie die kleine Person recht rabiat. Selbst so dauerte es noch eine ganze Weile, bis die junge Frau widerwillig die Augen öffnete und gähnend fragte: »Was'n los?«

»Ich bin Klara. Fritz Fabers Klara«, erläuterte Klara. Womöglich gehörten Schild und Frau gar nicht zusammen?

Die Sommersprossige gähnte abermals herzhaft, dann erklärte sie träge: »Ich bin Kiki, ich bin die Freundin vom Fritz seinem Onkel. Fritz is noch malochen, drum hab ich auf dich jewartet.«

Klara war ganz gerührt, dass Fritz daran gedacht

hatte, ihr ein Abholkommando zu schicken. Wer an Abholkommandos dachte, vergaß auch nicht zu heiraten.

»Danke fürs Warten«, stammelte sie etwas verlegen. »So lieb von dir.« Sie ging einfach auf das Du ein, so ungewöhnlich es sein mochte.

»Ach was, ich war ja och neugierig, auf dem Fritz seine Flamme.« Sie zwinkerte ihr verschwörerisch zu und stand mit einem entschlossenen Ruck auf. »Ich muss jestehen, ich hab mir dir jar nich so hübsch vorjestellt. Weil der Fritz immer nur so von deinem Charakter schwärmt, und normalerweise, also wenn ein Mann die Wahl hat, juter Charakter oder fesch in der Bluse, also da jehen die Ideal jern mal flöten.«

Sie lachte entwaffnend und begann, Pudelmütze wie Schal in einem krokodilledernen Täschchen zu verstauen. »Kann man jetzt tragen, Krokodilleder nach fünf«, belehrte sie Klara, während sie sich einen deutlich mondäneren Hut aufsetzte und dessen breites, grünes Samtband kess neben dem Kinn zur Schleife band. Dann begann sie – mitten in der Bahnhofshalle Anhalter Bahnhof Berlin! –, sich unter Zuhilfenahme eines mit buntem Strass besetzten Spiegelchens die Sommersprossen zu pudern und die Lippen zu rougieren.

Klara wusste gar nicht, wohin sehen, eine geschminkte Frau! Nicht einmal dem selbstbewussten Fräulein Seidenmann wäre Derartiges zuzutrauen gewesen. Schminken, das war etwas für Schauspielerinnen und käufliche Mädchen. Und dann auch noch ohne jede Scham, vor allen Leuten!

Kiki aber lachte über Klaras Verblüffung nur noch breiter. »Ich finde, unjeschminkt zu sein, das ist heutzutage jradezu Vaterlandsverrat. Ich meine, anjesichts von all dem Elend, da haben wir Frauen doch die verdammte Pflicht, een bisschen nett auszusehen, dat is doch Dienst am Nächsten. Hübsch sein und jut jelaunt sein, das ist Ehrensache. Kummer hatten wir lange jenug, jetzt wird jelebt!«

Klara nickte, wenn man es so sah, hatte Kiki definitiv recht.

»Die Kaffeehauskellner streiken, wir feiern zu Hause, wäre eh jrässlich überfüllt überall, und Willi hat mich een Jrammophon zu Weihnachten beschert. Können wir och schwofen.«

Klara konnte abermals nur nicken.

Wie anders hier alles war, hätte sie sich nie erträumen lassen. Dann stutzte sie. Wenn dieses reizende, kleine Sommersprossenfräulein die Freundin von Fritz'

Onkel war und zu Weihnachten so sündhaft teure Geschenke wie Grammophone bekam, wo war dann die rothaarige Harfenistin, für die er sich vor bald zwei Jahrzehnten ins Unglück gestürzt hatte?

Und als hätte Kiki ihre Gedanken gelesen, sagte sie: »Willis Frau, die Martha, kommt jetzt vermutlich doch auch. Eigentlich wollt sie nich. Sie is noch immer in Trauer wejen der Jeschichte mit dem Harry, aber Willi hat auf sie einjeredet, wie auf een lahmen Jaul. Ohne Martha wär's doch nur der halbe Spaß. Sie muss einfach kommen, aber wenn Will was will, dann kriegt er's für jewöhnlich auch – besonders bei den Frauen.«

Kiki schüttelte amüsiert den Kopf, während Klara immer verwirrter wurde. Wer war denn jetzt dieser Harry? Einer der Söhne aus ihrer ersten Ehe? Ein guter Freund?

Wieder schien Kiki ihre Gedanken zu erahnen, denn mit entwaffnender Offenheit erklärte sie: »Harry war ihr Jeliebter. Eine echte Schande, dass die Tommys den erwischt haben, bildhübsch is er jewesen, mit so einem schneidigen Schnurrbart und mächtig Kommant. Hätte mich auch jefallen, aber Martha und ich haben ja eh denselben Jeschmack. Ach, du wirst sie bestimmt mögen, is een Pfundskerl, die Martha.«

War der Bahnhof in all seiner kaiserzeitlichen Pracht Klara schon sehr beeindruckend erschienen, nahm ihr der vor dem Anhalter Bahnhof liegende Askanische Platz wortwörtlich den Atem. Sie fühlte sich, als sei sie unverhofft mitten in einen Karnevalsumzug geraten.

Ganz Berlin schien auf den Beinen – Männer in zerschlissenen Militärmänteln, Männer in schwarz eingefärbten, notdürftig zum Anzug umgearbeiteten, ehemaligen Uniformen, Frauen ohne Mäntel, in ihren seit dem Tanzverbot eingemotteten und nun ziemlich locker sitzenden Abendkleidern, Frauen in hastig genähten Roben, denen man den ehemaligen Vorhang ansah – lachend, jubelnd und Flaschen schwenkend schoben sie sich die im Laternenlicht eisig glänzende Saarlandstraße entlang, aus Fenstern warfen körperlose Hände buntes Konfetti auf die darunter Vorbeiziehenden, jubelten ihnen fröhlich zu, aus der trotz der Kälte weit geöffneten Tür des prächtigen Hotels *Habsburger Hof* drangen Walzer, Onestep, Twostep, Foxtrott, und manche Paare tanzten einfach gleich dort im Freien.

»Heute is überall Silvesterschwof, aber ich mag vom *Habsburjer Hof* denen ihr Orchster nicht so jern. Das Saxophon is mich zu lahm, ich mag's nicht, wenn das nur so fade rumpupst. Im Tobbacco, da haben wir en Saxophon, also ich sach dir, der Mann weiß, was er tut. Das jeht einem in die Beine und jleichzeitig ins Herz. Da kann die Pupspfeife vom *Habsburjer Hof* einpacken«, erläuterte Kiki, winkte dann einer Droschke, und weil der Fahrer ihr erst einen Vogel und dann auf seine Schnapsflasche zeigte, »Is Silvester, Püppken!«, gleich im Anschluss einer weiteren.

Dieser Fahrer, ein untersetzter Kerl mit Augenklappe und rotem Halstuch unter dem weit hochgeschlagenen Mantelkragen, war auch nur sehr widerwillig bereit, die beiden Damen einmal durch die halbe Stadt zu kutschieren, aber nach einigem Gefeilsche stimmte er schließlich zu. So weit, dass er ihnen mit Klaras Gepäck geholfen hätte, ging er nicht, doch zumindest bot er ihnen eine ungewaschen aussehende Decke für ihre Beine an. Und während sie noch versuchten, sich halbwegs bequem hinzusetzen, ließ er bereits die Peitsche über dem Kopf seines müden Braunen knallen, das Gerüttel ging los.

Kiki entnahm ihrer Krokodilledertasche eine kleine Flasche mit einer leicht gelblichen, scharf nach faulem Gemüse riechenden Flüssigkeit und gönnte sich einen kräftigen Schluck.

»Willste auch? Hilft jegen die Kälte, brennt mein ehemaliger Chef selbst.« Klaras Zurückhaltung falsch verstehend, beteuerte sie: »Is sauber, mein früherer Chef, der alte Kowaltschik, der is der Sohn von nem bayrischen Braumeister und wenn er's jetzt auch in seinem Badezimmer macht, er weiß, was er tut! Is sehr jesund.«

Darauf wusste Klara nicht mehr viel zu entgegnen und nach den angenehmen Erfahrungen im Zug, wagte sie schließlich – innerlich mit den Schultern zuckend – einen winzigen Schluck.

Es schmeckte mindestens so abscheulich, wie es roch. Vermutlich war Herrn Kowaltschiks Selbstgebrannter also tatsächlich sehr gesund, ein Schnapsglas von dem Gebräu reichte, um den stärksten Gewohnheitstrinker zur Abstinenz zu bekehren.

»Is aus Steckrüben, aber schmeckt man fast jar nicht, der Kowaltschik weiß wirklich, was er tut. Die Jäste im Tobbacco sind auch alle sehr zufrieden«, brüllte Kiki gegen das Geholper und den inzwischen noch weiter angeschwollenen Straßenlärm an. »Ich bin da Zigarettenjirl jewesen, jetzt bin ich allerdings Tippfräulein. Muss ich mich erst dran jewöhnen, aber Willi mag's halt nich, wenn ich mich Abend für Abend im Paillet-

tenfummel begaffen lasse, und er meint auch, es sei je-
fährlich, wejen Sittenstrolchen und so. Was bist du?«

Die Selbstverständlichkeit der Frage gefiel Klara – es
war in Weimar für Frauen durchaus nicht üblich, irgendetwas anderes als *die Gattin von ...* zu sein. »Ich
bin im Werden«, antwortete sie und war richtig stolz
dabei.

»Dann biste hier richtig. In Berlin kann jeder was
werden – notfalls auf Pump.« Kiki grinste, verschwörerisch und schief wie ein Gassenjunge. »Was kannste
denn?«

»Ich arrangiere sehr nett Blumen«, sagte Klara stockend, »und ... ich schreibe ziemlich gut, aber veröffentlicht hab ich noch nichts.«

»Da biste bei uns ja joldrichtig. Der Willi is en jroßes
Tier bei Ullstein, zum Hermann Ullstein sagt er Du.«

Kiki strahlte, gähnte dann herzhaft. »Wenn's dich
nich stört, schlaf ich een bisschen? Solltest du auch
tun, jewöhn es dir besser jleich an. In Berlin muss man
jede Jelegenheit zum Schlafen nützen, es jibt nämlich
viel zu wenige. Hier is immer was los, wenn's nicht
zum Schwofen jeht, wird irgendwo jeschossen, und
während noch jeschossen wird, wird andernorts schon
wieder soupiert.«

Mit diesen Worten nahm sie das Täschchen als Kopfkissen und kuschelte sich in ihre Ecke. Es dauerte keine zwei Minuten, da wurde ihr Atmen gleichmäßig.

Klara jedoch konnte sich gar nicht sattsehen an all dem Getümmel. Die Straßen waren voll mit aufgedreht glücklichen, mit singenden, euphorischen Menschen, wären die astlosen oder sogar ganz verschwundenen Bäume, wäre die Kälte nicht gewesen, man hätte denken können, es sei wieder August 1914.

Nur, dass die auf den Straßen Tanzenden jetzt mit derselben Begeisterung »Frieden!« brüllten, mit der sie damals »Krieg!« gejubelt hatten.

Diese Erinnerung holte Klara schlagartig aus ihrer Begeisterung und plötzlich sah sie auch, wie abgemagert die Frauen und Männer waren, glaubte, die Angst, die Verzweiflung hinter der gierigen Fröhlichkeit in ihren Gesichtern zu erkennen.

Schnell nahm sie aus ihrer Brusttasche die Ansichtskarte von Neapel und versuchte, sich durch den Anblick der sonnenbeschienenen See etwas zu wärmen.

Und dann erlaubte sie sich endlich, sich auf das Wiedersehen mit Fritz zu freuen. Sie hatte es tatsächlich geschafft. Gar nicht mehr lange, dann wäre sie bei ihm, bei ihrem Fritz. In Berlin.

Damals, vor bald drei Jahren, hatte sie sich in einen jungen Lazarettarzt verliebt, ohne zu wissen, dass das Fritz Faber, Sohn des Lungenfacharztes Faber, war. Sie hatte die sanfte, niemals abschätzige Art gemocht, mit der er von seinen Patienten sprach, und sie hatte die Freundlichkeit gemocht, mit der er die Schwestern und selbst sie, die aushelfende Lyzee behandelte.

Als er sie schließlich fragte, ob sie vielleicht einmal und natürlich nur mit Billigung ihrer Frau Mama, mit ihm im *Elephant* eine Schokolade trinken wolle, da hatten seine sonst so ruhigen Hände vor Nervosität gezittert, und ganz als hinge Klaras Entscheidung davon ab, hatte er haspelnd ergänzt, dort gäbe es auch jetzt noch sehr gute Schokolade, man müsse nur richtig fragen.

Sie hatte gemocht, wie er sprach, wenig und bedacht, sie hatte gemocht, wie er beim Zuhören manchmal die Stirn in nachdenkliche Falten legte, und vor allem hatte sie den Idealismus geliebt, mit dem er von seiner Arbeit sprach – nicht von der jetzigen, sondern der vor dem Kriegsdienst, im Heidelberger Armenspital.

Im März '18 war er an die Westfront versetzt worden, Leitung der Gasverletztenabteilung eines mobilen Lazarettes hatte es geheißen, und als er Klara davon erzählt hatte, hatte ein seltsam glücklicher Ausdruck in seinen braunen Augen gelegen.

Als sie ihn fragte, ob er keine Angst hätte, hatte er nach ihrer Hand gegriffen und gesagt: »Vermutlich nicht mehr oder weniger als jeder andere mit ein bisschen Fantasie, aber dort werde ich mehr nützen als hier.«

Und dann hatte er sie geküsst, hatte sie heftig gebeten, ihm zu schreiben, am besten jeden Tag, ganz egal, auch wenn es nichts Neues gäbe.

Er selbst jedoch schrieb selten und kurz. *Keine Zeit*, hatte er ihr bei seinem Fronturlaub im Frühling erklärt und dieses *keine Zeit* hatte sein ganzes Wesen durchdrungen. Er sprach, falls möglich, noch weniger, was er allerdings sagte, das stieß er mit zorniger Hast hervor, und auch aus seinen Bewegungen, aus seinen Küssen hatte eine nur mühsam unterdrückte Ruhelosigkeit, eine große Eile gesprochen.

»Sie fließt mir zwischen den Fingern hindurch, die Zeit. Es gibt so viel Elend, so viel Krankheit und keinen, der etwas tut. Einer muss doch etwas tun.«

Sie hatten nebeneinander auf der blauen Seidenchaiselongue seines Studierzimmers gelegen, am Dachfenster war der Regen hinabgelaufen, und sie hatte wieder einmal nicht gewusst, was es Tröstendes zu sagen gab. Weil es einfach keinen Trost gab. Weil für sie jedes tröstende Wort höhnisch geklungen hätte.

Ganz still hatte sie ihm die Haare gestreichelt, aber schon bald war er aufgesprungen, ins Lazarett gegangen, um trotz seines Urlaubs dort auszuhelfen. Und auch wenn sie die Zeit lieber mit ihm allein verbracht hätte, so bewunderte sie doch seine Hingabe. Das war ihr Fritz.

Über diesen Gedanken und Erinnerungen hatte sie abermals begonnen, hinauszublicken. Inzwischen waren die Straßen deutlich leerer. Der betrunkene Lärm, das übermütige Lachen, die sich wild vermischende Musik waren gänzlich verstummt, außer Kikis gleichmäßigem Atem und dem Rattern der Räder waren nur noch die üblichen Verkehrsgeräusche von Pferden sowie gelegentlichen Automobilen zu hören.

Die vorbeiziehenden Häuser waren schön, elegant und stets etwas von der Straße zurückgesetzt. Bei manchen konnte man hinter den elektrisch beleuchteten Fenstern Festgesellschaften ausmachen, in deutlich eleganteren Roben und in deutlich gesitteterer Feierlaune als die der Menschen auf dem Askanischen Platz.

Klara musste ein Grinsen unterdrücken, hier war

es fast wie in Weimar: Herren im Smoking saßen an schwarz glänzenden Flügeln, Damen in langen, gut sitzenden Kleidern schienen sie mit Gesang zu begleiten, es fehlte nur noch die Goethebüste auf der Anrichte – allerdings konnte sie die von ihrem Platz aus vielleicht auch nur nicht sehen?

Hinter anderen Fenstern saß man behaglich an endlich wieder prächtig gedeckten Tafeln, das weiße Leinzeug frisch gewaschen und gestärkt, das Tafelsilber zwar etwas angelaufen, etwas stumpf, von der Hausherrin selbst poliert und aufgelegt, aber immerhin noch da, und in den dampfenden Goldrandterrinen Schwarzmarktfleisch gut durchgekocht, der zweifelhaften Frische wegen.

Plötzlich hielt die Droschke mit einem scharfen Ruck vor einer kleinen Jugendstil-Villa. Ein für die Jahrhundertwende typischer zweigeschossiger Bau, mit rundem, über eine breite Freitreppe zu erreichendem Wintergarten als Eingang und einem gleichfalls abgerundeten, auf schmalen Säulen ruhenden Balkon darüber.

Allerdings waren die Blumentröge bis auf einiges Unkraut leer, der vermutlich schon im letzten, katastrophal-kalten Winter erfrorene falsche Wein hing

braun und anklagend von den im schwachen Laternenlicht vanillegelb scheinenden Mauern herab.

Hier wie auch in den anderen Vorgärten, die sie bereits passiert hatten, merkte man überdeutlich, dass
die pflegenden Gärtnerhände während der letzten vier
Jahre Gewehre statt Astscheren hatten halten müssen.

»Da wären wir«, rief Kiki unvermittelt aus, wobei sie sich gänzlich ungeniert reckte. »Ging ja doch
schneller, als jedacht.«

Wie auf Befehl öffnete sich gerade in diesem Moment die Eingangstür, warmes Kerzenlicht flutete die
Treppe hinunter, begleitete den hochgewachsenen, ha-
geren Herren, der ihnen entgegenkam.

»Salut, Willi! Ich hab sie jefunden!« Mit fliegendem
Rock hüpfte Kiki auf die Straße und küsste Fritz' Onkel flüchtig auf den Mund. Klara aber bemühte sich,
nicht allzu neugierig zu glotzen.

Natürlich hatte sie den armen, ins Unglück gefallenen Wilhelm Faber noch nie gesehen, doch hatte sie
oft genug die Geschichte seines tragischen Schicksals
gehört, um eine recht genaue Vorstellung von ihm zu
besitzen.

Einen traurigen, von der Welt verlassenen Bacchus
hatte sie erwartet, Tränensäcke und schütteres Haar

hatte sie ihm im Lauf der Wiederholungen ebenso an-
gedichtet, wie vom Trinken herrührendes Zittern und
eine leise, gebrochene Stimme.

Der drahtige Herr, der ihr nun den Wagenschlag öffnete und »Dr. Wilhelm Faber, hocherfreut« schnarrte,
wollte sich wirklich nicht mit ihrer Vorstellung decken.
Er besaß einen schönen, aus der Stirn gekämmten
Wust von blondem, langsam ins Weiße wechselndem
Haar, ein kantiges, glattrasiertes Kinn und stechend
blaue Augen. Dazu trug er einen ganz offensichtlich
maßgeschneiderten Anzug aus Harris Tweed, jedoch
weder Krawatte noch Fliege.

Alles in allem erweckte er den Eindruck eines Mannes, der viel gedacht hatte, der fundierte Meinungen
besaß und durchaus auch bereit war, diese Meinungen
öffentlich zu vertreten. Ein Mann, der wusste, was er
wollte und der aus Erfahrung wusste, dass er es auch
bekommen würde – das Bild des von der Femme fatale
verführten, bedauernswerten Opfers fiel laut krachend
in sich zusammen.

»Fritz ist noch nicht da, aber ich habe mir gedacht,
Sie möchten sich nach der langen Reise bestimmt sowieso erst einmal frisch machen? Ich habe das Bad
eingeheizt.«

Und mit diesen Worten ging er voraus. Noch bevor sie den riesigen Flur betraten, ergänzte er: »Unsere Silvestergäste sind auf einundzwanzig Uhr eingeladen, aber wenn Sie bis dahin noch nicht fertig sind, ist das auch kein Grund für Kummer. Unsere Freunde sind entweder Schriftsteller oder Russen – die Schriftsteller kommen sowieso, wann es ihnen in den Sinn purzelt, ein seltsamer Menschenschlag. Man weiß nie, wann sie über dem scharfen Pfeifen einer Elektrischen derart in Verzückung geraten, dass sie sich für fünf Wochen in ein Kämmerchen einsperren und einen Roman über die unerwiderte Liebe einer Bardame zu einem einbeinigen Zugbremser verbrechen. Und die Russen sind noch schlimmer, wenn man einen Russen auf neun zum Nachtmahl einlädt, denkt er, man habe sich bestimmt vertan, und kommt um elf.«

Lachend schüttelte er den Kopf, wobei er ihr die Tür zum Wintergarten aufhielt.

Eine mollige Wärme schlug ihr entgegen und erst jetzt wurde ihr wieder bewusst, dass sie im Grunde, seitdem sie frühmorgens die Wohnung ihrer Mutter verlasen hatte, ohne Unterbrechung gefroren hatte. Außer der herrlichen Temperatur besaß der kleine Raum jedoch sehr wenig Reiz: die üppigen, im Stil des

Fin de Siècle blau bemalten Pflanzkübel waren bis auf die mit Zigarettenkippen übersäte Erde leer, das einst sicher sehr schöne, blaue Blüten darstellende Deckengemälde von schwarzen Schimmelflecken entstellt und statt der zu erwartenden Korbmöbel lagen ein paar Schaffelle auf dem blau-weißen Fliesenboden.

»Brennholz war knapp letzten Winter«, kommentierte Wilhelm Faber ihren suchenden Blick trocken. »Die Bücher oder die Möbel. Ich glaube, wir haben uns richtig entschieden, oder, ma Chérie? Nur Barbarben bringen es über sich, Bücher ins Feuer zu werfen.«

»Bis auf den jrauenhaften Thomas Mann! Der hätte bestimmt lange Wärme jegeben, aber du hörst ja nie auf mich.« Ihm ein spitzbübisches Lächeln schenkend, stellte sie sich vor ihm in Positur, damit er ihr aus dem Mantel helfe. »Kommt Martha jetzt?«

»Ich weiß es nicht, und wenn ich etwas in den letzten 15 Jahren meiner Ehe gelernt habe, dann dass dieses Nichtwissen das einzige Wissen ist, das ich habe. Aber Christoph hat bedauerlicherweise sein Erscheinen angekündigt. Schau mich nicht so an, ma Chérie, ich habe ihn ganz gewiss nicht eingeladen, aber man kann einem jungen Kriegsheimkehrer nicht das müt-

terliche Heim versagen, noch dazu an Silvester.« An
Klara gewandt, erläuterte er: »Christoph ist der jün-
gere Sohn meiner Frau.«

»Er is Royalist!«, ergänzte Kiki, wobei sie sich auf
eine Art schüttelte, die jedem nassen Hund zur Ehre
gereicht hätte. »Aber wegen mir, kann ja jeder den
Schmarren jlauben, den er möchte, wenn er dabei nich
auch noch so unsagbar langweilig wäre. Und Abs-
tinenzler is er obendrein! Warum kommt sein Bruder
nich?«

»Der ist geschäftlich verhindert. Ich hoffe nur, die
Geschäfte tragen nicht wieder Vollbart. Das ist das
Letzte, was ich jetzt noch bräuchte. In der Redaktion
war heute die Hölle los, drei Sonderausgaben, dazu
Martha mit ihrem Harry und von Fritz mal wieder
keine Spur. Hier entlang, wenn ich bitten dürfte?«

Vor einer hübschen, jedoch leicht stockfleckigen Ta-
petentür blieb er stehen.

Klara spürte, wie ihr Herz plötzlich vor Schreck zu
wummern begann.

Was sollte das heißen, *von Fritz mal wieder keine
Spur?* »Wo ist Fritz denn?«, fragte sie und versuchte
mühsam, die Angst in ihrer Stimme zu unterdrücken.

»Machen Sie sich keine Sorge, er wird schon heimkommen.« Wilhelm Faber zuckte gleichgültig die Schultern. »Zumindest ist er bisher immer wieder aufgetaucht.«

Er schien nicht weiter beunruhigt, und Klara bemühte sich nach Kräften, nicht plötzlich in Panik zu verfallen. Sie war bei ihr vollkommen fremden Leuten, in einer ihr vollkommen fremden Stadt, und diese Stadt befand sich in einem zwischen Revolution und Trunkenheit schwankenden Ausnahmezustand. Der Mann, der sie eingeladen hatte, war nicht da, und schlimmer noch, offenbar wusste auch keiner, wann und ob er überhaupt wiederkommen würde. Vielleicht war er längst tot?

»Seit wann ist Fritz denn weg?«, erkundigte Klara sich so ruhig sie konnte.

»Noch nicht so lange, seit zwei oder drei Tagen erst. Ist ein weiter Weg zum Nachtasyl am Alex, meistens schläft er einfach dort.« Wilhelm Faber zuckte abermals die Schultern, drehte den Lichtschalter und erleuchtete ein bis auf eine auf dem Boden liegende Matratze mit Bettzeug komplett leeres Zimmer.

Bei genauerem Hinsehen jedoch konnte man auf der mit Kranichen bemalten Tapete dunkle Ränder erkennen, dort mussten also einmal Möbel gestanden haben – Höhe und Umriss nach ein Schrank, ein Bett und etwas Schmales, vielleicht ein Stehtischchen? Auch Vorhänge hingen keine vor den nackten Fenstern, dafür zog es ziemlich. Eine der Scheiben war zerbrochen und durch einen schon recht durchweicht wirkenden Pappkarton ersetzt worden.

»Das mit dem Fenster ist nach der zweiten Ausrufung der Republik passiert. Irgendwelche Spartakisten, die glaubten, jetzt sei ihre Stunde der Abrechnung mit der Bourgeoisie gekommen«, erklärte Fritz' Onkel, und Kiki ergänzte: »Wir werden dich nachher eine Bettpfanne bringen, dann hast du's herrlich warm. Aber jetzt kannst dich ja erst mal frisch machen, Bad is direkt jegenüber. Bis neun dann.«

Klara nickte, bemühte sich um ein dankbares, höfliches Gesicht, aber kaum war die Tür hinter den beiden ins Schloss gezogen, fiel sie lautlos schluchzend auf die Matratze.

Nach ein paar Minuten stand sie, von einer neuen plötzlichen Furcht erfasst, auf und überprüfte die Türklinke und erst nachdem sie wirklich ganz sicher war, dass sie sich öffnen ließ, sie nicht die Gefangene zweier Wahnsinniger war, erst danach löschte sie das Licht, setzte sich in vollkommener Dunkelheit abermals auf

die nach Mottenpulver und Schimmel müffelnde Rosshaarmatratze und ließ ihren Tränen endgültig freien
Lauf.

All die aufgeregte Neugier auf Berlin, die fröhliche
Klatschlust auf die sonderbaren Verhältnisse von Fritz'
Onkel, all ihre Entschlossenheit, Fritz beizustehen, all
das war einer Mischung aus Angst, Verzweiflung und
tiefer Traurigkeit gewichen.

Wo war Fritz? Warum ließ er sie nach Berlin kommen, nur um dann selbst mit Abwesenheit zu glänzen?

Natürlich, sie kannte ihren Fritz – ein Blinddarm,
ein gebrochener Arm oder auch nur eine eitrige Ver-
brennung würden ihm dazwischengekommen sein,
ganz bestimmt würde er jeden Moment freudestrah-
lend in der Tür erscheinen …

Und wenn ihm doch etwas zugestoßen war? Schre-
ckensbilder vom Raubmord bis zur kriegsbedingten
Amnesie stiegen in ihr auf, was sollte sie nur tun, um
ihn zu finden?

Sie kannte sich doch in Berlin überhaupt nicht aus
und Fritz' Onkel sah ganz offensichtlich wenig Hand-
lungsbedarf. Der wusste ja nicht mal so genau, seit
wann Fritz weg war – seit zwei oder drei Tagen halt,
ein Tag hin oder her, das war dem doch egal.

Die Türglocke klingelte einen melodischen Dreiklang. Ob das Fritz war?

Aber kein Fritz kam, und so kauerte sie sich frös-
telnd auf ihrer Rosshaarmatratze zusammen.

Die Türglocke begann immer öfter in immer kürze-
ren Abständen zu klingeln, nur Fritz erschien nicht –
stattdessen drang bald von draußen Grammophon-
musik zu ihr, mal schmalzte Enrico Carusos bekannte
Stimme sein *O sole mio*, mal jagte ein Foxtrott oder
ein Twostep den Gang hinauf. Menschen lachten, Korken knallten, Gläser klirrten, Möbel wurden verrückt
und die Türglocke klingelte unentwegt.

Der Geruch nach warmem Braten, nach Fleisch-
brühe, nach Tabak drang lockend unter dem Türspalt
hindurch. Ganz tief atmete Klara ein. Nur nicht unter-
kriegen lassen, nicht beim ersten Widerstand in Kummer versinken.

Sie wusste, sie musste sich umziehen, sich die Haare
richten und zu der Gesellschaft gehen, aber sie konnte
es nicht, alle Kraft war aus ihr gewichen. Selbst zum
Weinen fehlte ihr inzwischen die Energie.

Es war gar nicht so sehr die Sorge um Fritz, es war
eine generelle Erschöpfung.

Es war zu viel. Einfach zu viel.

Abermals holte sie tief Luft.

Also wirklich, sie war doch ein Jammerlappen. Wenn sie heulend im Dunkeln sitzen wollte, dann hätte sie auch in Weimar bleiben können. Ganz ruhig jetzt also, ganz logisch. Was würde das Fräulein Seidenmann in so einer Situation tun? Was Anna Amalia?

Bevor sie jedoch weiterdenken konnte, öffnete sich plötzlich die Tür ohne vorheriges Anklopfen einen schmalen Spalt, und ein Schatten huschte hinein und schluchzte dann, ohne den Lichtschalter zu betätigen, einige Male gequält auf.

Das alles war so schnell gegangen, war so überraschend passiert, dass Klara die Gelegenheit verpasst hatte, zu husten oder anderweitig auf ihre Anwesenheit aufmerksam zu machen. Nun aber schien es ihr zu spät.

Allein beim Gedanken an die gegenseitige Peinlichkeit der Situation krampfte sich ihr alles zusammen. Sie war sich ziemlich sicher, dass das Fräulein Seidenmann niemals in derartige Situationen geriet.

Das körperlose Schluchzen in der Dunkelheit steigerte sich zu einem Weinen. Klara wagte kaum zu atmen, steif und starr lag sie auf ihrer Matratze. Wenn diese Gestalt nur verschwände, ohne sie zu bemerken!

Auf einmal ertönte ein Klopfen an der Tür, die leicht preußisch schnarrende Stimme von Wilhelm Faber fragte: »Martha, du dumme Gans, bist du hier?«

Das Schluchzen war verstummt. Die Gestalt, offensichtlich Martha, bemühte sich nun mindestens so angestrengt wie Klara keinen Laut von sich zu geben. Einen Moment lang schien Wilhelm Faber sich täuschen zu lassen, dann jedoch öffnete er die Tür und drehte das Licht an.

»Da bist du ja, du Gänschen!«, rief er erfreut, dann bemerkte er die noch immer auf ihrer Matratze kauernde, vermutlich recht verheult aussehende Klara, und Martha bemerkte sie auch.

Martha Faber, die Klara nun aus empörten, vom Weinen ganz verschwollenen Augen anfunkelte, war entgegen der über sie kolportierten Geschichten keine sinnliche Schönheit, und sie war es vermutlich auch vor zwanzig Jahren nicht gewesen.

Zwar war ihr Haar tatsächlich rot, aber es war ein karottiger, stumpferdiger, inzwischen von Grau durchzogener Ton, und darüber hinaus war es mindestens so krauslockig wie Klaras. Auch ihre Garderobe, die aus einem schmucklosen schwarzen, schlaff an ihr herabhängendem Reformkleid und soliden, allerdings ziemlich abgetragenen Schuhen bestand, entbehrte jeder Eleganz.

»Wer um alles in der Welt sind Sie?«, fragte sie nun und, als gäbe es Zweifel, wen sie meinen könnte, deutete mit dem ausgestreckten Finger auf Klara.

Klara schluckte, richtete sich auf, und bevor sie noch etwas hätte entgegnen können, antwortete Fritz' Onkel für sie: »Das ist Fräulein Heinemann, Fritz' Mädchen.«

»Dieses Provinzpflänzchen? Na, dann wundert mich nichts mehr«, entgegnete Martha, wobei sie Klara mit einem unfreundlichen Blick musterte. »Sie hätten sich bemerkbar machen müssen. Umgehend.«

»Sie hätten anklopfen müssen«, entgegnete Klara, wobei sie selbst über die Festigkeit ihres Tons staunte. Anna Amalia selbst hätte nicht majestätischer klingen können.

»Wenn Sie geklopft hätten, dann wäre all das gar nicht erst passiert.«

Einen Moment lang funkelten sie sich gegenseitig heftig an, dann jedoch kniff Martha Faber kopfschüttelnd den linken Mundwinkel ein, machte auf dem Absatz kehrt, und ließ sie beide einfach stehen.

»Die Dame, für die Wilhelm Faber sich ins Unglück

gestürzt hat. Ist sie nicht bezaubernd? So fröhlich und charmant«, fasste Fritz' Onkel mit einem unterdrückten Lächeln zusammen. »Möchten Sie nicht mit in den Salon kommen? Kiki würde sich freuen, und ich bin sicher, dass Sie sich auch ohne Fritz glänzend amüsieren werden …«

Klara nickte, aber dann bat sie ihn doch vorzugehen, sie wollte wenigstens das zerknitterte Reisekleid gegen etwas dem festlichen Anlass Angemesseneres tauschen.

Nicht, dass sie viel Auswahl gehabt hätte, außer dem, was sie auf dem Leib trug, befanden sich in ihrem Köfferchen aktuell noch ein Strickrock mit passendem Jäckchen, eine Bluse sowie drei dazu gehörige Kragen und ein blaues, durchgeknöpftes Mantelkleid. Letzteres hatte sie eigentlich für den Silvesterabend gedacht gehabt, aber jetzt fühlte sie sich darin geradezu bemerkenswert unattraktiv – besonders wenn sie an die hübsche, sommersprossige Kiki dachte. Und gerade als sie sich für die Strickkombination samt Bluse entschieden hatte, ging erneut die Tür auf, und Kiki stürzte herein.

»Ich hab mich jedacht, du weißt vermutlich nich, was anziehen. Das doch hoffentlich nich!« Mit regelrecht angewidertem Gesichtsausdruck musterte sie den Rock. »Siehst ja aus wie ne alte Jungfer in dem ollen Mottenteppich.«

Leicht beschämt ließ Klara die Strickkombination sinken, was Kiki mit zufriedenem Nicken kommentierte. »Das Mantelkleid is jut, nur zu lang. Du hast doch keene Krampfadern, die man verstecken müsste. Wart, ich helf dir.«

Und ehe Klara sich versah, machte Kiki sich mit Stecknadeln ans Werk, kürzte den Rock radikal.

»Aber, aber ...«, stammelte sie, doch für Kiki gab es keinen Halt mehr.

»Probier mal an«, kommandierte sie und machte dabei keinerlei Anstalten sich abzuwenden. Klara war es mittlerweile egal, an diesem Tag hatte sie schon so vieles zum ersten Mal gemacht, da kam es auf das bisschen Nacktheit vor einer Fremden auch nicht mehr an – nur das Kleid, das war jetzt definitiv zu kurz, es endete knapp unter dem Knie. Klara machte versuchsweise einen Tanzschritt, dabei rutschte es sogar noch höher.

Regelrecht unbekleidet fühlte sie sich, und wie es sie an den Beinen fror – ihre neue Freundin allerdings lächelte zufrieden. Erst jetzt bemerkte Klara, dass auch Kikis Kleid nur geradeso bis zur Wade reichte.

»Na, dann man rin ins Jetümmel!«, kommandierte diese und schubste Klara, die soeben Bedenken bezüglich der Rocklänge anbringen wollte, auf den Gang.

»Aber ich kann doch nicht …«, stieß sie hervor. Noch nicht einmal beim Schwimmen hatte sie bisher so viel nackte Haut gezeigt – andererseits besaß sie wirklich hübsche Beine, eigentlich sprach wenig dagegen, die auch mal zu präsentieren. Wiederum andererseits war es eben schlicht unanständig, sich derart unbekleidet unter Menschen zu mischen.

»Jetzt los, sei doch keene Zimperliese«, lachte Kiki gutmütig, und Klara gab sich einen Ruck. Sie hatte gute Beine, warum also sie verstecken? Frauen durften nun offiziell die Regierung wählen, folglich würden sie auch über ihre Rocklänge selbst bestimmen dürfen. Und mit sehr bewussten, kühl umwehten Schritten folgte Klara der Freundin in den Salon.

Ihre oder vielmehr Kikis Kleiderwahl war definitiv richtig gewesen – in ihrem Strickkleid hätte sie furchtbar bieder gewirkt. Die ungewohnte Rocklänge allerdings, die bemerkte hier niemand mehr groß. Wohin Klara auch blickte, sie sah nackte, von duftigem Stoff umwirbelte Frauenbeine. Und einige hatten sogar kurzes Haar! Vor Überraschung blieb Klara einen Moment lang der Atem weg, doch kaum bekam sie wieder Luft, wusste sie, das wollte sie auch. Endlich runter mit den krausen Locken!

Während sie noch staunte, hatte Kiki sich schon tanzhungrig in die Menge der Schwofenden gestürzt, ließ sich noch in der Tür von einem russisch aussehenden, sehr hohlwangigen Herrn zum Walzer auffordern.

Klara jedoch lehnte das Angebot eines Blonden in Hauptmannsuniform ab, sie staunte lieber noch ein wenig.

Anders als auf allen Festen, an denen sie bisher teilgenommen hatte, gab es weder eine feste Sitzordnung nach Titel und Bedeutsamkeit, noch schien ein Programm mit einem gewissen Ablauf vorgesehen.

Auf einer mit einem weißen Leintuch bedeckten, improvisierten Anrichte balancierte eine Unzahl von nicht zusammengehörendem Geschirr, elegante Meißner Suppenterrinen standen Seite an Seite mit einem blechernen Feldkochtopf und mehreren kyrillisch beschrifteten Dosen mit Kaviar, daneben steckten Messer, Löffel, Gabeln in Wassergläsern, stapelten sich Berge von Tellern jeder Art.

Offenbar hatten die meisten der zahlreichen Gäste selbst etwas zum Essen mitgebracht und dort abgestellt, auf dass sich jeder nach Herzenslust bedienen konnte. Etwas abseits von der Tanzfläche war ein Esstisch aufgestellt worden, da es aber mehr hungrige Gäste als Stühle gab, hatten sich viele, besonders die Jüngeren, einfach in Grüppchen auf den Boden gehockt, wo sie nun rauchend zwischen Tanzenden flegelten, das dreckige Geschirr als Aschenbecher missbrauchten.

Klara fiel auf, dass hier viele der Herren noch immer wie selbstverständlich Uniform trugen – zwar überwogen die Abendanzüge, doch konnte sie gleich auf den ersten Blick drei Hauptleute ausmachen. Rote Halstücher suchte sie indessen vergebens.

Da sich keiner um sie kümmerte, schlenderte Klara zu den Klängen eines Foxtrotts an das Büfett, wobei sie sich bemühte, sich ihren inzwischen heftig knurrenden Magen nicht anmerken zu lassen.

Für sie sahen sämtliche der angerichteten Speisen einfach nur köstlich aus, selbst die seltsam gräulichgrüne Sauerkrautwürstchenpampe, die sich unter dem Deckel eines der Feldkochtöpfe verbarg, ließ Klara das Wasser im Mund zusammenlaufen.

Und weil sie sich ja sowieso schon gegenüber Martha Faber, immerhin offiziell die Hausherrin, schlecht benommen hatte, häufte sie sich gleich noch den Teller ungehörig voll mit Lachs auf französischem Weißbrot, Würstchen im Teigmantel, irgendetwas Speckumwickeltes, kaltem Braten, Klößen und Forelle. Dazu schenkte sie sich großzügig ein Glas Fruchtbowle ein und ging damit sehr langsam und vorsichtig zum Tisch, wo glücklicherweise gerade ein Stuhl freigeworden war. Wie sie die neue Rocklänge genoss, dieses freie Schwingen um die Knie. Und wie sie erst die kurzen Haare genießen würde!

Am Speisetisch interessierte sich niemand für Klara, zwar machten die Herren lächelnd Platz für ihr Geschirr, wünschten freundlich »Einen gesegneten Appetit«, führten jedoch direkt darauf ihre Unterhaltung fort.

Sie debattierten gerade, was wohl die Friedensverhandlungen von Paris brächten, ob es dem amerikanischen Präsidenten gelänge, die Franzosen zur Mäßigung zu bewegen, ob man auch auf Seiten der Sieger einsähe, dass die Verlierer den Krieg genauso wenig gewollt hatten wie sie, die deutschen Soldaten aber tapfer und ehrenvoll gekämpft hatten?

Oder würde sich der Geist des britischen Premierministers durchsetzen? Unvergessen dessen Versprechen, *die deutsche Zitrone auszupressen, bis die Kerne quietschen.*

Klara kaute stumm.

Die Forelle war sehr salzig, die Bowle so klebrig, dass man nach dem Trinken fast durstiger war als zuvor. Sie stand auf, füllte sich ein zweites Glas ein, das sie gleich im Stehen trank und als sie mit einem dritten zurückkehrte, sprachen die Herren bereits über die Wahl zur Nationalversammlung – wenn es nur bis dahin keinen Putsch gab.

Ein kommunistischer Putsch wäre der Untergang, da waren sich alle einig, niemals würden die Franzosen ein kommunistisches Deutschland dulden. Eine gemeinsame Grenze mit Bolschewisten, das würden sie nicht zulassen. Mit britischer, mit amerikanischer Unterstützung würden sie in die schutzlose, von unfähigen Soldatenräten regierte Heimat einfallen und endgültig alles zerstören – aber verdiente ein kommunistisches Deutschland nicht auch die Auslöschung?

Klara hörte schweigend zu und trank Bowle. Ein-, zweimal machte Kiki ihr Zeichen, sie solle doch zu ihr kommen, und auch die hartnäckige Tanzaufforderung eines jungen Mannes, Typ Rasputin, lehnte sie ab. Sie wollte lauschen, sie wollte verstehen, was in der Welt vor sich ging. Sie hatte Hunger auf Meinungen, auf Ansichten und wenn es nur war, um sie für ungenießbar zu befinden. Und so saß sie da, schweigsam, aufmerksam und Bowle trinkend.

Als sie beim Boden des dritten Bechers angekommen war, diskutierten die Herren inzwischen darüber, ob der für die erste Januarwoche erwartete Abschlussbericht des Sozialisierungskomitees wohl von der kürzlich abgegebenen Einschätzung abweichen würde.

Da allerdings im Grunde alle überzeugt waren, dass das Komitee zu gar keinem anderen Schluss gelangt sein konnte, als dem, dass für die deutsche Wirtschaft eine Enteignung – wie sie beispielsweise die USPD forderte – weder jetzt noch später in Frage käme, wendete man sich rasch anderen Themen zu.

Würden die Roten sich die Entlassung *ihres* Polizeipräsidenten gefallen lassen? Wohl kaum, doch wie würden sie reagieren? Für den zweiten Januar hatten sie zu Demonstrationen aufgerufen, lästig, sehr lästig – wer demonstriert, arbeitet nicht und blockiert die Straßen für all die Anständigen, die zur Arbeit möchten. Aber grundsätzlich waren Demonstrationen zu ertragen, sollten sie sich doch die Lunge aus dem Leib brüllen.

Aber was, wenn sie mit einem Aufruf zum General-streik konterten?

Schon allein der Gedanke daran schien beson-ders den eleganteren, wohlbeleibteren Herren eisige Schauer den Rücken hinab zu jagen.

»Wie denken die sich das denn? Wer soll denn das am Ende zahlen? Die Hungerleider von der USPD und schlimmer noch der KPD? Wohl kaum!« Vor lauter Empörung drohte dem Sprecher, das Monokel aus dem Auge zu springen. »Das Einzige, was die können, ist Geld verteilen, das ihnen gar nicht gehört.«

Dafür erntete er allgemeine Zustimmung, während ein anderer nachdenklich an seiner Zigarre zog und sinnend in die Runde blickte: »Ich möchte nur wis-sen, ob denen jemals der Gedanke gekommen ist, dass man dieses von ihnen so großzügig an Faulpelze und Blaumacher verschenkte Vermögen ja erst einmal er-wirtschaften muss. Das würde ich diese ganzen roten Theoretiker gern mal fragen – Liebknecht, Luxemburg und wie die alle heißen.«

Allein bei der Erwähnung von Rosa Luxemburgs Namen ging ein kollektives Stöhnen durch die Män-nerrunde. »Was diese Luxemburg sich überhaupt einbildet! Die ist doch nichts als ein wild gewordenes

Hosenweib! Und, entre nous, es ist vielleicht nicht modern es zu sagen, aber wir wissen doch alle, wie es ist. Frauen verstehen nichts von Politik. Sie sind doch viel zu emotional. Sie können einfach nicht logisch denken.«

»Sie verstehen auch schlicht die großen Zusammenhänge nicht. Wenn eine Frau von einem Schneiderbesuch zum nächsten denkt, glaubt sie gleich, sie hätte Wunder was geplant.«

Darüber mussten die Herren alle sehr herzlich lachen, während Klara vor lauter Zorn gar nichts mehr zu sagen wusste. Nicht, dass ihr diese grässlichen Ansichten neu gewesen wären, Ähnliches konnte man auch in Weimar hören – doch in so geballter Form, von so offensichtlich gebildeten, wohlsituierten Herren hatte Klara es bisher noch nie gehört.

»Als ob es nicht schlimm genug ist, dass sich das Schicksal unseres geliebten Heimatlandes neuerdings in den schwieligen Händen der Söhne von Schneidermeistern und Tapezierern befindet«, verkündete der Monokelträger salbungsvoll. »Aber nein, der Luxemburg, der reicht das nicht! Politik machen wie echte Männer!«

Klara sagte nichts, verbissen kaute sie auf ihrer

Wange und dieser Meinung herum. Sie hatte andere Ansichten hören wollen, jetzt hörte sie sie. Ganz heiß war ihr vor Wut, sie musste sehr an sich halten, nicht damit herauszuplatzen. Sie war immerhin Gast und hatte es sich schon mit der Hausherrin verscherzt.

Die Herren bemerkten ihre Empörung jedoch gar nicht, sprachen ungebremst fort, überlegten, wie man mit einer wie der Luxemburg am besten verfahren sollte.

Manche waren der Meinung, ein derartig renitentes Weibsbild gehöre schlicht auf den Scheiterhaufen, die Mehrheit jedoch fand, diese wirrköpfige Person solle am besten heiratete und ein paar Kinder bekommen, das trieb Frauen naturgemäß schnell die Flausen aus. Nur welcher Mann war blöd genug, sich diese hässliche Giftspritze anzutun?

»Ich höre immer nur Opfer fürs Vaterland! Und hier, hier wäre doch mal eine Gelegenheit. Wo sind unsere jungen Helden, wenn man sie mal braucht!«, rief ein älterer Backenbart schmutzig grinsend und warf dabei dem Offizier ihm gegenüber einen auffordernden Blick zu.

Der jedoch schüttelte ablehnend den Kopf, erklärte kategorisch: »Kein anständiger deutscher Soldat würde sich je mit einer Jüdin abgeben. Es sind Damen anwesend, deshalb kann ich es Ihnen nicht genauer erklären, aber glauben Sie mir, bei aller Entschlossenheit und Vaterlandsliebe, es würde rein an der Biologie scheitern.«

Darüber mussten die Herren sehr herzlich lachen, und Klara stieg endgültig die Hitze in die Wangen. Da Rosa Luxemburgs Schriften so gut wie nicht zu bekommen waren, wusste Klara bedauerlich wenig über diese Frau an der Spitze der kommunistischen Bewegung. Zwar hatte sie jeden Artikel, jeden noch so kleinen Satzfetzen über sie gelesen, aber für ein richtiges Bild reichte es nicht. Doch einmal hatte Fritz ihr erzählt, ein Freund habe ihm verraten, sie sammle gepresste Blumen. Diese Vorstellung hatte Klara gerührt – dieser schlaue, es mit jedem Mann aufnehmende Kopf über ein Herbarium gebeugt –, und seitdem fühlte sie sich ihr sehr nah.

Es war dieselbe Zuneigung, wie Klara sie auch zu Herzogin Anna Amalia empfand, ein Gefühl der Verbundenheit, allein darauf beruhend, dass man weiblich war und eine gemeinsame Sehnsucht teilte – die Sehnsucht nach Freiheit, die Sehnsucht nach einem selbstbestimmten Leben. War es bei Anna Amalia das Reisen, war es hier der Wunsch nach politischer, nach genereller Selbstbestimmtheit.

Und auf einmal hörte Klara sich sagen: »Ihre Theorie finde ich höchst bemerkenswert, da es doch meines Wissens nach keinerlei biologische Merkmale gibt, die eine jüdische Frau von einer … sagen wir protestantischen trennen. Mich würde jetzt wirklich interessieren, woran erkennt ein *anständiger deutscher Soldat* im Eifer des Gefechts den Unterschied? An der Bibel auf dem Nachttisch? Aber das könnte ja im Grunde auch eine Finte, ein gemeiner Täuschungsversuch sein – wie durchschauen anständige deutsche Soldaten so etwas, bitteschön?!«

Die Herrenrunde starrte sie sprachlos an, und Klara starrte zurück. Ein bisschen wie das Fräulein Seidenmann, wenn das Thema auf Paul Rieger kam, gleichermaßen frech wie arrogant.

Die Herren glotzten und glotzten und dann sprachen sie alle auf einmal. Der Offizier, der vermutlich dank vieler Übungsmöglichkeiten auf dem Exerzierplatz über die lauteste Stimme verfügte, beteuerte wortreich, man habe der jungen Dame nicht zu nahetreten wollen, das ganz gewiss nicht, vielmehr habe man sich einen kleinen Scherz erlaubt, was am Silvesterabend ja durchaus einmal sein dürfe. Über die Geschmackssicherheit der Pointe könne man nun bestimmt trefflichst diskutieren, doch in Anbetracht der allgemeinen ausgelassenen Stimmung … Ähnlich äußerten sich auch die anderen Herren, nur der Backenbartträger sah Klara weiterhin schweigend und hasserfüllt an.

Sie konnte nicht sagen, ob er etwas zu entgegnen beabsichtigt hatte, denn auf einmal ging die Salontür auf und dort stand ein Mann – mit tiefen Schatten unter den Augen, eingefallenen Wangen unter dem struppigen Vollbart, einem abgestoßenen Mantel über dem mit Blut, Eiter und Schmutz besudelten Arztkittel stand er dort.

Fritz.

Klaras Herz verschluckte einen Schlag.

Endlich! Ihr Fritz. Und obwohl zwischen ihm und ihr das komplette Zimmer lag, breitete er die Arme aus und rief: »Mein Gott, Klara! Du bist tatsächlich gekommen! Onkel Wilhelm, hast du schon meine bildschöne Braut begrüßt? Nicht wahr, kleine Genossin, wir heiraten, gleich morgen oder allerspätestens Ende der Woche! Oh, ich bin so froh, dass du endlich da bist! Keinen Tag länger hätte ich es ohne dich ausgehalten.«

Kapitel 4

»Ich möchte dir heute meinen Freund Jakob vorstellen«, sagte Fritz zu ihr, als er sie am Neujahrsmorgen
auf ihrer Matratze mit einer dampfenden Tasse weckte.
Die Flüssigkeit war heiß und durchsichtig braun, doch
der Bucheckerngeschmack kam Klara wie der köst-
lichste Arabica vor.

Fritz war wieder da.

Der Mann, den sie im Frühling vor zwei Jahren unter mühsam beherrschten Tränen an die Westfront verabschiedet hatte, war wieder bei ihr, und sie bei ihm –
und in kleinen andächtigen Schlucken begann sie zu
trinken.

Was für ein wundervolles Silvester es doch noch
geworden war! Nach all den Wochen und Monaten
ohne einander hatten sie keine Zeit verloren, nur den

schmutzigen Kittel hatte Fritz ausgezogen, wirbelte sie in schlichten Hemdsärmeln durch Foxtrott, Onestep, Twostep und wie die neuen Tänze hießen.

Zu Mitternacht waren alle auf den Dachbalkon gestürzt, die Herren hatten mit ihren aus dem Krieg mitgebrachten Pistolen in die Luft geschossen, von überallher knallte es, fröhlich und doch beängstigend, *Ein friedliches 1919 uns allen!*, manche Häuser waren nun festlich mit Fackeln beleuchtet, Korken knallten, *Echter Champagner, irgendwas können sie eben doch, diese verdammten Froschfresser;* im Wipfel der blattlosen, wild geschossenen Mirabelle des Obstgartens hinter dem Haus hatte sich ein einsamer, roter Luftballon verfangen; Kiki begann plötzlich zu weinen, stürzte schluchzend davon, doch als Klara ihr nach wollte, hielten Wilhelm und Fritz sie entschlossen zurück, Klara solle sich nicht weiter darum kümmern, das wäre halt so deren Art und irgendwann gab sie nach; das Grammophon hing in einem Walzer und die geplagten Töne hatten sich mit einem heiteren Dreivierteltakt von irgendwoher verheddert, Fritz hatte sie geküsst, heftig, als wären sie schon allein, *Nächstes Jahr feiern wir vielleicht schon zu dritt, also küss mich, solange du es noch ungestört tun kannst;* auch auf dem Gesicht von Martha Faber hatte ein feuchter Schimmer gelegen, aber vielleicht war es nur das Licht gewesen, denn sie hatte gelacht und gerufen: *Prosit Neujahr! Auf den Frieden! Endlich, endlich Frieden!* Und dazwischen das ewige, von überallher stammende Pistolengeknalle.

War es tatsächlich noch keine 24 Stunden her gewesen, dass sie die Mutter in Weimar zurückgelassen hatte?

»Komm, trink aus«, drängte Fritz jetzt, wobei er schon mal anfing, sich die schweren Feldstiefel zu schnüren. »Ich möchte dich Jakob vorstellen.«

»Ich dachte, Jakob sei …«, entgegnete Klara etwas verunsichert. »Hast du nicht gesagt, seine Gasmaske wäre nicht dicht gewesen? Seine Mutter hatte dir doch geschrieben?«

»Er lebt, aber er ist blind und …«, Fritz drehte sich nachdenklich eine Zigarette, »… und er hat manchmal ziemlich schlechte Tage. Aber oft auch gute, dann macht er schon wieder Witze – was für ein Glück es sei, dass er Lyriker und nicht Maler geworden ist. Er trägt es mit Fassung.«

Klara lächelte bitter. Wie gefasst sie immer alle waren. Grete und Jakob und irgendwie auch Fritz. Aber sie musste auch an Fräulein Seidenmann denken, wie sie mit ihrer kleinen Nichte an der Hand, weinend in dem Fotoatelier gestanden hatte und an Kiki, wie sie gestern schluchzend davonstürmte. Klara hatte noch immer ein schlechtes Gewissen, ihr nicht hinterhergegangen zu sein, aber vielleicht hatten die Männer recht gehabt, sie zurückzuhalten? Die kannten Kiki schließlich besser?

»Jetzt komm schon«, drängte er, und Klara nickte, zog den neuen gekürzten Rock an. So viel Beinfreiheit, das wollte sie nicht mehr missen, da konnte Fritz noch so skeptisch blicken.

Es war früh, vielleicht acht oder halb neun, die Sonne fiel winterlich grell durch die Scheiben, und bis auf sie beide lag das ganze Haus noch in tiefem, erschöpftem Schlummer. Im Stehen aßen sie ein bisschen kalten Hummer, frühstückten ein Restchen Götterspeise, und in der grünen, glibbrigen Masse schwamm ein einziges, rotes Konfettiteilchen.

Danach zogen sie sich ihre Mäntel, Mützen, Schals über, und Klara stieg hinten auf das leuchtend grüne Fahrrad, dass Fritz ihr als sein Eigentum präsentierte.

Und so, mit unbequem in die Oberschenkel einschneidenden Metallstangen, ihre Arme um seinen warmen Rücken geschlungen, ihr Gesicht gegen die kratzige Wolle seines Mantels gepresst, fuhren sie durch die klare, schneidend kalte Winterluft. Die Straßen lagen menschenleer und verlassen, vereinzelt hingen noch Luftschlangen von Fenstersimsen oder Ästen, klebten bunte Papierfetzchen feucht und schmutzig auf dem Pflaster. Manchmal verfing sich das strahlend schöne Morgenlicht in herumliegenden Glasscherben, ließ sie plötzlich aufglänzen.

Die Zukunft lag wie das neue Jahr frisch und voller Verheißung vor ihnen. Wie jung sie noch waren, und wie viel Zukunft sie noch hatten.

Ein Hundebesitzer winkte ihnen mit der Leine, rief ihnen »Ein gesegnetes 1919« zu, und Fritz antwortete: »Ein friedliches Jahr uns allen.«

Irgendwann, nach vielleicht einer halben Stunde, hielten sie abrupt vor einem sehr imposanten, zu einer Grunewaldvilla führenden Tor und Fritz sagte: »Da wären wir.«

Klara stutzte überrascht, sie hatte Jakob Zittlau trotz der auf Büttenpapier schreibenden Mutter immer eher mit proletarischem Hintergrund versehen gehabt. Als er ihre Verwunderung bemerkte, erklärte Fritz lapidar: »Sein Vater war die rechte Hand von Reichskommissar Göring in Deutsch-Südwestafrika, er hat Jakob enterbt, wegen des Kommunismus und wegen seiner zahlreichen Cousinen. Das Haus gehört Jakobs Mutter, einziges Kind eines Tabakimporteurs, bis vor ein paar Jahren war es vermietet, aber bei Kriegsausbruch hat es Frau Zittlau heimgezogen. Die Ehe war sowieso nie sehr glücklich, die weitläufige weibliche Verwandtschaft setzt sich wohl seit mehreren Generationen fort. Komm, hoffen wir, dass er einen seiner guten Tage hat.«

Doch dieser Wunsch stellte sich als vergeblich heraus. Den besorgten Blick des Hausmädchens sollte Klara erst später richtig zu deuten wissen, im ersten Moment war sie vollkommen von der fast schwarzen Hautfarbe der Frau fasziniert. Natürlich hatte sie aus der Zeitung, aus Zeitschriftenartikeln und Büchern über derartige Hauttönungen Bescheid gewusst, aber mit eigenen Augen hatte sie sie noch nie gesehen.

Fast lautlos huschte das Dienstmädchen vor ihnen durch die, dank zahlreicher ganz offensichtlich nachträglich eingebauter Öfen, sehr warmen, fast heißen Gänge, bis sie schließlich von Jakob Zittlaus Mutter in einem bemerkenswert vollgestopften Salon in Empfang genommen wurden.

Da die schweren Samtportieren vor den Fenstern nicht nur zugezogen, sondern auch noch blick- und wohl vor allem weitgehend zugluftdicht abgesteckt worden waren, lag das Zimmer in einem gespenstischen, nur durch das Kaminfeuer und eine einzelne Gaslampe erhellten Schimmer. Wände wie Boden waren überlappend mit orientalischen Teppichen bedeckt, und überall lagen seltsame Musikinstrumente herum, die Klara noch nie gesehen hatte. Frau Zittlau selbst saß in einer dicken Strickjacke direkt vor dem Kamin und streifte sich beim Eintreten des Besuchs hastig die Halbfingerhandschuhe, die sie zum Stricken getragen hatte, ab.

Nach der Begrüßung flüsterte sie leise: »Er hat schlecht geschlafen. Herr Babinski hat ihm gestern wieder heimlich die Zeitung vorgelesen. Das regt ihn immer so auf, hundertmal habe ich es ihm schon verboten. Wenn er Jakob vorlesen möchte, warum dann nichts Nettes? Ein hübsches Märchen oder eine kleine Liebesgeschichte? Von Courths-Mahler zum Beispiel?«

»Ich glaube, Jakob hat sich noch nie viel aus Märchen gemacht«, wandte Fritz ein. »Und was Liebesgeschichten angeht, da ist er zwar Experte, aber …« Er ließ den Satz unvollendet in der Luft hängen, ging entschlossen auf eine halb durch einen der Teppiche verdeckte Tür zu. Nach kurzem Zögern folgte Klara ihm in das dahinterliegende Zimmer.

Es war, als liefen sie gegen eine Wand. Die Luft in der kleinen Kammer roch stark nach Desinfektionsalkohol, Wäschepulver, Scheuermittel und darunter, halb versteckt von so viel Reinlichkeit, lag unleugbar der Gestank von Angstschweiß. Ein Krankenzimmergeruch. Aber da war noch etwas, ein fremder Geruch, den Klara nicht einordnen konnte. Ölfarbe?

Plötzlich sah sie es: an der nüchtern weiß getünchten Wand über dem Bett hing ein offensichtlich frisch gemaltes Bild – ein ganz wundervolles Bild, in fröhlichen, grell bunten Farben zeigte es einen Maharadscha, auf Seidenkissen gebettet und von olivhäutigen Schönheiten mit Trauben gefüttert. Das Gemälde in seiner opulenten Heiterkeit passte überhaupt nicht zum sachlich – nüchternen Rest des Zimmers, obwohl es sehr groß war, wirkte es regelrecht verloren.

»Das hat Herr Babinski gemalt«, erklärte Frau Zittlau, die Klaras Blick gefolgt war, missbilligend. »Ich hab ihm hundertmal gesagt, was braucht ein Blinder Bilder, aber Herr Babinski weiß ja immer alles besser. Jetzt hängt es da und stinkt das Zimmer voll.«

»Mutter hasst Max«, fasste der Mann, der unter einer Decke auf dem freudlosen Metallbett lag, zusammen. Er war sehr abgemagert, zusammengesunken und grau. Unter der wächsernen Haut des Schädels zeichneten sich überdeutlich die Knochen ab, die blutleeren Lippen wirkten trocken, aufgesprungen, der Kopf war frisch geschoren und eine weiße Binde verdeckte die Augen.

»Und im Übrigen bin das auf dem Bild ich. Ich hoffe sehr, Max hat mich in all meiner prächtigen Jugendschönheit getroffen.«

»Absolut!«, beteuerte Klara, die keinerlei Ähnlichkeit zwischen dem halben Skelett und dem kraftstrotzenden Maharadscha erkennen konnte. »Es ist sehr aus dem Leben gegriffen.«

»Was für eine charmante kleine Lügnerin!« Jakob lachte hustend, richtete sich mühsam auf. »Fritz, ist diese bezaubernde junge Dame dein versprochenes Mädchen?«

»Jakob, bitte bleib liegen. Sitzen ist viel zu anstrengend. Herr Doktor Faber, sagen Sie es ihm doch!« Verzweifelt blickte Frau Zittlau zwischen ihrem Sohn und Fritz hin und her.

»Es ist der Einfluss dieses grauenhaften Herrn Babinskis. Gestern hat er Sekt vorbeigebracht und zu Weihnachten Schokolade, dabei soll Jakob weder das eine noch das andere zu sich nehmen. Gedünstetes Gemüse und Kamillentee hat der Herr Doktor verschrieben.«

»Und Ruhe! Vergessen Sie die strenge Ruhe nicht, beste Frau Mutter.« Etwas in Jakobs Ton legte den Verdacht nahe, dass er hinter seiner Binde die Augen verdrehte. »Wie wäre es, wenn Sie selbst etwas dazu beitrügen und mich mit meinen Freunden allein ließen?«

»Ich werde Ihren Herrn Sohn streng ins Gebet nehmen«, versprach Fritz mit ernster Stimme, doch kaum war die Tür hinter der alten Dame ins Schloss gefallen, setzte er sich auf die Bettkante und neckte: »Jetzt lässt du dir also schon Sekt aufs Zimmer liefern, was kommt als nächstes? Hübsche Damen? Aber ich bin erleichtert zu sehen, dass du dich auf dem Weg der Besserung befindest.«

»Es wird, Grabenblindheit geht ja oft vorüber. Wie denn auch nicht? Mit täglichem Arztbesuch, Schonkost und warmem Tee? Ich kann dir gar nicht sagen, wie ich mich schäme. Da lieg ich jetzt also, in einem Zimmer groß genug für zehn meiner Sorte, in einem Haus groß genug für zweihundert und wenn ich es wage zu niesen, verfeuert meine Mutter die Kohleration einer fünfköpfigen Familie. Ihr grässlicher Bruder ist in der Stadt und beliefert sie mit allem, was dem proletarischen Rest der Welt vorenthalten wird.« Er schüttelte einige Male den rasierten Schädel. »Ich kann es kaum abwarten, endlich wieder bei Kräften zu sein. Ich muss hier raus. Max kommt heute Mittag, ich habe ein Gedicht im Kopf. Er soll es aufschreiben und einreichen. Ach, ich sag dir, das wird ein Gedicht. Die Posaunen von Jericho sind ein Dreck dagegen. Aber bitte mich nicht, es dir vorzutragen, du weißt, das hasse ich. Du wirst 5 Pfennig investieren und kommenden Mittwoch die *Rote Fackel* kaufen müssen.«

»Jakob dichtet niemals umsonst«, fasste Fritz für Klara lachend zusammen. »Mein Onkel würde auch jederzeit etwas ankaufen, aber Ullstein zahlt dem feinen Herrn nicht gut genug.«

»Kostenlos dichten ist eine Unsitte und obendrein die Wurzel des Dilettantismus. Ich lasse mich immer bezahlen, entweder in bar oder durch die richtige Gesinnung. Die hat Ullstein nicht, und deshalb nehme ich es klimpernd. Wie geht es deinem Onkel eigentlich? Und deiner Tante?«

»Ach, nicht besonders. Die Sache mit Harry macht ihr mächtig zu schaffen. Sie ist nur noch ein Schatten ihrer selbst. Es ist ja nicht nur Harrys Tod, sondern auch die Sorge, was aus ihrem Blättchen werden soll.« Fritz zuckte gleichgültig die Schultern. »Aber mal im Ernst, sie soll sich nicht so anstellen. Mein Onkel wird sie schon nicht verhungern lassen. Muss sie sich halt ein neues Steckenpferd suchen, andere Frauen malen. Oder soll sie doch wieder Harfe spielen. Da gibt es ganz andere Probleme.«

Klara biss sich auf die Lippen. Das war mal wieder typisch Fritz. Er allein besaß die Deutungshoheit darüber, welche Probleme schwer zu wiegen hatten und welche nicht. Aber sie kannte zu wenig von den Hintergründen, um sich auf eine Diskussion einzulassen. Die konnte sie nur verlieren, und so beließ sie es bei einem halblaut geflüsterten, ziemlich spitzen: »Sie sollte es wirklich mit Fassung tragen.«

»Wann demonstriert ihr?«, fragte Jakob, ohne auf ihre Bemerkung einzugehen.

»Morgen. Morgen früh, aus ganz Deutschland reisen Genossen an. Wir werden kämpfen, wenn sie uns dazu zwingen. Wir lassen nicht zu, dass alles umsonst war.«

Plötzlich umklammerte Fritz die Hand des Freundes ganz fest, seine Fingerknöchel traten weiß hervor.

Und in mühsam beherrschtem Tonfall fuhr er fort: »Es war nicht vergeblich, Jakob. Du wirst gesund werden, und dann wirst du das neue Deutschland sehen. Ein einiges, glückliches Volk, das in Frieden und ohne Klassen lebt. Von diesen mit dem Klassenfeind paktierenden Radieschen lassen wir uns doch nicht die Revolution zerstören. Wir kämpfen für die richtige Sache, aber Jakob …« Er sprach nun ganz leise, schien Klara vollkommen vergessen zu haben. »Jakob, wir haben kaum Verbandszeug, nicht mal Krepppapier wie im Krieg, und das bisschen Morphium, das verbraucht einer wie Genosse Werner für sich allein an einem Tag. Ich hab Angst, Jakob. Ich will nicht, dass es zum Kampf kommt, nicht noch mehr Tote. Sie sollen uns anhören und verstehen. Wir hören sie doch auch an, es muss doch einen Zwischenweg geben? Wenn der Ebert wirklich schießen lässt, dann ist es das Ende der Revolution und vieler, vieler Freunde. Meinst du, er lässt schießen?«

»Nein, solange die Demonstrationen friedlich verlaufen, wird er nicht schießen lassen.« Mit brüderlicher Zärtlichkeit fuhr ein wächserner Finger über Fritz' Handrücken. »Ebert ist kein schlechter Mensch, nur ein Kleingeist. Wie dein Onkel, zu groß und zu frei

117

für das Bürgertum, aber zu feige, um den Weg bis zum Ende zu gehen. Ebert wird es nicht wagen, auf friedliche Demonstranten zu feuern. Aber jetzt komm, lass uns lieber über andere Themen reden. Erst bringst du mir dein Mädchen mit, und dann plapperst du selbst die ganze Zeit.«

»Das Bild ist wirklich gut«, sagte Klara zögerlich und eigentlich nur, um irgendetwas beizutragen. Es gefiel ihr, aber sie bildete sich nicht ein, seinen künstlerischen Wert beurteilen zu können. »Ist Herr Babinski Maler?«

»Ja. Max hat auch die Ansichtskarte gemacht, die ich dir mitgebracht habe.« Fritz schenkte dem Gemälde einen flüchtigen Blick. Er hatte es nicht so mit Kunst, das hielt er für Zeitverschwendung – genau wie Romanelesen. »Max ist ein ganz patenter Bursche, aber …«

»Fritz ist er zu unpolitisch«, grinste Jakob. »Dabei ist er das gar nicht. Nur unser feiner Herr Doktor will nicht einsehen, dass man nicht den ganzen Tag nur demonstrieren, operieren und politisieren kann. Manche Menschen schauen sich eben auch mal gern ein Bild an. Oder lesen ein Gedicht. Und sei es nur, um dadurch gestärkt in den Klassenkampf zu ziehen.«

»Ach, sei mir still. Hast du schon gehört, Werner will sich zur Wahl für die Nationalversammlung aufstellen lassen. Ich weiß nicht … Er will heute Abend bei uns vorbeischauen, die Demonstration besprechen. Er ist ja ein leidlich guter Genosse, nur ist er so ehrgeizig. Ich weiß nicht, ich hab bei ihm immer den Eindruck, er ist nur deshalb radikal, weil er glaubt, sich auf die Weise profilieren zu können. Vor fünf Jahren noch war er Monarchist.«

»Das waren viele«, gab Jakob zu bedenken. »Du kannst nicht verlangen, dass nur Genossen der ersten Stunde kandidieren. Und er ist ein begnadeter Redner, er wird unsere Sache in der Nationalversammlung gut vertreten.«

»Warten wir's ab«, schnaubte Fritz. »Ich trau ihm keine zehn Meter weit. Im Moment gibt er noch den in der Wolle gefärbten Kommunisten, aber ich leg meine Hand nicht für ihn ins Feuer. Wenn es hart auf hart kommt, ist er der Erste, der einknickt. Da wette ich jede Summe.«

»Du würdest noch Robespierre mangelnde Überzeugung nachsagen«, seufzte Jakob. »Gib ihm doch einfach eine Chance.«

»Muss ich ja wohl.« Fritz begann auf und ab zu tigern. »Aber du würdest dich wundern, wie er sich verändert hat. Du hast ihn ja seit Monaten nicht gesehen.«

»Na ja, aber das gilt für so ziemlich alles. Ich bin schließlich blind.«

Einen Moment herrschte betretenes Schweigen, doch dann prusteten die beiden los wie Unterprimaner, denen man einen besonders deftigen Herrenwitz erzählt hatte. Gar nicht mehr beruhigen wollten sie sich, und Jakobs fahle Wangen nahmen darüber eine gesunde Röte an.

Sie blieben noch eine ganze Weile, Klara erzählte ein wenig von Lottis Trauung, wobei sie sich bemühte, die heitere Stimmung aufrechtzuerhalten.

Irgendwann zauberte Jakob dann aus der Brusttasche seines blau-weiß-gestreiften Schlafanzuges tatsächlich zwei zerdrückte Zigaretten, eine für Klara, eine für ihn selbst, denn Fritz war – wie Jakob sagte – kein zivilisierter Mensch und würde nie die wahren Freuden des Tabakgenusses verstehen lernen, für den taten es auch seine stinkenden Selbstgedrehten.

Daraufhin beschimpfte Fritz den Freund als bourgeoises Radieschen und weigerte sich, ihnen Feuer zu geben. Sollten die ach so feinen Herrschaften ihren ach so feinen Tabak doch kauen.

Und als sich dann endlich blaue Rauchschwaden um die hässliche Jugendstillampe an der Decke knäulten, den medizinischen Gestank verjagten, die Mittagssonne wärmend durch das Fensterglas fiel und sie mit dem lauwarmen Rest von Herrn Babinskis Sekt auf 1919 anstießen, da wollte Klara fast anfangen, sich ein bisschen auf die Karte zu freuen, die Jakob Zittlau ihr in ein paar Monaten von irgendeinem exotischen Ort schicken würde.

London. London würde ihr gefallen.

Bei ihrer Heimkehr erwartete besagter Werner sie bereits, flegelte breitbeinig auf Wilhelm Fabers schöner Seidenchaiselongue, rauchte Pfeife, las Marx und ignorierte Martha, Kiki und das Hausmädchen, die mit Teppichkehrer, Staubtuch und Wischlappen um ihn herum die letzten Spuren der Feier beseitigten.

In ausgebeulten Tweedhosen und einem fleckigen Hemd mit speckigem Kragen sah er aus, wie dem Geist eines wenig originellen Illustrators der *Roten Fackel* entsprungen. Besonders der grimmige Blick, den er mal anklagend auf das dudelnde Grammophon, mal auf sein leeres Glas lenkte, gab ihm etwas unleugbar Malerisches. Selbst noch in seinem mürrischen Begrüßungs-*Na endlich!* lag ein irgendwie heroischer Schimmer – Paul Rieger wäre entzückt gewesen.

Fritz jedoch zuckte ärgerlich mit den Mundwinkeln, setzte sich ihm betont langsam gegenüber, während Werner sofort begann, heftig auf Fritz einzureden.

Auf Klara machte er einen übernervösen, überreizten Eindruck, wie er mit fliegenden Händen und sich fortgesetzt die Stirn trocken tupfend, über die Notwendigkeit eines Putsches redete. Bei Phrasen wie *die Revolution droht zu versanden* konnte sie ihm ja noch zustimmen, wobei sie nicht überzeugt war, dass das ein Fehler war. Warum denn nicht erst ordnen und dann aus der Ordnung heraus weitermachen? Es war doch schon so viel verändert worden, das Wahlrecht, der Frieden, die Demokratie, die arbeitsrechtlichen Verbesserungen. In den Köpfen von Herren wie denen am gestrigen Abend regierte natürlich noch der Kaiser, aber überzeugte man sie nicht am besten mit Taten, mit Fortschritt?

Werner jedoch sah das anders, an die Laternen wollte er sie aufknüpfen, erschießen sollte man sie, am besten mit ihren eigenen Kugeln. »Inkonsequent und feige diese ganze Revolution. Als habe man ein brandiges Bein und amputiert nur den großen Zeh, der

Rest wird schon von allein gut werden. Wird es aber nicht!«, brüllte er donnernd und mit kämpferisch erhobener Faust. Noch so ein schönes Motiv für Paul. »Wir müssen jetzt handeln, sonst war alles umsonst. All die Toten, all die Millionen von Toten – und wofür! Damit es weitergeht, wie zuvor! Wir müssen kämpfen, wir müssen Fakten schaffen, mit der Pistole in der Hand.«

Klara verstand nun beim Anblick des heftig gestikulierenden Werners, was Fritz gemeint hatte – hier spielte jemand Theater und nicht einmal besonders gut.

Ärgerlich sagte sie: »Ihren Kampfesmut in allen Ehren, aber welchen Sinn soll das denn haben? Noch mehr Tote, um die anderen zu rechtfertigen? Davon werden die doch auch nicht mehr lebendig.«

»Ach, diese Frauen!«, stöhnte Werner auf. »Warum glaubt neuerdings jedes weibliche Wesen sich zur Politik berufen? Politik braucht einen analytischen, klaren Geist und darüber hinaus jahrelanges Studium. Nur so ist es möglich, die Zusammenhänge in Gänze zu begreifen.«

Bevor Klara ihm noch eine scharfe Erwiderung geben konnte, drückte Fritz sie allerdings fest am Arm, sagte mit sanfter Stimme: »Kleine Genossin, du hast da sicher nicht ganz unrecht, nur wir haben hier für morgen noch so viel zu besprechen, uns fehlt schlicht die Zeit für eine Grundsatzdiskussion. Warum liest du nicht ein wenig?«

Klara hatte keine Lust, sich wie ein Kind zum Spielen schicken zu lassen, doch in Fritz' Augen lag ein derart flehender Ausdruck, dass sie schließlich klein beigab.

Beim Schließen der Salontür hörte sie gerade noch, wie Fritz sagte: »Jetzt ist meine Frau weg, jetzt kannst du mit den lächerlichen Großmäulereien aufhören und mir sagen, was ihr Spartakisten plant. Wir von der USPD laufen nur mit, wenn die Demonstration friedlich bleibt, keine Waffen, keine Provokateure. Ein friedlicher Protestmarsch, wir kämpfen nur, wenn wir uns verteidigen müssen.«

Klara hatte ihn nicht gerne zurückgelassen, aber sie sah ein, dass sie von alldem noch zu wenig verstand, um Fritz eine Hilfe zu sein.

Stattdessen suchte sie Kiki, schon seit dem gestrigen Abend hatte sie einen Plan, und bei dessen Umsetzung brauchte sie Hilfe. Als sie Kiki schließlich fand, saß sie vor dem spärlich wärmenden Herd in der Küche und lackierte sich die Zehennägel brandrot – eine Idee, die Klara gleichermaßen faszinierend wie absonderlich fand. Einen Moment glotzte sie dümmlich, dann jedoch nahm sie allen Mut zusammen. »Schneide mir bitte die Haare.«

»Was?«, kiekste Kiki, vor Überraschung kleckste sie sich Nagellack auf die Ferse. »Du meinst die Spitzen, oder?«

»Nein. Ich will einen Bubikopf, den habe ich gestern auf dem Fest gesehen, und den will ich auch.«

»Aber, aber …«, stammelte Kiki. »Das jeht doch nicht. Das kannst du nich machen. Eine anständige Frau schneidet sich die Haare nur für den Weg zum Galgen, und die jestern, das waren verkehrte Schwestern. Kein Mann schaut eene Frau mit jeschorenem Kopf an!«

»Das wird sich zeigen«, entgegnete Klara fest. Einerseits kamen ihr angesichts der Reaktion Zweifel, ob die Idee wirklich so gut war – was würde beispielsweise Fritz sagen? Der fand schon die gekürzten Röcke eher gewöhnungsbedürftig – doch anderseits freute sie sich an ihrer eigenen mutigen Modernität.

»Und jetzt hilf mir bitte. Kinnlang wäre gut, oder?«

»Also ich …«, wand Kiki ein, befühlte dabei zweifelnd ihr eigenes, im Nacken geknotetes Haar. »Ob das mit deinen Locken überhaupt jeht? Das steht doch ab, am Ende siehst du aus wie een Champignon auf Beenen …«

»Dafür hab ich vorgesorgt«, triumphierte Klara und hielt Kiki eine Dose Heinz Hörmann Haarpomade entgegen. »Damit leg ich es an den Kopf.«

Das gab den Ausschlag, Kiki erhob keine weiteren Einwände, holte stumm die große Schneiderschere, während Klara begann, ihre Steckfrisur aufzulösen und sich einen Zopf zu flechten.

Ein bisschen fühlte sie sich jetzt doch wie eine Frau auf dem Weg zum Galgen. Es war ein Abschied, ein Ende, und wenn sie ganz ehrlich mit sich war, hatte sie jetzt doch ein bisschen Angst. Aber die Freude überwog: ein großer, für jeden sichtbarer Schritt, runter mit den alten monarchistischen Zöpfen.

Sie holte tief Luft, und bevor der Mut sie verlassen konnte, kommandierte sie eilig: »Schneiden!«

Keine zehn Minuten später war es vorbei. Eine fremde, nicht unattraktive Frau sah Klara stolz aus dem Spiegel an.

Wie herrlich leicht sich ihr Kopf nun anfühlte, bei

jeder Bewegung schwang das Haar nun mit, umwehte ihr Gesicht seltsam kühl, ähnlich dem die Beine umflatternden Rocksaum. Und mit so einem leichten Kopf kamen einem auch gleich ganz neue, gute Gedanken, und so schlug sie vor: »Lass uns etwas unternehmen. Zeig mir das *Tobbacco*, wo du früher gearbeitet hast.« Doch Kiki betrachtete Klaras Frisur und bestimmte: »Jleich, erst schneidest du mir noch die Haare. So wie du, so will ich auch aussehen.«

»Ach, hört doch auf rumzujrölen. Ich schlaf ja eh mit jedem von euch! Müsst euch halt hintenanstellen, bei mir ist noch jeder an die Reihe gekommen!«

»Die Berber, wie sie leibt und lebt«, kommentierte Kiki leise und mit amüsiertem Kopfschütteln das Spektakel auf der Bühne. Sie und Klara standen hinter dem etwas zerschlissenen, ziemlich muffig riechenden Samtvorhang und wohnten der Vorstellung zwar nur kehrseitig, dafür jedoch ganz umsonst bei.

Gewissermaßen als Ehrengäste, denn Kiki kannte vom Garderobengirl bis zum Besitzer, dem geradezu monumental fetten Herrn Kowaltschik, jeden im Tobbacco – laut der grünen Leuchtreklame *der wildeste Nachtclub des Kurfürstendamms.*

Erst war die blinkende Schrift wohl rot gewesen, aber das hatte die falsche Kundschaft angezogen, denn aller vollmundigen und in Farbe angepriesenen Wildheit zum Trotz, glaubte Herr Kowaltschik an die Kunst, vor allem wenn sie dreiviertelnackt war, aber auch ansonsten.

Er kaufte gerne Bilder von unbekannten Malern, noch lieber ließ er sich jedoch porträtieren, besonders in Denkerpose und in Gesellschaft von optisch verschlankenden Säulen gefiel er sich gut. Der Gedanke, der Nachwelt goldgerahmt erhalten zu bleiben, schmeichelte ihm.

Nur das Porträt eines Otto Dix, ein Dresdner Meisterschüler Gussmanns, hatte ihn – wie Kiki Klara erzählte – derart erzürnt, dass er das Geschmiere verbrannte und diesem Nichtskönner Hausverbot erteilte.

Da war gewiss kein Schaden entstanden, aus einem Kerl mit derart gehässigem Blick auf seine Mitmenschen würde nie ein anständiger Maler werden, um das zu begreifen, musste man kein Kunstkenner sein.

Um den artifiziellen Wert der Darbietung dieser zuckenden, sich scheinbar schmerzhaft windenden Anita Berber zu erkennen, war vermutlich schon mehr Sachverstand nötig.

Klara jedenfalls tat sich schwer, so schwer, dass sie sich halb überlegte, ob sie nicht doch besser bei Fritz geblieben wäre. Aber ach, wie herrlich war es gewesen an Kikis Seite, in Kikis violettem Abendkleid, mit von Kiki abgestecktem Unterkniesaum und mit von Kiki mit Kohle aufgemalten Strumpfnähten zwischen all den fröhlichen, sich ausgelassen amüsierenden Menschen des Kurfürstendamms zu flanieren, man wollte nicht glauben, dass schon am kommenden Tag wieder geschossen werden sollte. Und als dieser schwermütige Gedanke sie gerade hatte anspringen wollen, da hatte Kiki sie ins *Tobbacco* und mit hinter die Bühne geführt, und Klara verliebte sich auf Anhieb in das hektische Treiben, die schummrig, rauchneblige Enge, den Tabak- und Schweißgestank, die atemlos machenden Parfum- und Puderwolken, die achtlos hingeworfenen und sofort wieder vergessenen Scherzworte, selbst für die nervös ihrem Ende entgegen flackernde, einzelne nackte Glühbirne des Flurs verspürte Klara warme Gefühle. Wie herrlich es hier war, wie herrlich die überraschten Blicke auf ihr Haar. Wie herrlich laut hier gelacht werden durfte, und ganz sicher bewahrte hier niemand die Fassung.

Und erst die Musiker! Es war gerade Pause gewesen,

auf ihren Instrumentenkoffern hatten sie gelümmelt, warmes Flaschenbier getrunken, aus Felddosen belegte Brote und kaltes Sauerkraut mit Steckrübenwurst gegessen, über den drohenden Putsch, vor allem aber über Ehefrauen, zahnende Säuglinge und Sportwetten diskutiert. Dazwischen schmetterlingsgleich herumflatternd die Tänzerinnen, die Nummerngirls, die Tabakgirls mit ihren aufgemalten Nähten und ihrer dank Schmieröl verführerisch glänzender Haut.

Stundenlang hätte Klara diesem Treiben zusehen mögen, sie war so fasziniert gewesen, dass ihr ein kleiner Überraschungslaut entfahren war, als Kiki ihr die eigentliche, die neuste Sensation der Hauptstadt zeigen wollte: die infame, die göttlich-diabolische Anita Berber.

Obwohl das *Tobbacco* über fast hundert Plätze verfügte, war kein Stuhl mehr frei. Die Gesichter hinter schwarzen, am Eingang zu erwerbenden Samtmasken verborgen, saß man dicht gedrängt an kleinen, hochbeinigen Tischchen, Herren in Maßsmokings und in zum Zivilanzug umgearbeiteten Uniformen, Damen in Kunstseide oder mit Perlen bis zum Nabel – und sie, Klara, sogar hinter der Bühne. Wie herrlich verrucht sie sich beim Anblick der Gäste fühlte – verrucht und ihnen auch ein bisschen überlegen, denn sie wusste schon, dass die goldblonden Haare des Nummerngirls eine Perücke waren und die Bassgeige unter Zahnschmerz litt.

Im Versuch, die abgestandene Luft etwas zu erfrischen, quirlten die zwischen den Kronleuchtern angebrachten Deckenventilatoren unermüdlich blaue Rauchschwaden und hinterlegten die Orchestermusik mit sonorem Brummen. Dieses doch recht penetrant an eine zufriedene Hummel erinnernde Geräusch passte sehr wenig zu dem ekstatischen Gewimmer, das die Musiker ihren Instrumenten zu entlocken versuchten.

Noch weniger aber passte es zu der mageren, ungesund grünlich-blassen Tänzerin, die sich anschickte, unter an Fallsucht gemahnenden Zuckungen einen Tanz aufzuführen.

Vielleicht lag es daran, dass das Publikum, das weder dem zuvor aufgetretenen Cabaret-Sänger noch dem von drei jungen Mädchen aufgeführten Haremstanz viel Beachtung geschenkt hatte, nun mit gehässiger Bosheit glotzte? Gerade in der ersten Reihe saßen vier Herren, der Kleidung nach Handelsvertreter oder Ähnliches, die jede Bewegung, jede Drehung der rothaarigen Tänzerin mit obszönen Einwürfen lautstark kommentierten.

»Jibt heut noch Bambule«, mutmaßte eine Blondgelockte leise, wobei sie sich neben Kiki und Klara stellte. »Janz bestimmt. Die Berber is um neun jekommen und da war se schon so besoffen, dass Herr Kowaltschik Sorje hatte, dass die Nummer platzt. Hat dann an seinen Jeheimschrank jemusst und ihr schwarzen Kaffee und Aspirin jefüttert. Wenn se eenen in der Krone hat, jibt's immer Bambule. Wo wer beim Thema sin, wollt er nen Schluck?«

Sie schlug ihren langen Strickmantel zurück, hob das darunter befindliche, sehr luftige Bühnenkostüm ohne Umstände bis zum Höschen und offenbarte einen im Strumpfband steckenden Flachmann. »Is sauber, hat men Bruder selbst jebrannt.«

Klara, die sich bereits an diese seltsame, aber doch liebenswerte Absonderlichkeit der Berliner zu gewöhnen begann, trank einen artigen Schluck, und weil der Schnaps tatsächlich ganz gut schmeckte, noch einen zweiten.

Das Ganze faszinierte sie. Trinkende Frauen waren in Weimar nicht denkbar gewesen, vielleicht einmal einen kleinen Kognak oder einen Magenbitter zur Verdauung, aber ganz bestimmt nicht aus der Flasche und nicht in solchen Mengen.

»En bissken een Schwips schadet nie«, philosophierte die Blondgelockte. »Nur die Berber, die übertreibt's! Sie ist enfach eene unanständige Person und keene Künstlerin. Wie will se denn künstlerisch ernstjenommen werden, wenn se sich als halbe Hure präsentiert? Aleen schon der nuttige Fetzen, den se anhat, also pfui! Das hat doch keene Klasse.«

Klaras ungeschultes Auge konnte zwischen dem aus durchschimmernden, bunt gefärbten Seidentüchern bestehendem Kostüm der Blondgelockten und dem aus durchschimmernden, blau gefärbten Seidentüchern und Perlenschnüren bestehendem Kostüm der Berber in punkto Schicklichkeit keinen größeren Unterschied erkennen. »Solang's die Sitte absegnet …«, entgegnete sie leise.

Auf der Bühne ging die Darbietung inzwischen weiter. Zu atonaler Musik, abwechselnd wild um die eigene Achse rotierend und in krampfartige Zuckungen verfallend, schien die Künstlerin keiner Choreographie zu folgen, sondern sich vielmehr im wahrsten Sinne des Wortes die Seele aus dem Leib zu tanzen.

Das schöne, kalkweiß geschminkte Gesicht wie un-

ter Schmerzen verzogen, die Augen halb im Wahn ver-
dreht, bot sie dem Publikum einen entrückten Anblick.
Zerrissen zwischen Abscheu, Ekel und Faszination
ruhten nun alle Augenpaare auf ihr, vollkommene
Stille herrschte im Saal, und auch die skeptische Klara
war nun in ihren Bann gezogen. Es war wie in einem
Traum, in dem man jemanden dabei beobachtet, wie er
mit den Haaren einer Kerzenflamme zu nahekommt,
aber plötzlich stumm ist, keine Warnung schreien
kann. Die Frau dort auf der Bühne, das sah Klara überdeutlich, diese Frau gab zu viel von sich preis, sie tanzte
nicht nackt, sie tanzte mit entblößter Seele, unschuldig
wie ein Kind. Nicht ihr Tanz war unanständig, die Gier,
die Lüsternheit, mit der das Publikum sie anstarrte,
waren es. Es waren erst die geilen Blicke der Beobachter, die etwas Obszönes aus der Darbietung machten.

Klaras Magen krampfte sich schmerzhaft zusammen, betreten senkte sie die Augen. Sie musste an Lotti
und deren dichten Wimpernkranz denken, wie er sich
manchmal rasch senkte, die Schlechtigkeit der Welt
ausschloss. Sie fühlte sich selbst sehr feige, mit dieser
Mischung aus Faszination, Bewunderung und Mitleid – ja, Mitleid.

Sie spürte es, gleich würde die Kerze die Haare entzünden, und sie würde rein gar nichts dagegen tun können. Und dann, dann passierte es.

»Ich kann ihre Fotze sehen!«, rief einer mit betrunkener Stimme in die stumme Andacht hinein. Damit war der Bann gebrochen, andere Männer riefen nun andere Obszönitäten, Frauen kicherten oder protestierten halbherzig.

Das Orchester verstummte schlagartig und mit einem letzten langen Klageton auch die Trompete. Erst jetzt schien die Tänzerin aus ihrer Versunkenheit zu erwachen, wie ein angeschossenes Tier brach sie mitten im vollen Schwung zusammen, blieb einen Moment lang reglos liegen. Wie Steine prasselten die Beschimpfungen auf sie nieder.

»Was hab ick jesagt?« triumphierte die Blondlockige, doch Kiki blieb wachsam.

Vielleicht hatte sie es schon an anderen Abenden erlebt, denn plötzlich kam wieder Leben in den zusammengesunkenen Körper. Die Berber verlor die Fassung.

Mit einem kehligen Wutschrei sprang die Beleidigte auf, entriss dem Klarinettenspieler sein Instrument, schwang sich über die Rampe und versuchte, damit auf einen der Handlungsreisenden in der ersten Reihe einzuschlagen. Da die Klarinette für eine derartige Behandlung nicht gebaut war, brach sie in der mittigen Steckverbindung auseinander, was die Berber jedoch keineswegs bremste, sondern vielmehr noch anzustacheln schien, genau wie die vor Überraschung oder Schreck zunächst ausbleibende Gegenwehr des Mannes.

Das restliche Publikum nahm den Streit mit gleichmütigem Interesse hin, weder versuchte man den Mann zu schützen noch die Berber zu entwaffnen – allein Kiki stürmte plötzlich hinaus, schlang von hinten beide Arme um sie, flüsterte leise Beruhigendes auf sie ein. Es schien zu wirken, zumindest ließ die Berber die Klarinettenteile mit einem würgenden Seufzer klappernd fallen, drehte sich um, schwankte wie eine Schlafwandlerin am Arm Kikis von der Bühne, während hinter ihr nun plötzlich empörte Ausrufe laut wurden. Scheinbar fühlte das Publikum sich um seine Sondervorstellung beraubt.

Klara konnte vor lauter Scham gar nicht aufblicken. Warum war sie nicht hinausgerannt und hatte die Beleidigte beschützt? Warum hatte sie nicht wenigstens Kiki unterstützt?

Eine Horde leicht bekleideter Tänzerinnen klackerte auf hohen Hacken nun hektisch an ihr vorbei, schubste, knuffte sie aus dem Weg, stellte sich schon mal hinter dem Vorhang in Positur.

Das Orchester schmetterte bereits, als sei nichts geschehen, das immer noch sehr beliebte Flaggenlied, *Stolz weht die Flagge schwarz-weiß-rot*. Auf den billigeren Plätzen wurde begeistert mitgesungen: »Ihr woll'n wir treu ergeben sein, getreu bis in den Tod. Ihr woll'n wir unser Leben weih'n, der Flagge schwarz-weiß-rot.«

Klara schauderte, folgte dann eilig Kiki, die die immer noch vollkommen in sich zusammengesackte, unsicher schwankende Tänzerin in Richtung der Garderobe führte, wo der fette Herr Kowaltschik schon händeringend in der Tür stand. Hinter ihm, drei Viertel verdeckt durch seine Fleisch- und Fettmassen, hatte sich ein etwas zu gepflegter, etwas zu eleganter junger Mann platziert, der sich nun jedoch vorbeidrängelte und die schlafwandlerische Künstlerin mit in Klaras Augen übertriebener Aufmerksamkeit in das kleine, übervolle Zimmerchen bugsierte. Der spielte genauso Theater wie vor ein paar Stunden dieser Werner. Jetzt konnte er groß fürsorglich tun, aber wo war er gewesen, als die Spottworte wie Hagel auf seine *süße, süße Ani* heruntergeprasselt waren?

Doch die Tänzerin schien weit entfernt von solchen kritischen Gedanken, dankbar schmiegte sie sich an den Maßsmokingträger, ließ sich von ihm in die Garderobe führen.

Der kleine, über und über vollgestopfte Raum erinnerte Klara ein wenig an den Salon, in dem Jakobs Mutter sie und Fritz am Morgen empfangen hatte, nur dass hier alles fettig, speckig und von einer zarten Puderstaubschicht überzogen schien.

Klara fühlte sich, als habe man sie mitten in die Überreste eines explodierten Koffers geschubst. Zerknitterte, mit letzter Kraft blass funkelnde Bühnenkostüme, seidene, mit Kranichen, Pagoden und Geishas bedruckte Kimonos, Strickpullover, kragenlose Blusen und blusenlose Kragen bedeckten den Boden. Über der Lehne des Stuhls vor dem angelaufenen, beinahe schon blinden Spiegel hing ein Spitzenhemdchen mit zerrissenem Saum und riesigem Rotweinfleck, auf der Sitzfläche stand ein überquellender Aschenbecher aus hellgrüner Jade, den der Maßsmokingträger nun achtlos auf den Boden schubste, was von Herrn Kowaltschik mit einem scharfen Lufteinziehen quittiert wurde.

»Anita, Anita, so geht das nicht weiter. Kunst hin, Kunst her, letzte Woche hast du eenen von den Leuchtern kaputt geschlagen und am Samstag dem Herrn von die Sozialisierungskommission eene Ohrfeige verpasst«, sagte er. »Kiki hier ist mein Zeuge, so viel Bambule wie mit dich haben wir hier in den letzten fünf Jahren nicht jehabt, oder Kiki?«

Kiki nickte mit einigem Widerwillen, Fakten waren Fakten, aber sympathisch waren ihr diese Fakten offensichtlich nicht.

»Können meine Freundin und ich jehen?«, fragte sie deshalb eilig, griff dann in ihr Handtäschchen, entnahm diesem den Flachmann mit dem grusigen Selbstgebrannten und reichte ihn der inzwischen stumm weinenden Berber. Kiki lächelte sanft, sagte: »Zur Stärkung. Und nich unterkriejen lassen. Ich finde, du bist eene jroßartige Tänzerin, deine Zeit wird kommen. Verlass dich drauf, du hast mehr Kunstverstand im Zeh, als mancher in drei Zentnern Fleisch.«

Dann drehte sie sich um und verließ den Raum, Rocksaum und Bubikopf umwehten jeden ihrer Schritte sehr entschlossen.

Klara blickte ihr einen Moment unschlüssig nach, dann sagte sie mit klopfendem Herzen: »Ich fand Ihre Darbietung auch sehr eindrucksvoll. Erst konnte ich nicht viel damit anfangen, doch dann war ich vollkommen begeistert. Ich bewundere Sie für Ihren Mut und natürlich auch für Ihr Können. Ich werde jedem, den ich kenne, empfehlen, Ihre Vorstellung zu besuchen, das ist ein wirklich einmaliges Erlebnis. Ich würde sogar den doppelten Eintrittspreis zahlen.«

Die Tänzerin sah sie einen Moment lang aus tuscheverschmierten, rot geschwollenen Augen an. »Dankeschön«, murmelte sie dann. »Dankeschön, Ihre Worte bedeuten mir viel.«

Danach gingen sie in eine rotplüschige, schummrig beleuchtete Tanzdiele, und dort bat gleich ein breit gebauter Schnurrbartträger Klara um den gerade begonnenen Tanz. Von wegen, Männer mögen keine kurzhaarigen Frauen!

Ein Foxtrott war es gewesen, und weil da der Rock ganz besonders luftig wirbelte, hatte sie sofort Ja gesagt – obwohl ihr der Schnurrbartträger selbst nicht besonders zusagte, außerdem redete er ständig, und das ging ihr auf die Nerven.

Das Orchester war gut, vielleicht hetzte das Klavier manchmal etwas zu eilig durch die Melodien, doch Klara, die von Weimarer Hauskonzerten ganz anderes kannte, war hingerissen. Sie wollte die Musik hören, und sie wollte tanzen, eins werden mit Rhythmus und Tönen. Und währenddessen wollte sie von Anita Berber und deren beeindruckender Darbietung träumen, sich am Schwingen ihres Rockes, an der luftigen Kühle ihres Kopfes freuen – der Schnurrbartträger aber wollte plaudern.

Munter erzählte er ihr, dass er von Politik wenig hielt, gerne kegle und eigentlich aus Köln stamme. Voll Heimatverbundenheit hatte er Klara an die großen Kriegsverdienste Kölns, gerade beim Luftschiffbombardement von Lüttich, erinnert und schließlich gestanden, der Front selbst glücklicherweise entgangen zu sein, da er bei der Bayer AG in kriegswichtiger Funktion als Chemiker angestellt gewesen war.

Klara, die sich schon denken konnte, dass diese kriegswichtige Funktion vermutlich mit der Produktion von Senfgas und Chlorpikrin zu tun gehabt hatte, fand, es sei allerhöchste Zeit, an ihren zu Hause wartenden Verlobten zu erinnern, und kehrte an ihren Tisch zurück.

Dort lästerte Kiki mit der Blondgelockten und noch einer Kollegin aus dem *Tobbacco* über den alten Herrn Kowaltschik und sein mangelndes Kunstverständnis, tranken dabei eine von irgendeinem Galan spendierte

Flasche Kognak. Der Galan allerding war nirgends mehr zu sehen. »Haben wir verscheucht«, lachte Kiki triumphierend, und die Blondgelockte ergänzte: »Nachdem er uns die Flasche jezahlt hatte, hat Hulla ihm jestanden, wie sehr sie sich nach eenem Vater für ihre drei Jungens sehnt. Und Kiki hat ihm von ihrer zu versorgenden Frau Mama berichtet, und ich, ich wollt ihm jerade von meinem zu pflegenden Herrn Papa und meinem kriegsmeschuggen Bruder erzähln, aber da is der schon jerannt. Und so was will en deutscher Soldat sein, wo bleibt denn da die viel jerühmte Courage!«

Darüber hatten sie alle herzlich kichern müssen, und auch Klara stimmte mit ein. Der Kognak war warm und vermutlich gestreckt, aber er schmeckte ihr trotzdem. Wie herrlich es war, hier zwischen all diesen Menschen zu sitzen, Musik zu hören und über die Männerwelt zu lachen. Noch so etwas, dass die Frauen in Weimar vermieden – über Männer sprach man nicht, und musste man es doch einmal tun, dann tat man es respektvoll und andächtig. Und während Klara darüber noch nachdachte, seufzte die Blondgelockte sehnsuchtsvoll: »Heute war der Babinski wieder da und hat eens seiner Bilder jebracht. Also dem seine Muse, das wär ick jern.« Kiki nickte einige Male wissend: »Also, der weiß, was er tut. Der hat wirklich Kommant. Immer, wenn ich ihn sehe, will ich ihm mit beiden Händen in die Haare fassen. Ich glaub, es sind die Haare.« »Ne, es sind die Augen«, widersprach die Lockige und ergänzte kichernd: »Die Augen und die Rückansicht.«

»Genau, die Rückansicht! Der is doch verkehrt rum, wenn's je einer war!«, erklärte Hulla mit Bestimmtheit. »Ich weiß es janz sicher, weil Nora hat es wirklich mit allen Tricks bei ihm versucht und: nischte. Der Mann, der Nora widerstehen kann, der hat entweder eine Kriegsverletzung, wo man's nich sieht, oder er is verkehrt rum.« Die Blondgelockte und Kiki protestierten lautstark: »Vielleicht is er einfach mal eener von den Juten?«

Aber daran glaubten sie wohl selbst nicht so recht, die Guten waren alle gefallen und – wenn man ehrlich war – in Berlin von jeher eine Rarität. Und unter Klaras andächtigem Staunen war das Thema noch wilder geworden – mit vor Aufregung und auch ein bisschen vor Scham glühenden Wangen lauschte sie, wie die anderen drei über ihre Liebhaber zu fachsimpeln begannen. Die Blondgelockte war verlobt mit dem Sohn des Inhabers eines Trikotagen-Geschäfts, ging aber gleichzeitig noch mit einem Schieber, dessen bloße Erwähnung Hulla dazu brachte, sich Luft zuzufächeln. »Der reinste jriechische Jott, auch wenn er aus Pankow kommt. Wenn's bloß keen so verteufelter Sauhund wäre!«

Kiki wiederum hatte Wilhelm Faber, den sie liebevoll als ihr »treues, altes Schlachtross« bezeichnete, was die Blondlockige dazu brachte, trällernd Otto Reutter zu zitieren: »Nehm Se nen Alten, nehm Se nen Alten, der is stets jut auszuhalten, der is treu in Ewigkeit, wird immer treuer mit der Zeit.« Und Hulla seufzte tief und sang kummervoll: »Nehm Se nen Alten, nehm Se nen Alten; ham Se ihn etwas aufjefrischt, is er besser oft wie nen Junger und stets besser als wie nischt.« Dann bekannte sie stockend, noch immer einfach keinen passenden gefunden zu haben. »Der Garderegiments-Leutnant?«

Besser nicht erwähnen! Ein echter Kavalier, der nie drängte, war das gewesen, obendrein mit blauen Stahlaugen und sogar mit sauberen Nägeln – die Nägel hätten sie gleich misstrauisch machen müssen, wie sie nun niedergeschlagen einsah, aber sie glaubte eben ans Gute – und dann, dann bei bei der dritten Verabredung, da hat er sie seinem *lieben Freund und Kriegs-*

kameraden Franz vorgestellt. Und der Franz hatte ihren Kavalier angeschmachtet, und ihr Kavalier, der
hatte zurückgeschmachtet, und da sollte ein Mädchen
nicht den Glauben ans Gute verlieren!

Klara hatte gelacht und beim Lachen jedes Mal voll
Genuss ihr kurzes Haar geschüttelt – was für ein Glück
sie doch mit Fritz hatte. Und während die Namenlose
gerade die nächste Anekdote ihrer bisher stets missglückten Gattenjagd begann, forderte ein Hohlwangi-
ger mit dunklen Augen unter dunklen Brauen Klara
auf: ein Foxtrott! Sie musste einfach Ja sagen.

Er war ein guter, angenehm schweigsamer Tänzer
gewesen, sodass Klara auch das nächste Lied mit ihm
verbrachte, und als er ihr gestand, er sei verheiratet
und treu, seine Frau tanze nur nicht gerne, blieb sie
hocherfreut bis zur Orchesterpause bei ihm.

Nur als sie an ihren Tisch zurückkehrte, war dort
die Kognakflasche inzwischen geleert worden, und
Kiki machte keinen sehr guten Eindruck mehr – während die anderen beiden noch immer amüsiert erzählten, saß sie etwas abseits und blickte nachdenklich ins
Leere.

Klara hatte ihren Gang unwillkürlich verlangsamt,
sie hatte mit Betrunkenen, insbesondere mit betrun-

145

kenen Frauen sehr wenig Erfahrung, und das Ganze erfüllte sie mit einer Mischung aus Angst und Widerwillen.

Dann wurde Hulla plötzlich schlecht, woraufhin die Blondlockige kichernd mit ihr in Richtung Toilette schwankte. Und als Klara dann einen tröstenden Arm um Kiki legte, schüttelte die nur den Kopf und flüsterte: »Die sind alle so dumm. Die wissen ja jar nich, wie das is, wenn man einen so richtig liebhat. So richtig mit Herzblitzschlag und für immer. Ich habe mal …, ach, is egal …«

Klara wollte weiterfragen, aber Kiki lächelte schon wieder, schüttelte ihren neuen Bubikopf, bestimmte: »Komm, jenug gejammert, lass uns heimjehen. Morgen is auch noch een Tag.« Und in der Droschke, da schlief sie ihren eigenen Grundsätzen folgend sofort ein, aber morgen war ja wirklich auch noch ein Tag.

Ansichtskarte der Lüderitzbucht, Deutsch-Südwestafrika

1.1.1919

Liebes Fräulein Klara,
mein Sohn Jakob hat mir erzählt, Sie sammeln Karten,
weshalb ich Ihnen dieses inzwischen bestimmt schon
zwanzig Jahre alte Stück schenken möchte. Mein Sohn
hat mir des Weiteren erzählt, dass Sie und Doktor Fa-
ber planen, an den für den morgigen Tag angekün-
digten Demonstrationen teilzunehmen. Ich bitte Sie,
lassen Sie Vorsicht walten oder bleiben Sie am Besten
ganz daheim.

Mein Bruder, ein ehemaliger Kavalleriemajor, hat
mich heute Nachmittag auf eine Tasse Tee besucht,
und ich weiß daher aus sicherer Quelle, dass die Regie-
rungstruppen gut bewaffnet sind und nur auf ein Zei-
chen seitens der MSPD warten, um alles niederzuschie-
ßen, was sich nicht im Stechschritt bewegt. Gegen die
Freikorps haben die Spartakisten – und die friedlichen
USPD-ler erst recht – keinerlei Chance. Passen Sie auf
sich auf, Tote können die Welt nicht verändern.
Herzliche Grüße von
Helena Zittlau

Kapitel 5

Klara hatte Angst, Frau Zittlaus Warnung hatte sie wieder und wieder gelesen. Gleichzeitig spürte sie jedoch, wie eine heiße Freude durch ihren Körper pulsierte.

Auf dem Alexanderplatz in Berlin wurde heute, an diesem 2. Januar, Geschichte geschrieben, und sie, Klara Heidemann, sie war dabei. Ganz fest hielt sie sich an Fritz' Hand, und Fritz, der ein Schild mit der leuchtend roten Aufschrift »Mörder Ebert, zurücktreten!« trug, lächelte ihr zu.

Davon würden sie noch ihren Kindern erzählen, davon, wie sie und Tausende von Sozialisten friedlich durch das Zeitungsviertel zum Alexanderplatz gezogen waren und damit die Zukunft ihres Landes zum Besseren gewendet hatten.

Es ging das Gerücht, dass fast 100 000 Demonstranten von überallher durch Berlin strömten, alle friedlich, aber mit Schildern, auf denen sie die Unrechtmäßigkeit der jetzigen Regierung und der Erschießung wehrloser Demonstranten am Nikolaustag sowie die ungerechtfertigte Absetzung des linken Polizeipräsidenten anprangerten.

»Weg mit den Bluthunden Ebert und seinen Scheidemännern!«, »Arbeiter, lasst euch die Revolution nicht stehlen!« und immer wieder »Mörder Ebert, zurücktreten!«

Die Internationale singend waren sie am Ullsteinhaus vorbeigezogen, und Klara, die nur den Refrain kannte, hatte zu den Fenstern hinaufgeblickt, ob sie dort vielleicht Fritz' Onkel sehen konnte.

Für ihn war es ja ein vollkommen normaler Arbeitstag, und für Kiki in der nahe gelegenen Redaktion des *Vorwärts* eigentlich auch, obwohl Kiki vermutlich daheim geblieben war. Sie war heute Morgen gar zu bös verkatert gewesen. Fritz hatte geschimpft, hatte ihr ins Gewissen geredet, wie sollte bei so einer Arbeitsmoral das Land jemals wieder aufgebaut werden? Doch die Freundin hatte nur abgewunken, war einfach gähnend wieder ins Schlafzimmer geschlappt.

Vielleicht war Fritz' Onkel gerade bei einer Sitzung

und würde später nur in der Zeitung über die Ereignisse lesen, ohne selbst daran beteiligt zu sein – genau wie sie selbst all die Jahre zuvor nur über den Wandel der Welt gelesen hatte, doch nun, heute, war sie dabei. Nicht ganz in den ersten, sich bis dicht an die roten Backsteinmauern des Polizeireviers Alexanderplatz drückenden Reihen, aber doch so, dass sie die sich nun bald auf dem Balkon positionierenden Redner gut würde verstehen können.

Eichhorn, der abgesetzte, aber noch nicht zurückgetretene USPD-Polizeipräsident, hatte das Gebäude den Demonstranten überlassen – ob freiwillig oder unfreiwillig, würde er selbst vermutlich erst dann entscheiden, wenn sich sagen ließ, welche Variante ihm den größeren Nutzen versprach.

Ganz fest hielt Klara sich an Fritz' Hand, während sie den Blick zu den Fenstern und zum strahlend blauen, nur von wenigen weißen Wölkchen durchzogenen Winterhimmel richtete.

Ihr Herz klopfte immer lauter, die Angst meldete sich zurück. Immer wieder musste sie an die kampfbereiten Freikorps denken – die Freikorps und die ebenfalls vor einem blutigen Kampf nicht zurückschreckenden Spartakisten.

Als Kiki und sie am gestrigen Abend schließlich heimgekommen waren, da hatte Fritz schon rauchend auf der Matratze im Gästezimmer gelegen und beim flackernden Schein zweier Kerzen einen Brief geschrieben. *An meine Eltern,* hatte er erklärt, *Zur Sicherheit,* und dann hatten sie einander lange angesehen und genickt.

Und da bekam Klara plötzlich einen derart heftigen Schubser von hinten, sie wäre beinahe auf ihren Vordermann gestürzt, alles drängelte nun plötzlich noch weiter vor, offensichtlich hatte sich – von Klara unbemerkt – hinter der Balkontür etwas bewegt, und da traten auch schon zwei Männer ins Freie.

Der eine, Emil Eichhorn, eine durchaus elegante Erscheinung mit pomadisiertem, streng aus der Stirn gebürstetem Haar, der andere, ein krauslockiger Intellektueller mit Zwicker auf der Nase, Karl Liebknecht. Während das Erscheinen des Polizeipräsidenten von der sich bis weit über den Alexanderplatz hinausdrängenden Masse mit desinteressiertem Wohlwollen aufgenommen wurde, reichte schon der bloße Anblick des Spartakistenführers, um das Schubsen, Stoßen, Drängeln noch einmal zu verstärken. Hüte wurden in die Luft geschleudert, begeistert geschwenkt, Sprech-

chöre skandierten verzückt seinen Namen, andere riefen »Lang lebe Liebknecht! Lang lebe Luxemburg!«,
»Frieden und Einigkeit!« und wieder andere sangen zu
seiner Begrüßung die Internationale.

Doch es gab auch Stimmen, die energisch »Tod dem
Todfeind Ebert und seinen Scheidemännern!«, forder-
ten und: »Auf zum letzten Gefecht!« brüllten. Klara
kam es so vor, als wären die Letzteren in der Über-
zahl, aber vielleicht standen sie auch nur zufällig in der
Nähe einiger Radikaler?

Die Bekannten und Kollegen von Fritz, die sie am
Morgen am Sammelpunkt Leipziger Straße getroffen
hatte und deren Namen sie sich nicht hatte merken
können, die jedenfalls tauschten bei derartigen Tönen
eher besorgte Blicke aus.

»Wenn die nur vernünftig bleiben! Wir sind hier
nicht in Russland«, zischte ein Vollbartträger mit Augenklappe und vernarbten Wangen. »Wir brauchen
keine Diktatur des Proletariats. Wir brauchen nur
mehr Sozial in der Sozialdemokratie.« »Mehr Sozial
und weniger Macht-Geschacher mit dem Militär, wir
können nicht die neue Ordnung mit den Ordnungs-
mächten der alten aufbauen«, gab ihm ein anderer
recht, der laut Fritz als Frontarzt einmal allein fast 300

Verletzte versorgt hatte – *bei 280 haben wir aufgehört zu zählen.*

Es dauerte bestimmt volle zehn Minuten, bis sich die Menschenmenge soweit beruhigt hatte, dass Liebknecht zu sprechen beginnen konnte.

»Arbeiter, Soldaten, Genossen!«, setzte er an und diese drei Worte reichten schon aus, um Klara klarzumachen, dass entweder sie oder der Wind falsch stand, jedenfalls hörte sie kaum etwas. Den anderen schien es ähnlich zu gehen, manche schubsten nach vorne, wieder andere wollten ihren Platz mehr seitlich wechseln und einige wenige beschlossen wohl ganz zu gehen.

Nur einzelne, besonders laut gebrüllte, Passagen verstand sie gut, der Rest ging im Lärmen der Masse unter. Aber was sie hörte, das fand sie durchaus intelligent.

»Es ist nicht zu viel gesagt: In diesen Stunden blickt die Welt auf euch, und haltet ihr das Schicksal der Welt in euren Händen!«

»Nicht ein Friede des Augenblicks, nicht ein Friede der Gewalt, sondern ein Friede der Dauer und des Rechts, das ist das Ziel des deutschen wie des internationalen Proletariats!«

»Wir aber fordern die internationale Gemeinsamkeit der Menschen.«

Und schließlich: »Arbeiter und Soldaten! Nun beweist, dass ihr stark seid, nun zeigt, dass ihr klug seid, die Macht zu gebrauchen! Hoch die sozialistische Republik!«

Nicht enden wollender Jubel erklang, und kräftiger Applaus brandete immer wieder auf, abermals wurden Hüte und Tücher in die Luft geschleudert und Liebknechts Name skandiert. Eine große Ungeduld, ein nur mühsam zu beherrschender Tatendrang schien sich unter den Zuhörern auszubreiten, die knisternde Aufregung des Wartens auf die Ankündigung einer konkreten Maßnahme war fast mit Händen zu greifen.

Was würde Liebknecht als nächstes tun? Zum Marsch auf die Übergangsregierung aufrufen? Zum Putsch? Zur gewaltsamen Besetzung von Schlüsselpunkten der Stadt?

Klara spürte, wie ihr vor Anspannung und Sorge ein eisiger Schauer die Wirbelsäule hinablief. Sie und Fritz, Fritz' Freunde tauschten besorgte Blicke, die Welt stand still. Selbst der kalte Nordwind, der schon den ganzen Tag pfeifend blies, war zum Erliegen gekommen und dann – hob Karl Liebknecht die Faust zum Gruß und verschwand ohne jedes weitere Wort.

Emil Eichhorn, der die Überraschung, die Enttäuschung der Menge zu spüren schien, drehte sich noch einmal um, rief: »Ein Beratergremium wird entscheiden, welche Schritte als nächstes zu erfolgen haben.« Und dann ging auch er – zurück blieb nichts als der nun vollkommen leere Balkon. Eine spöttische Gleichgültigkeit schien plötzlich von dem Gemäuer auszugehen.

Ein Raunen ging durch die Menschenmasse, wie lange würde man wohl auf das Ergebnis der Beratung warten müssen?

Fünf Minuten, zehn? Vielleicht sogar eine Stunde?

Niemand wusste es, doch man wartete geduldig.

Fritz setzte das Pappschild ab, lehnte sich darauf. Der Wind begann abermals zu blasen, der Himmel wurde grau, erste vereinzelte Schneeflocken fielen, Klaras Zehen starben vor Kälte ab, und ihre Beine schmerzten vom langen Stehen.

Ein Rotschopf, der als freiwilliger Dentist für dasselbe Nachtasyl arbeitete wie Fritz, schlug vor, man solle vielleicht irgendwo etwas zu essen auftreiben, man kenne das ja, die Deutschen berieten gerne gründlich. Andererseits zogen sich die Gespräche nun bald in die zweite Stunde, wenn man nun ging, würde sich ganz bestimmt in dem Moment, in dem man am weitesten entfernt war, die Balkontür öffnen.

Erschwerend kam hinzu, dass sämtliche Läden im Berliner Zentrum wegen der Demonstrationen geschlossen waren, einige besonders Vorsichtige hatte sogar die Schaufenster und Türen noch zusätzlich mit schützenden Brettern vernagelt.

Klara fror inzwischen derart, dass ihre Zähne trotz heftiger Willensanstrengung zu klappern begannen. Den von Fritz angebotenen zweiten Schal lehnte sie jedoch ab, Fritz fror ja auch nicht weniger.

Der Schnee fiel nun schon recht kräftig, auf dem metallenen Balkongitter bildeten sich weiße Flächen. Langsam brach die Nacht herein.

Der Chirurg mit der Augenklappe und den Granatsplitternarben auf den Wangen erklärte, er würde besser heimgehen. Seine Frau lag im Wochenbett, und er wollte ihr keine unnötigen Sorgen bereiten. Außerdem hatte er Hunger. Morgen war auch noch ein Tag.

Andere schienen es ähnlich zu sehen, der Alex begann sich zu leeren.

Doch dann drehte der Wind, und plötzlich waren da seltsame Geräusche zu hören, Geräusche, die Klara so nicht kannte, ein Rattern wie bei einer Nähmaschine, aber anders, lauter, unregelmäßiger; ein Knallen, wie von einem fehlzündenden Automobil, doch in kurzen Abständen.

Ein Blick in Fritz' kalkweiß gewordenes Gesicht, in die schreckensstarren Gesichter all der Männer um sie herum, bestätigte, was sie befürchtet hatte. Das waren MG-Salven, das waren Schüsse.

Irgendwo, gar nicht weit weg, vermutlich sogar ziemlich nah, wurde gekämpft.

»Das kommt aus dem Zeitungsviertel«, stieß der Dentist hervor, und Klara blieb vor Schreck das Herz einen Moment stehen: Fritz' Onkel war im Zeitungs- viertel. Er arbeitete ja dort, er war unbewaffnet, er wollte keine Revolution machen. Er wollte nur un- gestört arbeiten.

»Sofort heim!«, kommandierte Fritz und griff Kla- ras Hand derart fest, dass es schmerzte. »Komm, so- fort!«

Doch gerade in diesem Augenblick ging die Balkon- tür abermals auf, und eine Frau trat heraus. Klara er- kannte sie augenblicklich, trotz des Dämmerlichts – das war Rosa Luxemburg. Die Schreckensgestalt all dieser reaktionären Schwätzer auf der Silvesterfeier.

In einem unscheinbaren, etwas zerschlissen wirkenden Wintermantel ohne Fellbesatz oder sonstigen Zierrat, einen altmodisch flachen Hut auf dem schwarzen, bereits grau durchzogenen Haar, lief sie bis zur Brüstung und rief mit fester, gut vernehmbarer Stimme: »Genossinnen und Genossen, seid unbesorgt. Das Zeitungsviertel ist in den Händen der Obleute und der Spartakisten. Niemandem wird etwas geschehen. Es gab keine Verletzten, es gab keine Toten. Seid unbesorgt.«

Klara und Fritz wechselten einen langen Blick, das Gesagte mochte stimmen oder auch nicht. Sie hatten jedenfalls gehört, was sie gehört hatten: MG-Salven, Schüsse, Kampfgetöse.

»Für den morgigen Tag wird der Generalstreik ausgerufen, auf dass wir eine Diktatur durch Ebert verhindern! Denkt immer daran, Sozialismus heißt nicht, sich in ein Parlament zusammenzusetzen und Gesetze zu beschließen, Sozialismus bedeutet für uns Niederwerfung der herrschenden Klassen mit der ganzen Brutalität, die das Proletariat in seinem Kampfe zu entwickeln vermag. Denkt immer daran: Eine Welt muss umgestürzt werden, aber jede Träne, die geflossen ist, obwohl sie abgewischt werden konnte, ist eine Anklage, und ein zu wichtigem Tun eilender Mensch, der aus roher Unachtsamkeit einen armen Wurm zertritt, begeht ein Verbrechen! Geht also achtsam, wenn ihr nun geht.« Die letzten Worte sprach sie mit einem kleinen, unterdrückten Lachen in der Stimme, winkte noch einmal und verschwand, ohne dem donnernden Applaus die geringste Beachtung zu schenken.

Klara aber konnte den Blick gar nicht mehr abwenden. Was für eine großartige, was für eine intelligente Frau. Was für einen Mut sie besaß, dort als einzige Frau zwischen all diesen Männern Politik machen zu wollen. Zu wollen und zu können. All diese Fossilien mit ihrem Stammtischgeschwalle würde sie das Fürchten lehren.

Vermutlich hätte Klara noch eine ganze Weile so gestanden, auf dem sich nun rasch leerenden Alexanderplatz die geschlossene Balkontür angestarrt, sie stand wie versteinert. Nicht einmal die schneidende Kälte machte ihr noch etwas, und hätte Fritz sie nicht zum Aufbruch gedrängt, sie hätte vielleicht auf den Moment gewartet, an dem Rosa Luxemburg das Polizeirevier wieder verlassen hätte.

Aber Fritz hegte die vermutlich unberechtigte Hoffnung, sein Onkel habe sich heute vielleicht früher auf den Heimweg gemacht und von den Besetzungen der Verlagshäuser noch gar nichts mitbekommen.

An den Rückweg konnte Klara sich später nicht mehr wirklich erinnern.

Sie waren die meiste Zeit im Laufschritt gerannt wie es ihr schien, kreuz und quer durch finstere, schlecht beleuchtete Gassen, vorbei an Häusern mit hinter geschlossenen Fensterläden dunklen Scheiben, eilige Menschen mit furchtsam gesenktem Blick waren ihnen entgegengekommen, genauso in Ungewissheit wie sie selbst, einmal hatten sie ganz nah Schüsse, Schreie gehört, und sie hatte einen Moment gefürchtet, Fritz würde sich als Arzt genötigt sehen, die vielleicht Verwundeten zu versorgen, aber er war nur fluchend weitergerannt. Unter dem Mantel hatten ihr die Kleider schweißnass am Körper geklebt, die Haare hingen ihr feucht in die Stirn, doch der Wind war schneidend kalt gewesen.

Immer weiter waren sie gerannt, mit von der Eisluft schmerzenden Lungen und heftig wummernden Herzen, immer weiter ohne Pause, wenn nur dem Onkel nichts passiert war, wenn doch nur ein gütiger Stern über ihn gewacht hatte!

Auf einmal waren die Straßen wieder bekannter geworden, und da war dann auch das Haus Wilhelm Fabers – in alle Hoffnung vernichtender, vollkommener Finsternis stand es da.

Fritz hörte auf zu rennen, wurde langsamer, blieb schließlich einige Meter vor dem Eingangstreppchen endgültig stehen. Es schien, als habe er schlicht keine Kraft mehr für diese letzten paar Schritte.

Klara atmete schwer. Die Angst, die Enttäuschung, vielleicht auch einfach die Anstrengung, all das trieb ihr mühsam zurückgehaltene, brennende Tränen in die Augen.

Das Haus lag verlassen.

Wilhelm Faber war nicht heimgekommen.

Was auch immer mit ihm passiert war, er war nicht zu Hause. Und auch Kiki war nicht da, wo mochte sie sein?

»Scheiße«, stieß Fritz hervor, und etwas im Klang seiner Stimme verriet Klara, dass er dieses Wort, in diesem sachlich resignierten Tonfall, in den letzten Jahren oft benutzt hatte.

»Komm«, sagte sie. »Komm, wir gehen rein, deinem Onkel nützt es nichts, wenn wir in der Kälte stehen. Am besten, wir telefonieren seine Kollegen ab, vielleicht weiß einer etwas.«

Fritz nickte langsam und folgte ihr dann mit mühsamen, ihm offensichtlich jede Kraft abverlangenden Schritten.

Das Haus war warm, doch das Feuer im Ofen heruntergebrannt, und vom Dienstmädchen fehlte jede Spur.

»Wo mag Kiki sein?«, fragte Klara, während sie begann, die Glut neu zu entfachen. Nur irgendetwas tun, nur nicht an die Schüsse, die Schreie denken. Hatte Rosa Luxemburg ihnen nicht versichert, alles wäre friedlich abgelaufen? Aber sie hatten es beide gehört, die MG-Salven, die Schreie. »Hast du eine Ahnung, wo Kiki sein könnte?«

»Ach, die. Bei der ihrer Arbeitsmoral kann man getrost davon ausgehen, dass sie überall war, aber ganz sicher nicht im Zeitungsviertel. Wahrscheinlich ist sie tanzen.« Fritz, der das elfenbeinerne Telefontischchen nach dem Telefonbüchlein seines Onkels durchwühlte, zuckte ärgerlich die Schultern. »Vor Onkel Wilhelm war sie mit einem Kraftmenschen verbandelt, und wenn du meine Meinung hören möchtest, bei dem wäre sie auch besser geblieben.«

»Ach komm, red nicht so hässlich über sie. Ich mag Kiki schrecklich gern«, verteidigte Klara die Freundin, und während sie sprach, merkte sie erst, wie wahr ihre Worte waren. Obwohl sie Kiki ja kaum kannte, hatte sie sich ihr von Anfang an nahe gefühlt. Dieses entwaffnende Lachen und die Traurigkeit, die sich vielleicht, vielleicht auch nicht dahinter verbarg. »Mit diesem Kraftmenschen, was war das für eine Geschichte?«, erkundigte sie sich, in Erinnerung an Kikis Worte vom vergangenen Abend, doch Fritz zuckte nur die Schultern. »Eine unschöne, zumindest hatte sie, als ich sie das erste Mal gesehen habe, eine gebrochene Nase von der Trennung. Ich glaube, sie war auch mal mit Max' Bruder verbandelt? Aber das ist schon ewig her, Max hat es nur mal erwähnt. Das war irgendwie unschön, Genaueres weiß ich nicht. Frag sie halt, wenn es dich interessiert.«

Klara nickte einige Male, und um das Gespräch nur nicht zum Erliegen kommen zu lassen, wollte sie wissen: »Und bei deinem Onkel und Martha. Was ist das?«

Über etwas Normales sprechen, nur nicht daran denken, was in diesem Moment gerade mit Wilhelm Faber alles geschehen konnte, geschehen sein konnte …

»Das ist kompliziert. Tante Martha hat meinen Onkel für diesen Harry verlassen, aber irgendwie auch wieder nicht. Onkel Wilhelm hat sie nämlich schon vorher verlassen, wegen einer russischen Ballerina, die auf einem Bein auf einer umgedrehten Champagnerschale stehen konnte und Deutsch mit französischem Akzent und russischem R gesprochen hat. Pikanterweise war die Ballerina allerdings die Verlobte von Marthas Ältestem, nur der ist eigentlich mit einem Oberst der Marine liiert, und der Marineoberst, der hat wiederum Onkel Wilhelm gedroht, ihn zu erschießen und es wie einen Unfall aussehen zu lassen – nur der Grund ist mir nicht ganz klar«, erklärte Fritz und stieß einen triumphierenden Laut aus. »Da ist es. Onkel Wilhelms Telefonverzeichnis. Nur, wen rufen wir an?«

In diesem Moment war plötzlich das Drehen eines Schlüssels zu hören. Klara und Fritz tauschten einen raschen Blick – Hoffnung und Angst vor der Enttäuschung hielten sich die Waage. »Wilhelm?«, rief eine weibliche Stimme. Enttäuschung.

»Tante Martha, wir sind im Salon«, entgegnete Fritz und ergänzte: »Onkel Wilhelm ist im Zeitungsviertel.«

»Also, das ist doch mal wieder typisch!« Martha Faber betrat unter anklagendem Kopfschütteln das Zimmer. Im Gegensatz zu Silvester bot sie heute im Schneefuchs und mit einer winzigen, grünen Federkappe auf dem roten Haar durchaus eine elegante Erscheinung, wobei sie jedoch noch in der Tür begann, sich unter wüsten Verrenkungen die Wildlederstiefel von den Füßen zu kicken. Danach schleuderte sie schwungvoll Hütchen und Handschuhe von sich, und den Mantel ließ sie einfach auf den Teppich fallen. »Also, das ist doch wirklich mal wieder typisch Wilhelm. Wenn ich ihn nicht schon vor Jahren verlassen hätte, heute würde ich es tun. Das ist das eigentlich Ärgerliche, wenn man getrennt ist, man kann dem anderen gar nicht mehr damit drohen. Aber bei deinem Onkel hat es ja eh nie viel genützt. Ich hab ihn extra noch heute in der Früh angerufen und daran erinnert, dass ich morgen das Gespräch mit Harrys Bruder habe. Er wollte mit mir besprechen, wie ich weiter vorgehen soll. Aber natürlich, der feine Herr Chefredakteur macht mal wieder Überstunden. Fragt sich nur auf wem!«

»Tante Martha, das Zeitungsviertel ist besetzt«, unterbrach Fritz sie. »Die Roten haben das Zeitungsviertel besetzt. Sie haben vermutlich Geiseln genommen.«

»Heilands Sack!«, entfuhr es Martha wenig damenhaft, und daraufhin ließ sie sich kurzerhand selbst auf ihren Schneefuchs plumpsen. »Wir müssen sofort die

Ullsteins anrufen, wenn jemand was weiß, dann sie. Und wo ist das Mädchen? Mal wieder ausgeflogen? Wilhelm hat einfach keine Hand mit dem Personal. Na egal, das tut jetzt nichts zur Sache. Klara, geh in die Speisekammer und heb das dritte Bodenbrett von vorne hoch. Da muss eine Flasche Champagner drunter sein, die stellst du in die Eiskiste. Hier sind die Schlüssel, der kleinere ist für die Eiskiste.«

Mit diesen Worten drückte sie der vollkommen verdutzten Klara zwei Schlüsselchen in die Hand und nahm sich dann selbst den Telefonapparat. »Vermittlung? Fräulein, hören Sie mich?« Und an Klara gewandt, die noch immer sprachlos die Schlüssel anglotzte, kommandierte sie: »Was ist los? Welchen Teil von *Lauf in die Speisekammer und stell Champagner kalt*, hast du nicht verstanden? Willst du Wurzeln schlagen? Los. Ja, jetzt ist die Verbindung besser. Geben Sie mir Hermann Ullstein, Taunusstraße 7, Grunewald. Ja, ich warte. Fritz, geh zu von Strelziks gegenüber und frag, ob du bei ihnen telefonieren darfst, und dann rufst du sämtliche Nummern aus dem Telefonbuch deines Onkels an. Alle Nummern unter G wie Geschäftlich. Sobald du was weißt, kommst du zurück.«

Fritz, der vielleicht während des Kriegsdienstes fragloses Gehorchen gelernt hatte, vielleicht aber auch nur seine Tante besser kannte, sprang umgehend auf, und keine halbe Minute später knallte die Tür ins Schloss.

Klara aber, die nicht hätte sagen können, was sie außer Verwirrung noch empfand, ging langsam in die Küche. Sie verspürte tiefen Widerwillen, Champagner auf das Verschwinden des Hausherren kaltzustellen. Außerdem mochte sie es nicht, wenn man sie einfach duzte und herumkommandierte, sie war schließlich kein Kind von sechs Jahren.

Nein, diese Martha Faber war ihr aus ganzem Herzen unsympathisch. Aber sie musste ihr dennoch zugestehen, dass sie im Moment scheinbar noch am ehesten wusste, was zu tun war, nur zum Kaltstellen der Flasche konnte sie sich dann doch nicht durchringen.

Auf die Geiselnahme des eigenen Mannes anstoßen – etwas derart Geschmackloses hatte Klara wirklich noch nie erlebt!

Und so kehrte sie unverrichteter Dinge in den Salon zurück, wo diese grässliche rothaarige Person wild gestikulierend mit dem Telefon auf und ablief. »Was soll das heißen: Sie sind sich nicht sicher! Dann denken Sie nach. Also um fünfzehn Uhr war er noch auf der Konferenz und danach? Ich brülle Sie nicht an, ich bin nur etwas angespannt, weil es für mich durchaus von Interesse ist, ob mein Mann sich unter den Geiseln im Ullsteinhaus befindet oder nicht. Sie wissen es nicht? Gut, dann sagen Sie mir, wer es wissen könnte. Nein, bei der Familie seines Tippfräuleins habe ich schon angerufen. Das ist definitiv unter den Geiseln, das ist auch nicht heimgekommen. Ja, vielen Dank und auf Wiederhören. So ein bescheuerter Nieselpriem.« Letzteres sagte sie jedoch leise und erst nach dem Einhängen. Ihre blassen Wangen glühten, ihre Stirn glänzte schweißfeucht.

Eigentlich wirkte Martha Faber nicht wie eine Frau, die freudig auf das Verschwinden ihres Gatten anstoßen wollte. Und sich mit einer Hand eine Zigarette drehend, erklärte sie Klara: »Wir haben eine klitzekleine Chance, dass er nicht unter den Gefangenen ist. Er wollte wegen der Harry-Besprechung mit mir früher gehen, hat aber wohl geplant, noch einen Anruf aus Paris abzuwarten. Aber wenn er nicht unter den Geiseln ist, wo ist er dann?« Sie blickte Klara flehend aus sehr dunklen Augen an. Sie hatte wirklich schöne Augen, auch wenn sie nun voll hilfloser Verzweiflung standen. Der schwache Moment dauerte jedoch nicht lange, schon kommandierte sie wieder: »Kind, wenn du nichts mit dir anzufangen weißt, dann setz dich dahinten auf den Boden und bete. Bist du katholisch? Nein? Na, auch egal, du betest trotzdem zur Jungfrau Maria. Die Jungfrau Maria kennt sich mit nichtsnutzigen Gatten und Söhnen aus. Die wird Verständnis für unser Problem haben. Los jetzt!«

All das forderte sie in einem derart selbstverständlichen Ton, man hätte meinen können, es handle sich bei der Jungfrau Maria um eine gute Bekannte, die es um einen Gefallen zu bitten galt.

Klara begann langsam an ihrer geistigen Gesundheit zu zweifeln. Doch bevor sie noch hätte Einwände erheben können, ertönte die Türklingel in ihrem melodischen Dreiklang, wobei zeitgleich ein Schlüssel im Schloss gedreht wurde.

»Martha?«, rief eine Männerstimme und plötzlich stand, als wäre er niemals weggewesen, Wilhelm Faber in der Tür. In Hut, Mantel und Schal machte er einen vollkommen unversehrten, wenn auch ziemlich abgekämpften Eindruck. Mit ihm kam ein Schwall von noch in seinen Kleidern hängender Kneipenluft. »Mon Dieu, Klara. Da bist du! Wo ist Fritz? Geht es ihm gut? Sag, wo ist er!«

»Bei von Strelziks. Er versucht, dich zu finden!«, rief Martha und fiel ihrem Mann dabei haltlos schluchzend um den Hals. »Wir suchen dich seit Stunden, wo warst du! Das Zeitungsviertel ist von den Roten besetzt worden, niemand kommt mehr rein oder raus. Wo warst du? Und wenn du jetzt sagst, du warst bei einer deiner Blondgelockten, dann erschieße ich dich jetzt und hier auf der Stelle, und jeder Richter wird mich freisprechen. Heilands Sack, Wilhelm, ich hab gedacht, ich seh dich nie wieder. Wo warst du?«

»Ich habe versucht, herauszufinden was mit Fritz und Klara ist. Das Mädchen hat mir schon beim Türöffnen unter Tränen erzählt, sie habe gegen Mittag Besuch von ihrem bei einem Freikorps dienenden Bruder gehabt, er habe sich verabschieden wollen, falls ihm etwas zustoße. Heute gäbe es noch Blutwurst, er wusste jedoch nichts Genaues, aber ganz bestimmt sollten die Demonstrationen zusammengeschossen werden. Ich habe versucht, jemanden in der Redaktion zu erreichen, ob die etwas wüssten, nur die Leitung war tot. Da sind das Mädchen und ich eben los, die umliegenden Nachtlokale abklappern, ob jemand etwas weiß, und so hab ich dann von der Besetzung des Zeitungsviertels gehört, und dann bin ich zurück.

Ich wollte dir gerade einen Zettel hinlegen, dass ich in Sicherheit bin.«

»Jetzt setz dich erst einmal hin«, kommandierte Martha, die nach dem kleinen Ausbruch vorhin schon wieder deutlich gefasster klang. Nur der feuchte Glanz ihrer Augen verriet sie noch. »Ich hol Fritz, und Klara, sei so lieb, bring doch bitte den Champagner. Hab ich's nicht wieder gewusst?« Sie warf ihr einen triumphierenden Blick zu. »Es gibt keinen besseren Weg einen Glücksfall heraufzubeschwören, als eine Flasche Champagner in der Eiskiste. Das wirkt immer.«

Diese Martha Faber war zwar vermutlich vollkommen wahnsinnig, aber langsam begann Klara zu verstehen, warum Fritz' Onkel sie damals unbedingt hatte heiraten müssen. Oder in Kikis Worten, sie war ein Pfundskerl.

Nachdem sie den ersten Schrecken überwunden hatten, kehrte die Familie Faber überraschend schnell zur Tagesordnung zurück.

Auch das Dienstmädchen, das nur wenige Minuten nach Fritz heimgekommen war, bestand auf Einhaltung seiner täglichen Pflichten und ganz, als wäre nichts passiert, hatte es rasch nach dem Ofen gesehen,

mit einigen geübten Handgriffen das bei der Telefon-
buchsuche entstandene Chaos beseitigt und dann ein
kaltes Abendessen aufgetragen. Nur das von Martha
angebotene Glas Champagner auf den glücklichen
Ausgang lehnte es ab – nicht solange es keine Gewiss-
heit über den Verbleib seines Bruders hatte.

Und Familie Faber legte Tschaikowskis erstes Kla-
vierkonzert auf das Grammophon und aß dazu mit
Appetit. Wilhelm Faber plauderte über eine geplante
Inszenierung von Else Lasker-Schülers *Die Wupper*
und Fritz erzählte von einem Patienten mit gleich fünf
Ermüdungsbrüchen im linken Bein – das kam von der
Mangelernährung und dem frühen Tornistertragen,
zumindest nach Fritz' Meinung.

Klara konnte über so viel Normalität nur innerlich
den Kopf schütteln – auf den Straßen wurde gekämpft,
Wilhelms Tippfräulein und zahlreiche Kollegen waren
unter den Geiseln der Besetzung, keiner wusste, ob
Liebknecht nicht schon morgen zur Revolution aufrufen würde, doch Familie Faber lachte herzlich über
die Anekdote, wie Fritz' Vorgesetzter vor dreißig Jahren bei seiner ersten Entbindung ohnmächtig geworden war, und wie die deutlich erfahrenere Gebärende
ihn noch rasch mit Kaffee und Schwarzwurst ver-

sorgte, bevor sie dann mit dem Wurstmesser ihr Kind selbst abnabelte.

Vielleicht musste man diese Abgeklärtheit hier haben, hier in Berlin, wo Leben bedeutete, sich beim Drahtseilakt über dem Abgrund noch fröhlich zuzuprosten.

Beim aus Zimtäpfeln bestehenden Dessert wurde man wieder ernst, Wilhelm und Martha begannen, das für den kommenden Tag anstehende Gespräch mit Harrys Bruder zu planen.

Das Problem war recht simpel – oder zumindest deutlich simpler zu klären, als die nur am Rand gestreifte Fragestellung, ob nun Martha Wilhelm wegen dieses Harrys verlassen hatte oder ob sie Fritz' Onkel wegen fortgesetzter Untreue und allgemeiner charakterlicher Verdorbenheit erst verlassen und dann Harry getroffen hatte.

Wann auch immer der heiß umstrittene Zeitpunkt ihrer ersten Begegnung war, feststand, dass Harry zu diesem Zeitpunkt gerade eine Zeitschrift von seinem Vater geerbt hatte. Das klang wohl besser als es tatsächlich war, denn das durchaus ansehnliche Haupterbe war an Diederich, den älteren Bruder, gegangen.

Das Blättchen verfügte weder über namhafte Au-

toren noch über einen nennenswerten Abonnenten-
stamm, sodass der Erbe es eigentlich meistbietend
hatte verscherbeln wollen, auch dem Hause Ullstein
bot er es an, und dort begegnete er Martha – Martha,
die mit zwei erwachsenen Söhnen und zwei gescheiter-
ten Ehen nach neuen Aufgaben suchte.

Dank der Großzügigkeit ihres ersten Gatten sowie
des schlechten Gewissens ihres zweiten war es ihr
möglich, eine Einlage von 500 Mark zu tätigen, und
damit begann der Siegeszug der in *Die Hauspostille*
umbenannten Zeitschrift.

Martha machte alles, sie lektorierte, sie beantwor-
tete Leserbriefe, sie stritt mit Autoren um Worte, Zei-
chenzahlen und Geld, verhandelte mit Großhändlern
über Papierpreise, mit Setzern über Stundenlöhne und
mit Fabrikherren über Anzeigengrößen.

Harry wiederum entdeckte sein Talent für das Auf-
stöbern bekannter, doch stets finanziell klammer Autoren, und so bekam beispielsweise Fedor von Zobeltitz
bald nicht nur in den Herzen der Leserschaft sondern
auch gedruckt einen Stammplatz in *Die Hauspostille*.

Genial auch Harrys Einfall, eines von Heft zu Heft
fortlaufenden Schreibwettbewerbs, als erster Platz
winkte eine Zeitungsveröffentlichung – natürlich ohne

Honorar, doch an prominenter Stelle gedruckt. Und zu Weihnachten einen Sonderband mit den zwölf Siegertexten des vergangenen Jahres – schon allein die von den stolzen Autoren als Geschenk gekauften Exemplare deckten die Unkosten, von den potenziell neu dazugewonnenen Abonnenten ganz zu schweigen.

1913 erfolgte schließlich der Ritterschlag, Hedwig Courths-Mahler veröffentlichte in *Die Hauspostille*, und Martha bekam ihre 500 Mark zurück, samt Zins und Zinseszins in Form eines Häuschens an der Seenplatte.

Martha und Harry ergänzten sich jedoch nicht nur im Professionellen, zum beruflichen Erfolg kam schließlich auch das private Glück. Ein so offensichtliches Glück, dass selbst Wilhelm nicht anders konnte, als sich mitzufreuen und eine Scheidung anzubieten.

»Ganz selbstlos, diese winzige, russische Hupfdohle hatte natürlich nichts damit zu tun.« Martha verdrehte amüsiert grinsend die Augen und deutete in Richtung ihres Gatten eine Ohrfeige an. »Ein Jammer, dass ich so einen miserablen Charakter besitze und schlicht aus Bosheit nicht eingewilligt habe.«

»Sie hatte Angst vor dem gesellschaftlichen Skandal«, flüsterte Fritz Klara zu, während Wilhelm Faber nur glucksend lachte. »Mach dich nicht schlechter, als du bist. Du hast eben einfach deinen Gatten gekannt, wie sich das für eine brave Ehefrau ja auch gehört. Ich kann dir gar nicht sagen, wie froh ich war, als ich dieses überkandidelte Ding dann endlich los war! Und es hat ja auch so bestens funktioniert!«

»Erinnerst du dich noch, als wir alle drei in Travemünde waren und der Portier dachte, Harry sei unser Sohn?« Martha lachte, laut, fröhlich und mit weit geöffnetem Mund. »Und diese, ach diese, wie hieß sie noch gleich? Diese mit den …« Sie deutete mit den Händen eine üppige Oberweite an. »Na, du weißt schon, wen ich meine, wie ich die für dich verjagen musste?«

»Martha war so reizend, in ihrer Funktion als meine Gattin wieder bei mir einzuziehen. Ich wusste mir schlicht keinen anderen Ausweg mehr«, erklärte Wilhelm Klara kopfschüttelnd. »Aber bezahlen musste ich doch dafür. Einen meiner besten Autoren hat sie sich dafür unter Vertrag genommen. Ich musste ihm als Gegenleistung für die liebende Unterstützung meiner Gattin ein derart lächerliches Angebot machen, dass er seine Geschichte an *Die Hauspostille* verkauft hat.«

»Ach, mein Liebling«, grinste Martha. »Waren wir nicht glücklich?« Wilhelm Faber nickte: »Ja, es war einfach die vollkommene Ehe.«

Er sprach in spöttischem Tonfall, aber etwas in seinen Augen verriet Klara, dass es ihm damit ernster war, als er zugeben wollte – ihnen gegenüber, Martha gegenüber, sich selbst gegenüber.

»Nur dann ist der verdammte Krieg gekommen und Harry, den haben sie an die Westfront geschickt.«

Die Hauspostille, führte Martha weiter aus, trotz Papierknappheit, trotz im Graben liegender Autoren, Setzer, Drucker, blieb weiterhin ein Erfolg.

Spätestens zu diesem Zeitpunkt hätte eine Hochzeit jedoch durchaus Sinn gemacht – schon mit Blick auf die Zukunft der Zeitschrift, die formal allein und ausschließlich Harry gehörte. Martha war nicht einmal bei ihm angestellt.

»Aber so eine Scheidung dauert ewig. Was das allein an Papierkram bedeutet.« Martha schüttelte den Kopf. »Außerdem hätte es vielleicht Unglück gebracht, aus Angst vor Harrys Tod zu heiraten?« Entschuldigend ergänzte sie: »Ich bin ein bisschen abergläubisch.«

»Ein bisschen!«, entfuhr es Wilhelm. »Du bist abergläubischer als jeder Heide! Und wenn ich was gesagt hab, hast du immer nur entgegnet, er sei ja erst 32 und strotze vor Lebenskraft. Was ihm das bei einem Gasangriff oder einem Granatabwurf helfen sollte, ist allerdings dein Geheimnis geblieben.«

Marthas Augen bekamen einen feuchten Glanz, und Klara fuhr ihr sanft über den Arm. Gar nicht mehr vorstellen konnte sie sich, dass sie je anders als mit warmer Zuneigung über diese starke, in ihren Schwächen so liebenswerte Frau gedacht hatte. Und tröstend sagte sie: »Das ist ganz normal. Niemand wollte wahrhaben, dass es jeden treffen konnte.«

»Aber dumm war es trotzdem«, seufzte Martha. »Saudumm. Jetzt steh ich mit leeren Händen da. Diederich, Harrys Bruder, wird mir meine *Hauspostille* wegnehmen. Mein geliebtes Blättchen, das ich aufgebaut habe. Nächtelang habe ich gerechnet und Kommas gestrichelt, irgendwelchen Autoren geschmeichelt und anderen in den verlängerten Rücken getreten und das alles nur, damit dieser vollgefressene Bonze sich das nun unter den Nagel reißt. Er wird es erben, da kann ich mich auf den Kopf stellen und mit den Beinen wackeln, er wird es erben. Ich hab keinerlei rechtlichen Anspruch, und daran ändert sich auch so schnell nichts. Das Frauenwahlrecht ist eingeführt, damit hat es sich jetzt erst mal für die nächsten 200 Jahre wieder mit emanzipatorischen Maßnahmen.«

Wilhelm schüttelte einige Male den Kopf. »Wenn du meine Meinung hören willst, sei froh, dass du das Ding los bist.«

»Was!« Martha lief glutrot an. Sie sprang auf, schien sich nur mit Mühe daran hindern zu können, ihn zu ohrfeigen, stattdessen trat sie mit Schwung gegen den leeren Drahtkorb für das Brennholz, der daraufhin krachend gegen die Türvertäfelung knallte. »Nein, nein und nochmals nein! Ich liebe diese Zeitschrift! Ich habe sie mitaufgebaut, ich bin diese Zeitschrift. Sie ist ganz allein mein Eigentum.«

»Jetzt reg dich doch bitte ab. Das Mobiliar hat dir nichts getan«, entgegnete Wilhelm Faber mit aufreizender Seelenruhe.

Klara konnte Marthas Zorn gut nachvollziehen, auch ihr schnürte die drohende Ungerechtigkeit der Ereignisse die Kehle zu. Wilhelm Faber aber sah das anders, er klopfte sich eine Zigarette in die Elfenbeinspitze und sagte: »Sei besser froh drum, dann musst du den Untergang deines geliebten Käseblättchens nicht verantworten.«

»Wie kommst du darauf, dass es untergehen wird?«,

fragte Klara rasch, bevor Martha erneut in Wutgeschrei verfallen konnte. »Es hat doch sogar den Krieg unbeschadet überstanden.«

»Den Krieg der Völker ja, aber uns steht ein ganz neuer, wenn auch nicht so blutiger, doch kaum weniger erbarmungsloser Kampf bevor. Ein Zeitungskrieg. Die Ullsteins haben das als Erste begriffen. Was glaubst du, warum die sich so Freibeuter wie diesen Paul Rieger ins Boot holen?«

Bei der Erwähnung des Ehemanns ihrer Freundin Lotti wechselten Klara und Fritz einen raschen Blick, sagten jedoch nichts, sodass Wilhelm ungestört weitersprach. »Die neuen Arbeitszeitregelungen werden den Zeitungsmarkt revolutionieren. Blättchen wie deine *Hauspostille* sind tot, die meisten haben es nur noch nicht gemerkt. Also freu dich, dass du es los bist. Warum suchst du dir nicht einfach ein neues Steckenpferd?«

»Du hast immer so hübsch gemalt«, schlug Fritz vor, und Klara ergänzte zuckrig: »Genau, warum malst du nicht ein nettes Bildchen? Ein Stillleben zum Beispiel. Ich habe Abitur im Blumen arrangieren, ich stell den Strauß zusammen und du, du malst ihn. Das wäre doch himmlisch. Und wenn wir damit fertig sind, kontrollieren wir die Dienstmädchen und putzen eure Schuhe. Geht's noch!« Sie funkelte Fritz und seinen Onkel wütend an. »Für was haltet ihr euch eigentlich! Und warum sollen Zeitungen wie *Die Hauspostille* tot sein? Wie du sagst, Wilhelm, es bricht ein neues Zeitalter an, aber eines für uns Frauen! Wir gehen jetzt nicht nur wählen, wir werden auch eigenes Geld verdienen und vielleicht investieren wir einen Teil davon in eine Zeitschrift. Nach getaner Arbeit, um uns etwas zu zerstreuen …«

»Ja, vielleicht nur nicht länger in ein Familienblättchen wie *Die Hauspostille*, sondern in eine Zeitung allein für uns Frauen!«, ergänzte Martha hitzig. »Mit Themen, die uns interessieren. Uns ganz allein. Eine Zeitung für denkende Frauen. Frauen, die mehr vom Leben wollen, als nur einen Gatten und Ernährer. Moderne, berufstätige Frauen, Frauen die ein bisschen Spaß möchten, aber auch ihren Mann stehen können. Frauen wie wir, wie Kiki!«

»Gott, wo ist die eigentlich? Wo ist Kiki?«, entfuhr es Klara bei dieser Beschreibung plötzlich. Eine kalte Furcht begann sich in ihr auszubreiten. »Sollte sie nicht langsam heimgekommen sein? Sie wird sich doch auch Sorgen machen, was mit Wilhelm ist, wenn sie irgendwo von der Besetzung erfährt. Selbst wenn sie schwofen gegangen ist, wird sie inzwischen davon wissen, oder?«

»Als sie sich verabschiedet hat, hatte das junge Fräulein kein Tanzkleid an«, trug das Dienstmädchen bei, das gerade mit dem Servierwagen hereinkam, um den Tisch abzuräumen. »Ich denke, das Fräulein wollte zur Arbeit? Sie sagte noch, sie habe eine neue Stelle, und wie dumm, dass sie zu spät käme. Wo arbeitet sie denn jetzt?«

Einen Moment lang hörte Klaras Herz auf zu schlagen, dann sagte sie mit tonloser Stimme: »Im Zeitungsviertel.«

Kapitel 6

»Ebert lässt sämtliche Telefonanschlüsse Berlins überwachen. In allen Postämtern sitzen jetzt Offiziere und
passen auf, falls eins der Mitglieder des Revolutionsausschusses eine Verbindung gesteckt haben möchte,
damit man ihnen hinterher den Prozess machen kann.
Weiß ich von meiner Schwester, die ist Telefonfräu-
lein«, erzählte Hilde, Fritz' flachsblonde Assistenz-
krankenschwester, Klara mit gesenkter Stimme, während sie darauf wartete, dass das OP-Besteck die
vorgeschriebene Viertelstunde in siedendem Wasser
verbracht hatte.

»Eigentlich könnte das ja sehr nett sein, ich meine,
wo lernt man denn sonst heute echte Offiziere kennen,
nur leider ist der bei meiner Schwester auf dem Amt
wohl ein ziemliches Scheusal, O-Beine, Pickel, so einer

eben. Und die Haare voller Pomade oder dieses Jahrhundert noch nicht gewaschen ...«

Klara bemühte sich um ein herzliches Kichern. Aber wie so oft in den letzten Tagen seit Kikis Verschwinden hatte sie das Gefühl, neben sich zu stehen. Da war eine Wand aus Glas, und durch diese konnte sie sich nun selbst dabei beobachten, wie sie blutige Skalpelle schrubbte, Fritz Tupfer, Nadel oder auch nur Chinin reichte, irgendwann spät in der Nacht neben ihm auf das schmale, nach Entlausungsmittel stinkende Bereitschaftsbett fiel. Nur arbeiten, nur nicht nachdenken müssen. Wenn sie wenigstens ihre Kartensammlung bei sich gehabt hätte, aber die war in Weimar, und so gab es keine Möglichkeit zur Flucht. Genauso wenig wie für Kiki.

Besetzt waren die Verlagsgebäude von Ullstein, Mosse und Scherl sowie die Druckereien des *Vorwärts*, des *Berliner Tageblatts* und einiger kleinerer Verlage. Wie viele Menschen sich darin befanden, war ebenso ungeklärt, wie die Frage, was mit ihnen geschehen war. Sicher war jedoch, dass die von Klara mit großen Hoffnungen verfolgten Verhandlungen zwischen den Revolutionären und der Regierung am Vortag offiziell für gescheitert erklärt worden waren.

Während Ebert in rasender Eile neue Freikorps bilden ließ, waren Berlins Straßen noch immer voll von potenziellen Putschisten, ein Wort des Revolutionsausschusses hätte genügt, sie zu den Waffen greifen zu lassen, doch der tagte ungestört.

Klara war es längst egal, sollten die Soldaten doch die Verlagshäuser stürmen, wenn nur Kiki heil wieder rauskam.

»Hast du mitbekommen? Im *Adlon* haben sie einen Geldbriefträger umgebracht, ein falscher Baron soll's gewesen sein«, plauderte Hilde unterdessen munter weiter, und Klara machte ein überrascht-interessiertes Gesicht.

Wie tot fühlte sie sich vor lauter Angst, vor lauter Sorge, und auch sehr einsam. Fritz zuckte nur die Schultern, wenn sie mit ihm über Kiki sprechen wollte. Konnte man im Moment nichts machen, musste man eben abwarten. Und bis dahin vernähte er Schnittwunden, entfernte Blinddärme und schiente Knochenbrüche, aktuell nicht mehr im Barackenlager auf dem Alex, sondern im Nachtasyl Fröbelstraße.

Der Alexanderplatz lag mitten im Zentrum der Kampfhandlungen, angeblich sollte heute oder morgen mit der Rückeroberung des Polizeireviers begonnen werden. Beide Seiten hatten Barrikaden errichtet, es war nahezu unmöglich, überhaupt in das Viertel zu kommen.

Die Fröbelstraße, die im Moment vor allem als Flüchtlingsunterkunft genutzt wurde, galt als vergleichsweise gute Adresse. Und tatsächlich war ihr der massige, für preußische Amtsgebäude so typische Klinkerbau freundlich erschienen. Eingekuschelt zwischen den kahlen Bäumen wirkte er fast einladend und erinnerte sie seltsamerweise an die rotwangige, stets nach Hefegebäck duftende Köchin ihrer Kindertage.

Auch innen hatte man getan, was aus Behördensicht wohl den Gipfelpunkt der Behaglichkeit bedeutete: regelmäßig frisch weiß gekalkte Wände, und da, wo bis zur Revolution der Kaiser geprunkt hatte, hing nun das Aquarell einer bunten Sommerwiese – ein Bild von solch penetranter Harmlosigkeit, dass Klara halb an einen verborgenen, irgendwie perversen Hintersinn glauben wollte.

Selbst der typische Geruch des in preußische Behördenhand gefallenen Elends – Desinfektionsalkohol, Reinigungssoda und Graupensuppe – konnte sich im Nachtasyl Fröbelstraße nicht in seiner ganzen, hässlichen Nüchternheit ausbreiten, denn aus dem Barackensaal, in dem man die Flüchtlingsfamilien aus Russland, dem Rheinland, aus den ehemaligen Kolonien bis auf weiteres untergebracht hatte, roch es nach einer undefinierbaren Mischung aus gekochten Kartoffeln, warmer Milch und Tee – zu jeder Tageszeit schien man hier Tee zu trinken.

Noch in der Küche konnte Klara die Geräuschkulisse des Barackensaals hören, die sich in der bedrückenden Enge zankenden, versöhnenden und erneut zankenden Frauen, das Geklapper ihre Kochtöpfe, der vielstimmige, falsche Gesang, der sie bei der Arbeit begleitete, die mal weinenden, mal lachenden, mal einfach nur in sinnloser Daseinsfreude quietschenden Kinder.

Manchmal hielt Klara im Schrubben, im Auskochen inne und lauschte einfach nur, versuchte Trost in diesen trotz der Umstände so herrlich normalen Geräuschen zu finden, aber es gelang ihr nicht. Immer wieder musste sie an Kiki denken.

Wie mochte es ihr jetzt nur gehen? Was dachte, tat sie wohl in diesem Augenblick gerade? War sie verletzt, hatte sie Schmerzen?

Nicht darüber nachdenken, nicht ins Grübeln verfallen. Wenn sie doch nur ihre geliebten Karten bei sich hätte! Vielleicht hätten sie ihr geholfen? Wie oft hatte

189

sie Trost in all diesen Bildern ferner Länder gefunden,
so viel Welt, so viel Schönheit, die es zu entdecken gab.
Aber so oft sie nun auch die Bucht von Neapel auf ihrer mitgebrachten Lieblingskarte ansah, es half nichts,
kein Optimismus wollte sich einstellen. Die Angst um
Kiki blieb.

Die Männer im Barackensaal hörte sie selten, überhaupt schien das Leben dort für die Männer am här-
testen. Den Kindern machte es augenscheinlich nichts,
sie schlossen täglich neue Freundschaften, stoben zwischen den Bettenlagern herum, wie sie vor der Flucht,
vor der Vertreibung zwischen Häuserschluchten und
Bäumen herumgetobt waren – nur manchmal wurden
sie plötzlich still, wer wusste warum? Vielleicht hatte
irgendetwas, ein Geräusch, ein unachtsames Wort sie
an etwas erinnert, das ihr junges Leben lieber vergessen wollte?

Und die Frauen? Die machten es wie Klara, die
waren beschäftigt. Sie kochten, putzten, wuschen,
schalten die Kinder, tratschten und vereinbarten Ver-
abredungen zum Tee, wobei sie diese mit all der Förm-
lichkeit aussprachen oder annahmen, mit der sie es
auch in ihrem alten Leben getan hatten. Sie waren
vertrieben, aber nicht heimatlos, sie hatten ihre Hei-

mat mitgenommen, und wenn man sie in einigen Wochen, Monaten oder eben irgendwann irgendwo unterbrachte, dann würden sie ihre Heimat auch dort in ihren Kochtöpfen und Kindern wiederfinden.

Nur die Männer saßen einsam und stumm. Die Männer wagte Klara kaum anzusehen, sie hatten tatsächlich alles verloren, nicht nur Heimat und Krieg, das ganze große Spiel hatten sie verloren. Manchen sah sie die Wut an, manchen auch die Angst, anderen die Verzweiflung, sie hatten doch alles gegeben, aber das Leben hielt sein Versprechen nicht! Wie konnte der Krieg verloren sein, sie hatten so hart gekämpft? Wer hatte sie verraten, irgendeiner musste doch schuld sein!

Gemeinsam war ihnen eine fast mit Händen greifbare Sehnsucht – nach einer Erklärung, nach einer glaubhaften Entschuldigung für das, was die zu Hause *Versagen* nannten.

Klara bemühte sich stets, möglichst rasch und mit gesenktem Blick an ihnen vorbeizukommen, sie hatte Trost selbst nötig und wusste doch sowieso nie Schmerzlinderndes zu sagen. Nicht zu den Flüchtlingen, nicht zu Fritz, nicht einmal zu sich selbst.

»Frau Faber?«, riss sie plötzlich eine unbekannte Stimme aus ihren Grübeleien. Hier nannten alle sie

so, Fritz hatte sie mit *meine Frau Klara* vorgestellt –
er meinte, das sei einfacher, dann konnte sie bei ihm
schlafen, und außerdem war die Verheiratung bei ihnen ja nur noch eine Formalität.

Klara war sich nicht sicher gewesen, wie sie das
fand – natürlich hatte Fritz theoretisch recht, doch rein
faktisch waren sie eben noch nicht verheiratet, und sie
deshalb auch nicht Frau Faber.

»Aber nur weil die Standesämter zu haben, weil wir
mitten in einer verkappten Revolution stecken«, hatte
Fritz daraufhin entgegnet. »Sei doch nicht so kleinlich,
oder ist hier der Spießergeist von Weimar zu spüren?«
Das hatte Klara nicht auf sich sitzenlassen wollen, und
so nannte man sie jetzt eben Frau Faber.

»Sie sind doch Frau Faber?«

Klara nickte und betrachtete den Ankömmling. Ein
bemerkenswert gut aussehender Mann, glattrasiert,
mit Hut und frisch geschnittenem Haar, in einem offensichtlich auf Maß geschneiderten Zivilmantel, unter dem die Uniform eines Marineleutnants hervor-
blitzte. Auch die Uniform schien frisch ausgebürstet,
makellos, als ginge es zum Schreibstubendienst.

Klara staunte, seit Kriegsende, aber eigentlich schon
in den Monaten davor, hatte sie keine derart saubere

Uniform mehr gesehen. Seltsam deplatziert wirkte solche Eleganz neben den sich auf dem Boden stapelnden, zerbeulten Blechnäpfen für die Armenspeisungen und den Bergen von blutigem, noch zu reinigendem Instrumentenbesteck.

Ohne dass sie sich an ihn hätte erinnern können, kam der Mann Klara bekannt vor.

»Ich darf mich vorstellen?«

Auch die Manieren des Mannes schienen aus der Friedenszeit übrig geblieben.

»Peter Bering, ich bin der ältere Bruder von Herrn Dr. Fabers Dienstmädchen.«

Klaras Züge hellten sich auf, daher das vage Wiedererkennen, die Geschwister ähnelten sich stark. »Sehr erfreut, Sie kennenzulernen. Was kann ich für Sie tun?«

»Sie könnten die Freundlichkeit besitzen, dies hier meiner Schwester zu geben.« Er reichte ihr ein nicht ganz sauberes Kuvert – zumindest hier zeigten sich die Spuren von Straßenkampf und Revolution. »Ich hätte sie gern noch einmal besucht, aber es ist ja alles dicht, fährt ja seit Tagen nichts mehr.«

Klara nickte mitfühlend. »Kann ich Ihrem Fräulein Schwester vielleicht sonst noch etwas von Ihnen ausrichten?«

»Ja, vielleicht. Sagen Sie ihr doch, dass sie mich bis auf Weiteres im *Hotel Eden* kontaktieren kann.« Und weil er vielleicht vermutete, Klara würde sich über diese elegante Adresse wundern, ergänzte er: »Ich bin Ordonnanzoffizier.«

Sie nickte, vage glaubte sie sich zu erinnern, dass dort die Garde-Kavallerie-Schützen-Division ihr Hauptquartier bezogen hatte.

»Soll ich sonst noch etwas ausrichten?« Doch Peter Bering schüttelte nur stumm den Kopf. Trotz der eleganten Kleidung haftete ihm eine verzweifelte Traurigkeit an, und um ihm wenigstens eine kleine Freude zu machen, sagte Klara: »Ihr Fräulein Schwester ist ein bemerkenswert gutes Mädchen. Dr. Faber kann sich sehr glücklich schätzen, sie in seinem Haushalt zu wissen.«

Peter Bering nickte einige Male, wenn möglich, sah er nun noch trauriger aus. »Sie hat viel Sinn für Ästhetik. Das haben wir von unserer Frau Mutter, selig. Vor dem Krieg war ich Dekorateur für die Herrenkonfektion des KaDeWe, gelernt hab ich bei Hirschvogel in München. Das waren gute Stellungen. Einmal haben wir für die weißen Wochen alles mit cremefarbenen Tüchern dekoriert, und in den Fenstern hatten wir Kamelien. Kristallvasen mit Kamelien – in manchen nur eine einzelne Blüte und ein hellgraues Seidenband um das Glas gebunden. So schön! So wunderschön!«

Bei der Erinnerung musste Peter Bering lächeln, doch mit einem Schlag wurde er wieder ernst. »Wenn es nach diesen Kommunisten ginge, dann gäbe es bald kein KaDeWe mehr und auch keine Waren zum Dekorieren.«

»Na, so wild wird es nicht werden. Sehen Sie es doch einmal so, wenn es mehr Gleichheit gibt, können sich auch mehr Menschen schöne Dinge leisten. Und die kauft man natürlich im KaDeWe.«

Peter Bering nickte vage – nestelte an seiner Manteltasche und zog einen zerknüllten Zettel heraus. »Vielleicht kommt es gar nicht so weit? Der Liebknecht und die Luxemburg haben auch nur das eine Leben.«

Und jetzt erkannte Klara, was der Freikorpsleutnant da zwischen den Fingern hielt. Es war eines dieser grauenhaften Flugblätter, in denen mehr oder weniger unverblümt zum Mord an den beiden führenden Köpfen des Kommunismus aufgerufen wurde. Klara konnte es noch immer nicht recht fassen, bei ihrer ersten Begegnung mit den plötzlich überall auftauchenden Flugblättern war ihr regelrecht schlecht geworden.

Eines der Kinder aus dem Barackensaal hatte ihr das mehrfarbige Papier glückstrahlend gezeigt, hatte höflich gefragt: »Frau Faber, was steht da?«

Das Vaterland ist dem Untergang nahe. Es wird nicht von außen bedroht, sondern von innen: von der Spartakusgruppe. (Stand da) *Schlagt ihre Führer tot!* (Stand da) *Tötet Liebknecht! Dann werdet ihr Frieden, Arbeit und Brot haben.* (Stand da) Wut und Ekel waren in ihr aufgestiegen. Dass so etwas, ein gedruckter Aufruf zur Hetzjagd, zum Mord auf zwei Menschen, in Berlin möglich war! Klara wollte es nicht glauben und doch stand es dort, schwarz-rot auf Weiß. Und zum ersten Mal seit ihrer Ankunft am Anhalter Bahnhof hatte sie Sehnsucht nach Weimar verspürt, dem kultivierten, zivilisierten Weimar, dort wäre derartiges nicht passiert – davon war sie überzeugt.

»Da steht nur langweiliger Unsinn für Erwachsene drauf. Komm, wir machen Schnee draus!«

Sie hatte dem Kind das Flugblatt weggenommen, es in winzige Fetzen gerissen, aber was nützte es? Tausende und Abertausende davon flatterten, klebten, lagen in der Hauptstadt herum, dazu kamen Plakate, Wandschmierereien und Artikel in Zeitungen. Nichts konnte man, konnte Klara, gegen diese Verrohung der

Welt ausrichten. Da konnte sie noch so viel Operationsbesteck auskochen, die Welt wollte einfach nicht besser werden. Aber wenn man wenigstens eine Erwiderung gedruckt hätte? Oder einen Kommentar, sie hätte schon gewusst, was diesen Rohlingen entgegenzusetzen war. Und wieder musste sie an Marthas Zeitung denken, die alte *Hauspostille* und die vielleicht entstehende, neue – eine Zeitung für die denkende Frau. Vielleicht wollte sogar Rosa Luxemburg selbst dort eine Gegendarstellung drucken?

Sie sah das ernste Gesicht Rosa Luxemburgs vor sich, wie sie vom Balkon des Polizeireviers zur Menge sprach, sie anlog. Hatte sie zu diesem Zeitpunkt gewusst, dass sie nicht die Wahrheit sagte? War sie so abgebrüht? Und wenn sie es gewusst hatte, hatte sie gelogen, wie Klara dem Kind gegenüber log, wissend, dass der andere noch zu klein, zu jung, zu unerfahren für die Wahrheit war? Das ernste Gesicht war ihr so aufrichtig erschienen.

Wie musste sie sich jetzt fühlen? Hatte sie Angst? Oder war sie wütend? Spürte wilde Entschlossenheit? Ein trotziges Jetzt-erst-recht? War es nicht dieses Jetzt-erst-recht, das sie alle verband? Die verwitwete Anna Amalia, die ihre Sachen packte und nach Italien reiste, dort einen literarischen Salon unterhielt – sollten die Leute doch reden. Die sommersprossige Kiki, wie sie sich mit Entschlossenheit schminkte – weitermachen, nicht kleinkriegen lassen, jetzt erst recht nicht!

Während sie noch nachdachte, hatte sie schon nach dem Flugblatt gegriffen, hatte es diesem verblüfften Freikorpsleutnant aus den Fingern gezerrt und begonnen, es in winzige Fetzen zu reißen.

»Sie sollten sich schämen!«, fauchte sie. »Auch wenn Sie es im Krieg vielleicht anders gelernt haben, Mord ist und bleibt ein abscheuliches Verbrechen!«

Peter Bering starrte sie einen Moment lang fassungslos an. »Gewiss, Frau Faber. Allerdings gebe ich zu bedenken, dass der Meuchelmord am Vaterland, ebenso wie die in böser Absicht erfolgte politische Verführung Unschuldiger deutlich abscheulichere Taten sind. Und wie Ihnen vielleicht bekannt ist, steht auf Hochverrat der Tod, und nichts anderes als Hochverräter sind diese beiden Kanaillen Luxemburg und Liebknecht.«

»Das zu entscheiden ist die Aufgabe eines Gerichts, und ganz sicher nicht die von irgendwelchen zufällig in Besitz einer Druckerpresse gelangten Schmierfinken!«, entgegnete Klara.

»Außerdem ist noch längst nicht entschieden, wer

hier der Hochverräter ist! Wenn es für Sie und Ihre Kameraden dumm läuft, steht am Ende Ihr feiner Herr Ebert an der Wand!«, hörte sie es plötzlich hinter sich.

Martha war in die Küche geplatzt. Im Nerz über einem sehr eleganten schwarzen Trauerkleid, allerdings mit einer gestrickten, blau-weißen Klappohrenpudelmütze auf den wie üblich sehr ungezügelten Haaren, genau die Sorte Pudelmütze, wie sie sonst ausschließlich von kleinen Jungen und Trippelbrüdern getragen wurde.

Klara war nicht sicher, was den Freikorpsleutnant zum Schweigen brachte, Marthas Argument oder ihr Anblick. Martha jedenfalls nutzte seine Verblüffung, um ihn mit rudernden Armbewegungen aus dem Zimmer zu jagen. »Dieser Ebert ist ein Lump und ein Radieschen obendrein. Mit dem Militär paktieren und gleichzeitig für den Frieden reden! Und so einer will den Staat regieren!«

»Will und wird!«, entgegnete Bering, der sich schnell gefasst hatte. »Während wir hier stehen, packen die Polizisten im Kaiserhof schon wieder ihre Sachen für den Umzug ins normale Revier zusammen. Eichhorn kann das Polizeihauptquartier nicht mehr lange halten, und das Zeitungsviertel fällt als nächstes. Wir haben gestern Verstärkung aus dem Umland bekommen, wir haben Flammen- und Minenwerfer, wir haben nahezu unbegrenzte Munition. Und was haben diese roten Hunde? Hinter Ballen von Zeitungspapier können sie sich verschanzen und müssen dann aber gut zielen, weil jede abgeschossene Kugel ist weg. Ihre beiden roten Freunde kriegen wir auch noch, aktuell verstecken sie sich, die feigen Schweine, aber es findet sich doch immer ein guter Freund, der sich, von schlechtem Gewissen ob seiner politischen Verblendung geplagt, behilflich zeigen möchte. Sie haben verloren.«

Sein spöttischer Blick ließ offen, ob er mit *sie* Klara und Martha oder die Revolutionäre meinte. Mit der Wirkung seiner Worte sichtlich zufrieden fuhr er fort: »Wie gern würde ich noch mit den Damen plaudern, doch der Generalstabsoffizier Pabst wünscht heute Abend Hirschgulasch mit Klößen zu speisen, da wird die Ordonnanz benötigt. Was wohl bei den Eingekesselten im Zeitungsviertel heute auf den Teller kommt? In diesem Sinne empfehle ich mich. Einen schönen Abend noch, die Damen.«

In gespielter Ehrerbietung salutierte er und wandte sich zum Gehen, allerdings gelang ihm das nicht besonders gut, denn gerade in diesem Moment drängelte ein ganzer Schwung Ärzte und Schwestern herein, suchte sich fluchend bereits gereinigtes Instrumentenbesteck zusammen.

»Warum ist das noch dreckig! Verdammt, Klara!« Das war Fritz, wobei er ihr ein blutiges Skalpell sowie eine mit Eiter verschmierte Pinzette unter die Nase hielt. »Hast du hier Teestunde gemacht, oder was?«

»Heul nicht. In Flandern hatten wir mal ein Skalpell für das komplette Lazarett und die Tommys in Feierlaune«, lachte ein Blonder, der Klara von der Demonstration auf dem Alexanderplatz bekannt vorkam.

»Hat noch eener Morphium? I han Kieselerde«, brüllte es von irgendwoher. »Mull? Ich brauch Mull! Mull zu mir!«

»Warum stehen Sie so im Weg. Weg hier!« Eine Schwester gab Klara einen unsanften Schubs und begann das Fach neben dem Herd auszuräumen. »Ich nehm alles an Tüchern, was da ist. Lilli, komm und hilf mir tragen.«

Klara und Martha sahen einander erschrocken an. Was war nur los?

»Das Zeitungsviertel wird gestürmt. Bisher keinerlei Versorgung der Verletzten. Angeblich haben die Freikorps Flammenwerfer eingesetzt. Deshalb die Kiesel-

201

erde«, erklärte der Blonde knapp, und Fritz brüllte: »Hilde, hast du den Mull? Los jetzt! Los!«, und stürmte wieder aus der Küche.

»Wir fahren in drei Minuten! Nun macht schon«, brüllte der Blonde. »Nehmt alles, was ihr finden könnt. Sortieren könnt ihr auf der Fahrt. Los doch! Verdammte Scheiße, was trödelt ihr so rum! Habt ihr das bei den Dreckspreußen gelernt? Lilli, los beweg deinen Zuckerarsch oder ich mach dir Beine!«

Ebenso plötzlich wie der Raum sich gefüllt hatte, war er auch wieder leer. Einzig die offen stehenden Schränke, die umgeschmissenen Behälter, die vormals Instrumentenbesteck enthalten hatten, zeugten vom Ansturm der vergangenen Minuten.

»Dann kommt Kiki also frei«, fasste Martha ruhig zusammen.

Klaras Herz machte einen Hüpfer. So weit hatte sie noch gar nicht gedacht. Kiki kam frei, vielleicht sahen sie sich alle schon an diesem Abend wieder? Doch dann kamen ihr langsam die Umstände dieser Befreiung ins Bewusstsein, und ein Blick in Marthas ernstes Gesicht zeigte ihr, dass diese dasselbe dachte. Es war nicht gesagt, dass sie Kiki heil wiedersehen würden. Heil oder überhaupt lebend. Und das Gleiche galt für Fritz …

202

»Meinst du, wir sollten Champagner kaltstellen?«, fragte sie und versuchte ihrer Stimme eine Festigkeit zu geben, die sie gar nicht hatte. »Für Kikis gesunde Rückkehr?«

»In Kikis Fall besser einen Gin«, bemerkte Martha trocken und nahm sich die Mütze vom Kopf. Ihr Haar ausschüttelnd, sagte sie: »Mal etwas anderes. Warum ich hier bin: Was hast du vor zu tun?«

Klara starrte sie ratlos an. Was konnte sie persönlich denn tun? Zögernd fragte sie: »Was ich für Kiki tun möchte? Vielleicht beten, zum Beispiel?«

»Unsinn. Für Kiki können wir aktuell gar nichts tun, und um das Beten hab ich mich längst gekümmert. Dem Sohn meines Milchmanns hab ich zwei Mark gegeben, dafür bearbeitet er stündlich den Rosenkranz, der kleine Türke aus dem Mokkasalon an der Ecke macht das, was die so machen, mit dem Teppich und gen Mekka, und der Schwager meiner Cousine, der ist Naturphilosoph – du weißt schon, einer von diesen Barfußgängern, die ungekochte Wurzeln ohne Salz und Pfeffer futtern. Na, der jedenfalls, der betet für Kiki zu den germanischen Gottheiten.«

Sie wirkte sehr mit sich zufrieden, und in Klaras Verblüffung hinein erläuterte sie: »Das mach ich immer so, ist wie bei den Handwerkern. Da vergeb ich den Auftrag auch mehrfach, Hauptsache, irgendeiner kümmert sich drum, wer ist doch egal.«

»Ah, so«, entgegnete Klara zögerlich. »Ja, so kann man das sicher machen.«

»Die Methode hat sich bewährt. Aber ich bin wegen etwas ganz anderem hier. Zigarette?« Klara schüttelte den Kopf, was Martha mit einem ärgerlichen Stirnrunzeln und belehrendem Ton quittierte: »Mädchen, wenn du in Berlin überleben willst, dann merk dir am besten gleich: niemals eine Zigarette ablehnen. Und wenn du sie nicht rauchst, Zigaretten sind wie bares Geld. Nein, sie sind besser als Geld, im Notfall kannst du sie dir nämlich anzünden. Also nimm und hör mir zu.«

Und als wäre sie in der verlassenen Großküche des Armenasyls Fröbelstraße zu Hause, setzte Martha sich auf den speckigen Arbeitstisch, steckte sich eine Zigarette zwischen die Lippen und erklärte: »Ich habe mit Harrys Bruder gesprochen. Er überlässt mir meine Zeitung.«

»Das ist ja großartig!«, jubelte Klara. »Das sind ja fantastische Neuigkeiten. Herzlichen Glückwunsch.«

»Na ja, ganz so fantastisch ist es leider nicht«, wehrte Martha ab. »Er übernimmt die Räumlichkei-

204

ten, die Maschinen und sämtliche Abonnenten. Außerdem die Rechte an den bisher gedruckten Geschichten und Artikeln, sowie die noch laufenden Autorenverträge. Und das noch gelagerte Papier auch.«

»Ah, so, also, ich kenn mich da ja nicht aus. Aber wenn er die Autoren, die Maschinen, die Räumlichkeiten und die Abonnenten übernimmt – was bleibt dann dir?«

»Der Name!« Martha strahlte. Sie schien tatsächlich überglücklich. »Außerdem darf ich vorläufig die Presse mitbenutzen. Und Papier krieg ich von Willi. Wenn die Besatzung vorbei ist, hat Ullstein eine Unzahl an bestimmt nur ganz leicht beschädigten Druckrollen. Das sind dann meine, muss man halt ein bisschen aufpassen, aber die Einschusslöcher gehen bestimmt nicht komplett durch. Damit hätte ich, was ich brauche. Es wird großartig! Eine Zeitung für denkende Frauen, wie wir neulich gesagt haben.«

Klara kämpfte mit sich. Für sie sah die ganze Angelegenheit deutlich weniger rosig aus. Aber wollte sie wirklich Marthas Euphorie bremsen?

»Es freut mich, dass die Verhandlungen zu deiner vollen Zufriedenheit gelaufen sind«, sagte sie also nach kurzem Zögern.

»Ja, ja, schön, schön, und mich freut es, wenn du dich freust. Aber jetzt sag mir ehrlich, was möchtest du tun?« Aus ihren klugen Augen sah Martha sie fragend an. »Ich meine, wovon möchtest du leben?«

Klara schluckte trocken. Eigentlich stellte sich diese Frage ja gar nicht, sie war Tochter einer leidlich vermögenden Witwe, sie kam aus guten – wenn auch vielleicht nicht besten – Verhältnissen, Geld war immer da gewesen, und wenn die Eltern nicht mehr zahlten, dann würde schon ein Ehemann diese Pflicht übernehmen. Zumindest der Theorie nach – der sehr veralteten Theorie. Aber wollte sie das wirklich? Sie wollte doch selbst bestimmen, was aus ihrem Leben wurde, und dazu gehörte nun einmal auch eigenes Geld.

»Genau. Fritz wird für dich sorgen«, fasste Martha zusammen, als habe sie ihre Gedanken gelesen. »Und im Gegenzug wirst du ihm den Haushalt führen, die Erziehung eurer Kinder und das Personal überwachen. Wir kennen Fritz beide zur Genüge, um zu wissen, er wird dir nicht allzu sehr reinreden, er ist keiner von denen, die das Haushaltsbuch prüfen und den Mehlverbrauch nachwiegen. Wenn du mehr Geld benötigst, zum Beispiel für ein neues Kleid, wirst du ihn nur bitten müssen, und wenn er die Anschaffung für sinnvoll hält, wird er dir geben, was du brauchst. Oder eben auch nicht.«

Klara nickte langsam. Das wollte sie auf keinen Fall. Aber wie könnte sie finanziell unabhängig werden? Im Lazarett arbeiten, das würde sie als Fritz' Ehefrau gut können, das bot sich an, das tat sie ja im Moment auch – nur wollte sie das wirklich? Sie, die ungelernte Hilfsschwester, Fritz, der Herr Doktor? Hatte er sie nicht eben gerade vor allen rüde runtergeputzt?

Klara dachte an ihr Schreiben, das machte ihr Spaß, das konnte sie auch leidlich gut.

»Fritz wird viel weg sein, in der Klinik, auf politischen Versammlungen«, fuhr Martha indessen fort. »Und wenn du Pech hast, wird irgendwann jemand auftauchen, beispielsweise eine Schwester Hilde, und diese Schwester Hilde wird ihn überall hinbegleiten. Es wird Gerede geben, mitleidige Blicke, aber du wirst es nicht glauben. Wir kennen doch beide Fritz. Fritz ist doch ein anständiger Kerl. Und warum soll er diese Schwester Hilde auch nicht mitnehmen? Sie kennt sich aus, sie kennt seine Patienten, seine Arbeit besser als du. Aber das Gerede wird weiter zunehmen, es wird seltsame Zufälle geben, und irgendwann wirst du wütend. Nur, was kannst du tun? Mit den Kindern? Du bist angewiesen auf Fritz, auch finanziell. Dir bleibt nur wegzusehen, weil du vollkommen von ihm abhängig bist. Du hast gar keine andere Wahl.«

»Blödsinn. Fritz ist nicht so!«, entfuhr es Klara. Sie hatte schon schwer an sich halten müssen, Martha nicht zu unterbrechen. Was bildete sie sich ein, so über Fritz zu reden, wo sie ihn kaum kannte. Nicht alle Männer waren gleich, und nur, weil sie selbst schlechte Erfahrungen gemacht hatte … Außerdem fielen ihr da natürlich sofort wieder Lotti und Grete ein, die ja auch so ihre Zweifel an Fritz geäußert hatten. Die kannten ihn eben alle nicht!

»Ich vertraue ihm, sonst würde ich ihn schließlich gar nicht erst heiraten.«

»Ich sagte ja auch nicht, dass er dich im Moment betrügt. Aber er wird es tun, wie die meisten Männer – Ehefrauen, Frauen, die nichts außer Haushalt und Kinder zu bieten haben, langweilen sie rasch. Glaub mir, ich weiß, wovon ich rede.« Ein verbitterter Zug hatte sich in ihr Gesicht geschlichen. »Ich habe den Fehler gleich zweimal gemacht. Für meinen ersten Mann habe ich meine Karriere als Harfenistin aufgegeben, für Wilhelm meine gesellschaftliche Stellung. Was glaubst du, wie es war? Ich hab mich gefühlt wie

Anna Karenina, überall hat man mich gemieden, mich schief angesehen. Ich war die Femme fatale, die den armen, armen Studenten verführt und ins Unglück gestürzt hat. Ich habe mich kaum noch aus dem Haus gewagt, selbst meine Schneiderin hat sich verleugnen lassen, und die hat wirklich immer gut an mir verdient.« Martha lachte unfroh auf und steckte sich eine weitere Zigarette an. »Und Wilhelm? Der war am Anfang noch ganz reizend, voll Verständnis für meine Sorgen und Ängste, nur dann hat er bei Ullstein Karriere gemacht – musste er auch, wir hätten sonst nicht gewusst wovon leben. Meine Mitgift war bei meinem ersten Mann verblieben, und um als Harfenistin Geld zu verdienen, war ich nicht mehr gut genug. Ich hatte ja jahrelang nicht regelmäßig geprobt, ich hatte zwei Söhne, die ich erziehen und großziehen musste.«

Natürlich, da hatte Martha recht. Die Abhängigkeit einer Ehefrau, die daraus resultierenden Zwänge und Nöte, all das war ihr noch nie so klar zu Bewusstsein gekommen. »Wilhelm war immer seltener zu Hause und irgendwann, da fing es dann an, mit den spontanen, bis in die Nacht dauernden Sitzungen, mit den Theaterbesuchen ohne Gattin, schließlich kamen die verlängerten Wochenenden. Du weißt noch nicht, wie das ist, wie schrecklich demütigend sich das anfühlt.« Mit einem resignierten Schulterzucken drückte sie die Zigarette an ihrer Schuhsohle aus. »Plötzlich ist Schlafpulver eine süße Verführung. Ich weiß nicht, was ich getan hätte, wenn ich Harry nicht getroffen hätte. Aber damals habe ich mir eines geschworen: Nie wieder werde ich mich in Abhängigkeit von einem Mann begeben, und sei er im Moment noch so reizend, treu und idealistisch. Und genau deshalb wollte ich mit dir reden. Ich mag dich, du hast das Herz am rechten Fleck und bist nicht auf den Mund gefallen. Deshalb will ich nicht, dass es dir geht wie mir – und dir wird es so gehen, es war das Schicksal aller höheren Töchter. Aber die Zeiten haben sich geändert, es muss nicht mehr so sein – du kannst tun, was ich nicht konnte. Du kannst Geld verdienen, eigenes Geld! Oh Klara, du weißt noch nicht, was das bedeutet. Eigenes Geld, niemanden um Erlaubnis bitten müssen – vor allem keinen Mann! Mehr Freiheit kann es nicht geben!«

Klara nickte langsam. Mit eigenem Geld würde sie auch reisen können. Natürlich war das teuer, aber sie brauchte ja nicht viel zum Leben. Mit eigenem, selbst verdientem Geld, da würde sie niemand mehr daran hindern können, die Welt würde nicht länger in Ansichtskartenform zu ihr kommen. Sie, sie würde selbst Karten schicken, aus Neapel oder Paris. Wenn ihr der Sinn danach stand, würde sie wie einst das Fräulein Seidenmann mit einem Zigeunerwagen durch Wales tingeln können. Oder sie reiste nach Italien, folgte Anna Amalias Spuren? Oder besser noch, sie machte etwas ganz Eigenes – vielleicht Spanien? Oder Portugal?

»Ich will dir eine Stelle anbieten«, sprach Martha indessen weiter. »Arbeite für mich, für meine Zeitung.«

Und ohne Zögern, ohne weiter über die Unsicherheiten einer Anstellung in diesem halb totgesagten, halb überhaupt nicht mehr existierenden Blättchen nachzudenken, sagte Klara: »Ja, ich will!«

Martha und Klara waren sich einig, dass Kiki nach der Befreiung vermutlich als Erstes versuchen würde, irgendwie nach Hause zu kommen – zumindest, wenn sie dazu noch in der Lage war. Und so setzten auch sie beide sich in den von Harry geerbten Wagen, um sich von der Fröbelstraße irgendwie nach Dahlem durchzuschlagen, Martha voller Selbstverständlichkeit hinter dem Lenkrad.

Die Fahrt gestaltete sich problemloser als erwartet. Zwar gab es rund um den Alexanderplatz und das

Stadtzentrum noch immer Blockaden aus Stacheldraht und Schutt, allerdings wirkten die dort postierten Wachen längst nicht mehr so bedrohlich wie in den vorangegangenen Tagen. Viele hatten sich den Stahlhelm über die Augen gezogen, schienen darunter den in den letzten Tagen entbehrten Schlaf nachzuholen. Und immer wieder sahen sie Soldaten, die im gelben Licht der Blendlaternen einen Zettel lasen, einen Zettel schwenkend mit anderen diskutierten.

Den dritten oder vierten Wachposten, einen Obergefreiten mit trotz Augenklappe gemütlich wirkendem Bauerngesicht, sprach Martha mit der für sie typischen Direktheit an, fragte nach dem Inhalt dieses Papiers, und der Mann, der sie eben noch desinteressiert hatte durchwinken wollen, straffte sich plötzlich diensteifrig, winkte einem untergeordneten Dienstgrad, ihnen das Flugblatt zu bringen und hielt es ihnen schließlich voll Stolz und Wichtigkeit unter eine Laterne, damit sie es sehen konnten. *Arbeiter, Bürger, Soldaten!* Der Vorwärts *ist genommen! Die Verluste auf unserer Seite sind glücklicherweise gering!,* stand dort, und Klara hatte Martha angesehen, dass sie innerlich ebenso aufatmete wie sie selbst. Kiki würde nichts passiert sein! Vielleicht wartete sie daheim schon auf sie? Zer-

zaust, lachend und mit einem ordentlichen Gin in den
Händen?

»Die Lage bessert sich von Stunde zu Stunde, sodass
wir hoffen dürfen, die ungeheure Schmach dieses Bru-
derkrieges beendet zu sehen«, las der einäugige Obergefreite laut und mit bewegter Stimme vor, erklärte:
»Ick hab meene Bengel fürs Vaterland jeopfert, und
jetzt wollt die Bagasche dit dem Iwan schenken? Ne,
nich mit mich! Ick will Frieden. Und Ordnung! Wat
der Ebert für uns Arbeiter rausjeholt hat, is jut. Nur
nich zu jierig werden!«

Andere nickten zustimmend, einer mit von Brand-
narben entstelltem Gesicht sagte entschlossen: »Ick
will bloß in Ruhe meine Bodden schustern, ohne dat
mir und meene Olle jemand totschießt«, und ein Junger ergänzte unter großem Gelächter: »Dat und een
kühlet Blondet!«

Martha und Klara hatten sich abermals angesehen, sich verstohlen zugelächelt. Ja, das war es, was
Männer wollten – Frieden, Ordnung und ein kühles
Bier. Und kaum saßen sie wieder in ihrem Wagen, da
überlegte Martha laut: »Was meinst du? Was wollen Frauen? Was brauchen denkende Frauen in einer
Zeitung?« »Kreuzworträtsel«, kicherte Klara albern,

213

schlug dann jedoch vor: »Literatur- und Kulturtipps von Frauen für Frauen. Wenn Lasker-Schüler tatsächlich ihre *Wupper* aufführt, dann sollten Frauen das nicht aus der Zeitung ihres Gatten erfahren müssen, am besten noch garniert mit einer hämischen Männerkritik. Und weil wir Frauen trotz allem ein bisschen dumm sind, auch so wichtige Informationen wie die, wenn auf dem Ku'damm ein hübscher, neuer Sänger auftritt, mit Schlafzimmerstimme und Möbelpackerschultern.« Darüber musste Martha so sehr lachen, dass sie den Wagen am Straßenrand anhalten musste. Nachdem sie sich wieder gefasst hatte, sagte sie: »Wie wäre es mit Stellengesuchen? Und Angeboten? Anderen Frauen geht es doch genauso wie uns, sie brauchen Arbeit. Ohne Arbeit, kein Geld, ohne Geld keine Selbstständigkeit.«

»Gute Idee«, bestätigte Klara. »Aber was sagst du zu Heiratsanzeigen? Jetzt verzieh nicht das Gesicht. Ganz ohne Männer geht es doch nicht, und du weißt selbst, wie viele nicht aus dem Krieg zurückgekommen sind. Nicht jede Frau hat Zeit und Lust, in Tanzdielen auf die Pirsch zu gehen. Besonders die mit den Kindern. Die wahlberechtigte Frau wird auch in Bezug auf ihre Männer selbst wählen. Wir brauchen unbedingt

Heiratsanzeigen! Kikis Freundinnen waren sich zwar einig, dass alle guten Männer im Krieg geblieben sind, aber vielleicht finden wir welche?«

Martha schnaubte verächtlich, sodass Klara sich genötigt fühlte, zu ergänzen: »Jetzt komm. Männer sind wunderbar, besonders wenn man sie nicht braucht.«

Dagegen hatte es keine weiteren Einwände gegeben und in Schwung gekommen, fuhr Klara fort: »Wie wäre es mit Schminktipps?«

»Nein, schminken tut man sich immer für andere. Wie wäre es stattdessen mit Pflegetipps? Für die Haut, die Haare?« Martha nickte ihr begeistert zu. »Aber es muss schnell gehen, berufstätige Frauen haben keine Zeit, drei Stunden lang Eidotter einwirken zu lassen.«

»Genau, schnell und nach Möglichkeit billig.« »Ja, mit Sachen, die man ohnehin zu Hause hat. Ich meine, wer hat denn heutzutage noch Muse, sich aus verschiedenen Läden die Zutaten für eine Gesichtsmaske zusammenzusuchen?« »Aber wir geben nicht nur in Schönheitsangelegenheiten Rat, auch ganz allgemein. Uns können die Leserinnen schreiben, mit Fragen wie: Woran merke ich, dass ein Mann mich heiraten will?«

»Besser: Woran merke ich, dass ein Mann nur vorgibt, mich heiraten zu wollen?«

Und so, unter Plänen, Gekicher und Straßensperren, erreichten sie schließlich die hell erleuchtete Villa Wilhelm Fabers.

»Vielleicht ist Kiki schon da!«, sagte Klara, doch die Hoffnung sollte enttäuscht werden. Sie fanden nur Wilhelm Faber vor. Mit dem untergehakten Telefon tigerte er im Salon herum, rauchte Kette und brüllte Befehle in die Leitung: »Hubert soll vor dem Haupteingang stehen und Jan den Hintereingang übernehmen ... Ja, dann schmiert ihr eben den Portier. Ja, spielt keine Rolle. Hauptsache, wir berichten als Erste drüber. Wenn wir mit denen fertig sind, verflucht Hugenberg nicht nur den Tag seiner Geburt, sondern auch sein ganzes unseliges Zeitungsimperium. Ja genau, ganz egal, ihr gebt dem, was er will. Koste es, was es wolle, wir berichten als Erste! Wiederhören.«

Dann drehte er sich zu den beiden um. »Liebknecht und Luxemburg sind geschnappt, da hat die Telefonüberwachung tatsächlich Wirkung gezeigt. Aktuell werden sie im *Hotel Eden* von Freikorps-Offizieren verhört.«

Klara schnappte nach Luft. Was bedeutete das? Für die beiden, für die Republik, für die Revolution? Würde man ihnen nun den Prozess machen? Seltsamerweise fiel Klara plötzlich Rosa Luxemburgs Herbarium ein, wer hatte es jetzt wohl?

»Herrlich, herrlich, vor allem weiß das im Moment außer uns noch keiner. Wir haben es vom Portier. Es müsste schon mit dem Teufel zugehen, wenn wir nicht die Ersten sind, die's drucken. Es ärgert mich immer noch, dass Hugenberg uns letzte Woche den ermordeten Geldbriefträger vor der Nase weggeschnappt hat. Das passiert uns nicht noch mal. Der wird sich noch umschauen! Und wenn ich Ebert in Unterwäsche aufs Titelblatt setze, diesen Krieg gewinnen wir!«

»Hast du von Kiki ein Lebenszeichen?«, unterbrach ihn Klara, erhielt jedoch nur ein gleichgültiges Kopfschütteln, und dann klingelte auch das Telefon schon wieder und Doktor Wilhelm Faber musste sich wichtigeren Dingen zuwenden.

Sie und Martha wechselten einen vielsagenden Blick, dann verschwand Martha in die Küche, um die Köchin anzuweisen, schon einmal Kikis Leibspeise – Dampfknödel mit Himbeersoße – vorzukochen, und Klara ging langsam in ihr Zimmer.

Also noch immer kein Lebenszeichen von Kiki … und auch die Angst um Fritz war jetzt wieder da. Wie mochte es ihm gehen? Sie würden doch nicht auf Ärzte schießen? Nein, bestimmt nicht. Ganz bestimmt.

Klara versuchte sich wieder auf ihre neue Arbeit zu freuen, was würde Fritz staunen – der wusste ja kaum, dass sie schrieb. Natürlich hatte sie ihm von ihren Romanversuchen erzählt, doch als sie ihm einmal daraus vorgelesen hatte, da war er eingeschlafen. Er hatte sich zwar entschuldigt, es auf die ungezählten Stunden im Lazarett geschoben, allerdings auch nie wieder darum gebeten, etwas zu hören oder nach den Fortschritten gefragt. Er mochte eben keine Romane. Aber jetzt würde sie ja damit Geld verdienen, ihr Schreiben würde denselben Stellenwert wie seine Arbeit oder Jakobs Lyrik bekommen. Sie würde eigenes Geld verdienen!

Am Anfang wäre es vermutlich nicht sehr viel, doch wenn das Blättchen erst einmal etabliert war … Vielleicht konnte sie Martha von einer Rubrik *Reisen* überzeugen? Dabei könnte sie auf ihre Postkartensammlung zurückgreifen, andere Frauen träumten sich doch bestimmt auch gern einmal fort? Oder gar fiktive Reiseberichte schreiben?

Oder eine Rubrik über bedeutende Frauen? Als Auftakt hätte Klara da natürlich über Anna Amalia geschrieben, aber später, später hätte sie gern Rosa Luxemburg vorgestellt. Auch wenn Martha bei der Idee bestimmt nur sehr zögerlich nicken würde. Zumindest, wenn man Rosa Luxemburg bis dahin des Hochverrats angeklagt hätte.

Wieder sah Klara ihr ernstes, aufrichtiges Gesicht vor sich, als sie vom Balkon des Polizeireviers heruntergesprochen hatte. Wie viel in den wenigen Tagen seit der Demonstration passiert war. Kikis Verschwinden, die gescheiterte Revolution, die Stelle in Marthas Blättchen.

Vielleicht würde sich dort auch Arbeit für Kiki finden? Vielleicht etwas mit Mode, Kosmetik oder Schwofen?

Sobald sie zurück wäre, würde sie ihr den Vorschlag machen, und dann würde sie auch fragen, was es mit dieser unglücklichen Liebe mit Max Babinskis Bruder auf sich hatte und warum sie unter all ihrer aufgedrehten Fröhlichkeit oft so traurig wirkte. Und natürlich würden sie auch wieder zusammen schwofen gehen, Grund zum Feiern hatten sie jetzt mehr als genug, wenn sie nur wieder da wäre.

Sie hatte Fritz nicht kommen hören und schrak heftig auf, als er ihr plötzlich über das Haar strich.

»Klara«, flüsterte er. »Klara, wach auf. Ich muss mit dir reden. Klara, wir reisen ab. Noch heute. Ich will nach Weimar. Ich halte es keinen Tag länger hier aus. Karl Liebknecht ist auf der Flucht erschossen, Rosa Luxemburg ist verschwunden, und Kiki, Kiki ist auch verschwunden. Klara, ich bitte dich. Komm mit nach Weimar.« Klara aber gähnte und drehte sich auf die andere Seite, was für ein dummer Traum. Das würde Fritz niemals zu ihr sagen, niemals von ihr verlangen. Es musste doch ein Traum gewesen sein. Oder?

»Der junge Herr hat bereits Gäste, aber er empfängt Sie bestimmt trotzdem gerne.« Das dunkelhäutige Mädchen der Familie Zittlau hielt Klara weit und einladend die Tür auf, aber sie zögerte. Einerseits freute sie diese Nachricht, sie hatte inständig um einen von Jakobs guten Tagen gebetet, sie hoffte, er, als Fritz bester Freund, könne ihr vielleicht dessen plötzlichen Meinungswandel erklären, ihr vielleicht sogar einen Rat geben, wie Fritz jetzt noch umzustimmen war.

Doch andererseits wollte sie in Ruhe mit ihm sprechen und nicht in geselliger Runde mit ein paar Fremden.

Das Mädchen, das ihren inneren Kampf zu sehen schien, erklärte mit seiner sanften Stimme: »Die Herren bleiben sicher nicht mehr lange. Nehmen Sie doch einfach einen Moment im Salon Platz.«

Klara rang mit sich, am Ende wartete sie jetzt, und dann war Jakob doch zu erschöpft, sich mit ihr zu unterhalten?

Nun war sie vermutlich den ganzen weiten Weg nach Grunewald umsonst gelaufen – zwar bestand nicht länger die Gefahr, sich von einem Moment auf den anderen mitten in einem aus dem Nichts aufbrandenden Feuergefecht wiederzufinden, aber wirklich sicher fühlte sie sich auf den Straßen nicht.

Die Freikorps stellten vorläufig die Ordnungsmacht, und man hörte viel Beängstigendes. Den Schwager von Hilde hatten sie derart zusammengetreten, das Auge würde vermutlich nie mehr, und er hatte nichts anderes gemacht, als beim Weg zur Arbeit ohne Gruß an einem Freikorps-Offizier vorbeizueilen – daran hatten die Soldaten seine revolutionäre Gesinnung zu erkennen geglaubt.

Und dann gab es Menschen, die verschwanden spurlos, wie Kiki. Wohin? Wohin ging man, wenn man verschwand? 50 Kilo schwere, sommersprossige Fräulein lösten sich nicht in Luft auf. Klara wagte kaum darüber nachzudenken, aber im Grunde gab es nur eine Erklärung – Kiki musste einer der bis zur Unkenntlichkeit verkohlten Leichname sein, ein Opfer der zur Befreiung des Zeitungsviertels eingesetzten Flammenwerfer. Regelrecht körperlich schlecht wurde ihr, wenn sie sich das vorstellte. Obwohl sie tief in ihrem Inneren spürte, dass sie die Freundin nie mehr wiedersehen, nie mehr mit ihr lachend Kleider tauschen oder vergnügt über Männer lästern würde, betete sie inständig, es würde sich eine andere Erklärung finden. Vielleicht Amnesie? Das gab es doch! Das gab es wirklich immer wieder!

Oder etwas ganz anderes? Niemand wusste es, einige Kollegen erinnerten sich auch an sie, die Einzige der Frauen, die nie geweint hatte, nicht ein einziges Mal, während der gesamten Geiselnahme, nur was aus ihr geworden war, da zuckten alle die Schultern, wandten sich ab. Besser nicht zu viel fragen, zu viel wissen, besser einfach weitermachen, die Caféhäuser und Tanzpaläste waren voll – Berlin, dein Tänzer ist der Tod.

»Kommen Sie doch rein.« Das Hausmädchen machte eine auffordernde Geste. »Der junge Herr wird sich so freuen, besonders jetzt, nachdem Herr Faber ja wieder abreisen wird.«

Das war eine kleine Erleichterung für Klara: zumindest wusste Jakob schon Bescheid, sie würde nicht die Überbringerin der schlechten Nachricht sein, und vermutlich hatte er sich auch schon seine eigenen Gedanken dazu gemacht. Das gab den Ausschlag – sie nickte, und gerade als sie eintrat, klingelte ein kleines, melodisches Glöckchen neben der Tür.

»Sehen Sie«, erklärte das Mädchen mit einem dem Personal sonst eher fremden Triumph in der Stimme. »Sehen Sie, gut, dass Sie nicht gegangen sind. Das ist das Signal, dass ich den Besuch hinausbegleiten soll. Kommen Sie gleich mit.«

Klara nickte einige Male und folgte ihr durch die überheizten, vollgestopften Gänge. »Ich begleite den Besuch normalerweise nicht an die Tür, so förmlich sind wir nicht, aber der eine Gast …« Sie zögerte, schien zu überlegen. »Der eine Gast ist kein Herr.«

Und mit diesen Worten ließ sie Klara eintreten. In Jakobs Krankenzimmer sah es ganz anders aus als bei ihrem letzten Besuch – auf dem Boden lagen Schallplatten, zerknüllte oder auch nur lose Zeitungsblätter, türmten sich Bücher zu abenteuerlichen Stapeln, und auf dem nächsten Stapel balancierte ein Grammophon mit großem, blau geblümtem Trichter.

Verwundert über derartige Mengen an Lesestoff warf Klara einen prüfenden Blick auf Jakob, doch seine Augen waren noch immer hinter einer Binde verborgen – allerdings hatte das schlichte weiße Tuch einem Seidenschal weichen müssen, mit blau-gelbem Sternenmuster. Offensichtlich handelte es sich dabei ursprünglich um den Gürtel von Jakobs Morgenrock, denn den gleichfalls mit blau-gelben Sternen verzierten Kimono hatte er nun mit einem violetten, üppig mit Fransen geschmückten Band geschlossen. Er thronte zwischen einer Unzahl von bunten Samt- und Plüsch-kissen, rauchte und schüttelte ärgerlich den Kopf. Er sah dem gemalten Maharadscha heute deutlich ähnlicher als noch beim letzten Mal.

Obwohl ihn irgendetwas eindeutig zu verstimmen schien, war es offensichtlich einer seiner guten Tage.

»Der Herr Rath möchte gehen. Bitte begleite ihn hi-naus«, erklärte er beim Eintreten des Mädchens mit fester, fast schon herrischer Stimme, und es bedurfte keiner großen Geistesgaben, um zu erkennen, dass dieser Wunsch mehr vom Hausherren als vom Gast ausging. Und Klara konnte ihn gut verstehen, sie hatte Rath zwar bisher nur als Werner kennengelernt, aber seit ihrer letzten Begegnung hatte er bei ihr nicht gerade an Sympathie gewonnen.

Werner Rath, Vorzeige-Proletarier, nachgesagter Morphinist und glühender Kommunist – letzteres jedoch nur bis vor wenigen Tagen.

Als klar geworden war, dass die KPD aus Protest gegen die neue Staatsform keine Abgeordneten zur Wahl stellen würde, war auch Werner plötzlich klar geworden, dass die Kommunisten ihm von jeher zu radikal gewesen waren. Er entdeckte seine Liebe zur MSPD und kandidierte jetzt für diese.

Ohne ein weiteres Wort zu sagen, stürmte er an Klara vorbei, brüllte, bereits auf dem Gang, noch ein rasches: »Wiedersehen, Max!«

Klara blickte sich interessiert im Zimmer um, der junge Mann am Fußende von Jakobs Bett musste dann also der Herr Babinski sein, von dem sie schon so viel gehört hatte? Der Postkartenmaler! In einer zerschlissenen Uniform mit abgelösten Rangabzeichen, mit ungekämmten aschblonden Haaren und offensichtlich seit Tagen nicht rasiert, kritzelte er mit hektischen Strichen auf einem Blatt Papier herum. Er schien davon vollständig in Anspruch genommen und blickte nicht einmal auf, als Klara zu Jakob trat.

»Kümmere dich nicht weiter um ihn. Er muss arbeiten«, sagte Jakob, nachdem er sie begrüßt hatte.

Sie nickte und machte einen langen Hals. Sie hätte gerne gesehen, was dieser hübsche Strubbelkopf da zu arbeiten hatte. Bei näherer Betrachtung konnte sie durchaus verstehen, was Kikis Freundinnen an ihm fanden. Aber davon abgesehen, hätte sie interessiert, wie er das mit dem Postkartenmalen machte – wurden ihm die Motive vorgegeben oder suchte er sie selbst aus? Und wenn ja, nach welchen Kriterien? Und wo war er schon überall gewesen?

»Was wird denn das?«, fragte sie neugierig, doch als Antwort erhielt sie nur ein mürrisches Stöhnen. Dann halt nicht, sollte der doch machen, was er wollte.

»Er arbeitet an einem Briefmarkenentwurf. Er nimmt an einem Wettbewerb teil, anlässlich der Nationalversammlung. Wenn Max malt, hört und sieht er nichts.«

»Das ist der einzige Grund, warum ich es überhaupt mache«, entgegnete der Mann ohne aufzublicken, jedoch mit einem Lächeln in der Stimme. »Ohne ein

bisschen Weltflucht ist das alles hier doch nicht zu ertragen. Eigentlich wollte ich mich nach dem Krieg tot-
saufen oder erschießen, leider hatte ich weder das Geld
noch die Kugel, aber einen Bleistift hatte ich.«

»Jetzt mach dich nicht schlechter als du bist.« Jakob
schüttelte den Kopf. »Du hast auch schon vor dem
Krieg gemalt.«

»Natürlich, wenn man als jüngstes von zwölf Kindern in einem Hinterhof in Pankow aufwächst, braucht
es zur Inspiration keinen Krieg.« Er lächelte schief sein
Blatt an. »Aber so bin ich zu der Kartenmalerei gekommen. Ich saß da, in dieser dreckigen, grauen Enge und
hab mir irgendwelche Landschaften vorgestellt, Orte
von solcher Schönheit, dass sie einen all den Schmutz
vergessen lassen. Und eines Tages hat das einer gesehen und mich gefragt, ob ich nicht Lust hätte, für ihn
zu arbeiten. So hat's angefangen, hätte der mich nicht
entdeckt, würd ich jetzt am Band Henkel in Eimer bie-
gen, wie alle anderen Babinskis vor mir.«

»Käthe Kollwitz schwärmt für seine Werke.« Jakob
klang wie eine stolze Mutter. »Und der Israel Ber Neumann auch, Max hängt in seinem Kurfürstendamm
232.«

»Besser dort als an der Laterne.« Mit der Geste eines

wütenden Kindes riss er das Blatt ab, zerknüllte es und begann umgehend von neuem.

»Komm, wir lassen ihn in Ruhe. Er hat eine große Zukunft vor sich – das heißt, wenn er nicht irgendwann doch genug Geld für die Kugel hat.« Jakob lächelte verschmitzt. Er erinnerte Klara noch immer an einen grinsenden Totenschädel, aber er schien sich auf dem Weg der Besserung zu befinden. Seine eingefallenen Wangen begannen bereits, sich zu füllen.

»Stört es euch, wenn ich die Binde abnehme? Links sehe ich schon ein bisschen was, aber meine Mutter und der Arzt meinen, ich müsse sie noch schonen.«

»Es ist die Gelegenheit für deine Augen. Einen hübscheren Anblick als deinen neuen Gast können sich deine strapazierten Augen gar nicht wünschen.«

Klara errötete leicht, offensichtlich hatte Max den Blick also doch zumindest kurzfristig vom Blatt genommen.

»Na, so gut sehe ich dann leider doch noch nicht«, seufzte Jakob. Seine Augen wirkten schon wieder recht normal, stark gerötet und seltsam milchig wohl, aber eindeutig auf dem Weg der Gesundung. Er fragte: »Möchtest du Kaffee – aus echten Bohnen, eigentlich nur für Freikorps-Offiziere bestimmt? Feinste Ware aus den ehemaligen Kolonien, kein Schwarzmarkt-Kohlenstaub.«

Trotz des verlockenden Angebots schüttelte Klara den Kopf, platzte dann heraus: »Du weißt es ja schon, Fritz will nach Weimar zurück. Er wählt noch in Berlin, aber danach geht er nach Weimar. Er wird in die Praxis seines Vaters einsteigen und mich, mich wird er heiraten. Er hat schon mit meiner Mutter deswegen gesprochen, und seinen Eltern, denen hat er telegraphiert, dass sie die Verlobungsanzeige in die Zeitung setzen. Ohne mich vorher zu fragen!«

Sie bemühte sich um einen neutral sachlichen Ton, immerhin war Jakob Fritz' bester Freund, doch innerlich tobte sie. Sie verstand es einfach nicht, konnte nicht mit Bestimmtheit sagen, ob sie mehr wütend, mehr verzweifelt oder nur schlicht enttäuscht war. Das Schlimmste war fast, dass sie mit niemandem darüber sprechen konnte. Grete saß in Weimar, Lotti in Paris, Kiki …, bloß nicht an sie denken, und Martha hatte nur wissend genickt, ihr wortlos einen *Was-hab-ich-dir-gesagt-so-sind-die-Männer*-Blick zugeworfen. Das war das Letzte, was Klara jetzt noch brauchte.

»Na, dann erst einmal herzlichen Glückwunsch zur offiziellen Verlobung.«

Ein spöttisches Zucken lag in Jakobs Zügen, er schien zu ahnen, was in Klara vorging. »Eine gute Partie, den Sohn einer anerkannten Kapazität auf dem Gebiet der Lungenheilkunde, wohlhabend, nett anzusehen, und die politische Wirrköpfigkeit hat er nun ja offenbar auch hinter sich gelassen? Das steht angehenden Besitzern von Kliniken eh viel besser. Was wählt er denn am 19.? Zentrum? Oder besser gleich deutschnational?«

»Was weiß denn ich, frag ihn halt«, fuhr sie ihn an. »Es ist doch dein bester Freund.« »Und dein Verlobter.« Jakob verzog den Mund, als habe er auf etwas Ekelhaftes gebissen. »Aber Spaß beiseite. Er wird sich schon wieder einkriegen. Was spricht denn gegen Weimar, das ist doch ein süßes Städtchen?« »Aber Jakob, ich könnte hier arbeiten.« Jetzt war es raus, und hastig fuhr sie fort: »Ich könnte in Marthas Zeitung arbeiten, ich dürfte sogar über Reisen schreiben. Nächtelang haben Martha und ich uns überlegt, wie es gehen könnte. Wir wollen eine Figur erfinden, Kiki von Klassen – Kiki zu Ehren Kikis, Klassen, weil sie Klasse hat und von ... na ja, weil das eben chic klingt. Ich würde die Karten aus meiner Sammlung beschreiben und so tun, als wäre ich, also Kiki, dort gewesen. Stell dir vor, wie viele Frauen an meinen Reisebeschreibungen Freude hätten. Ich würde bezahlt dafür, dass ich meine Tagträume aufs Papier bringe. Stell dir das mal vor!«

»Dafür musst du doch nicht in Berlin hocken? Die Post dürfte selbst in Weimar schon erfunden sein. Du schreibst es dort und schickst es Martha, alles ganz wunderbar.«

Falls möglich, wurde sein Lächeln noch liebenswürdiger, und Klara wurde das Gefühl nicht los, dass er sich insgeheim über sie lustig machte. Oder verstand er wirklich nicht, wo das Problem lag? Es ging ihr doch nicht nur um das Schreiben! Sie wollte zusammen mit Martha eine neue, bessere *Hauspostille* aufbauen – *das Blatt für die denkende Frau*, so die Unterüberschrift. Sie wusste einfach, dass das ihre Möglichkeit war, etwas beizutragen, Frauen zu informieren, zu bilden und zu unterhalten. Den Zeitgeist wiedergeben, ihn mitgestalten – aber dafür musste sie in Berlin sein, bis der Zeitgeist sich mal zufällig nach Weimar verirrte, konnte sie lange warten.

»Vielleicht kommt ja die Nationalversammlung nach Weimar«, warf Max unvermittelt ein. »Ich habe grade heute Morgen gehört, dass Weimar die besten

Aussichten hat, Tagungsort zu werden – wegen des Geists von Goethe und Schiller.«

»Wegen des als zuverlässig demokratisch geltenden Freiwilligen Landjägerkorps und der passenden Räumlichkeiten. Weil sie Angst haben, in Berlin würde wieder Revolution ausbrechen«, schnappte Klara gereizt. Aber er hatte recht, das Gerücht kursierte hartnäckig. Vielleicht würde Weimar doch noch mal aus seiner Goethe-Seligkeit gerissen? Das würde ihr Weimar zumindest vorübergehend schmackhaft machen. Nur, so eine Nationalversammlung dauert maximal ein halbes Jahr, eine Ehe hat man für immer – zumindest der Theorie nach.

»Ich will nicht nach Weimar zurück!« Die Heftigkeit ihrer Worte überraschte Klara selbst, und so wiederholte sie, diesmal in sanfterem Tonfall: »Ich will nicht wieder nach Weimar. Und ich will auch nicht die Frau des Herrn Doktor Faber sein, die ein bisschen für ein Blättchen schreibt. Am besten noch heimlich, weil, was sollen denn die Patienten denken? Überhaupt möchte ich keine Arztgattin in Weimar sein, Teegesellschaften und Hausmusikabende hatte ich genug, das reicht für ein ganzes Leben. Und wenn ich nur an eine Weimarer Hochzeit mit Honoratioren denke, wird es mir anders.

Aber ich habe Angst, Fritz zu verlieren. Das möchte ich auf keinen Fall!«

»Du musst ihn verstehen«, sagte Jakob und zündete sich eine Zigarette an. »Das Zeitungsviertelmassaker war bestimmt kein schöner Anblick, und bei aller Begeisterung, so etwas kann einem den Idealismus schon austreiben. Und er hat eben die Möglichkeit, seine Meinung zu ändern. Viele tun das gerade.«

»Siehe Werner. Wenn der nicht der Bastardsohn irgendeines Vorarbeiters wäre, wäre der im Moment sicher auch sofort bereit, dem Sozialismus abzuschwören. Das war keine Sternstunde für uns Genossen. Und Liebknecht auf der Flucht erschossen, Rosa Luxemburg unauffindbar. Da können einem schon Zweifel kommen«, meinte Max, und den Blick noch immer aufs Blatt geheftet, ergänzte er: »Ihr kennt ihn natürlich besser als ich, aber mir kam er immer richtiggehend in den Sozialismus verliebt vor. Ist nicht gut, wenn man sich in so was derart reinsteigert, siehe mein Bruder. Gibt es von Kiki eigentlich Neuigkeiten?«

Jakob und Klara schüttelten unisono die Köpfe, dann fragte sie: »Was war das mit Kiki und Ihrem Bruder?« »Sie waren verlobt. Als der Krieg ausbrach, wollte mein Bruder sie allerdings nicht heiraten, er wollte sich erst beweisen. Er war furchtbar begeistert, er hat geglaubt, dass nur ein Krieg, ein riesiges Blutbad, unsere Zeit von ihren Sünden reinwaschen könnte. Und als er im Feld lag, bei Verdun, da hat er es nicht ausgehalten. Er ist desertiert, sie haben ihn gekriegt, sie haben ihn standesrechtlich erschossen.« Max zuckte die Schultern, bemühte sich um einen abgeklärten Ausdruck. »Das meine ich mit: ist nicht gut, sich so in Dinge reinzusteigern. Bringt nur Unglück.«

»Und das von dir«, Jakob lachte amüsiert. »Max ist der letzte Romantiker Berlins. Unter der vollkommenen Frau macht er's nicht. Deshalb bleibt er auch Junggeselle, bis ihn der Schlagfluss trifft.«

»Fertig!«, unterbrach ihn Max und klappte seinen Block schmatzend zu. Zum ersten Mal blickte er auf, einen Moment lang sahen er und Klara sich gegenseitig an. Sie schluckte trocken.

Seine Augen waren blaugrau, besaßen die Farbe des unruhigen Meeres. Ja, sie konnte all die Kolleginnen Kikis mit ihrer Verzückung verstehen. Stundenlang wollte man in diese stürmische See blicken.

Sie schüttelte innerlich den Kopf, was für ein alberner Vergleich! Und noch dazu einer, der für verlobte Frauen unpassend erschien – genau wie das heftige

Herzklopfen, das sie bekam, weil er sie nun anlächelte. Schief und seltsam unsicher. Ohne den Blick von ihr zu lassen, wiederholte Max: »Fertig. Das war das letzte.«

Dann griff er sich einen über der Stuhllehne hängenden, jeder Beschreibung spottenden Feldmantel und sprang auf.

»Bitte entschuldigen Sie meine Eile, gnädiges Fräulein, aber ich muss vor Redaktionsschluss noch etwas abgeben. Bis morgen, Jakob. Ich bring dir wieder die Zeitung mit. Ich hab bestimmt Zeit, dir vorzulesen.«

Ehe Klara noch etwas hätte erwidern können, war er schon hinaus, hatte die Tür geräuschvoll hinter sich ins Schloss geworfen.

»Er malt für Zeitschriften, aber nur zum Leben. Aktuell bewirbt er sich an Kunsthochschulen«, erläuterte Jakob, der nichts von ihrer Verwirrung zu bemerken schien. »Er ist richtig gut. Er hat sich alles selbst beigebracht, seine Eltern und Geschwister stehen am Band.«

Sie machte eine vage Geste mit dem Kopf. Dieser Max ärgerte sie – mit seinem wichtigtuerischen Geschmiere, das er ihr nicht zeigte, mit seinem unhöflichen Verschwinden und mit seinen blaugrauen Augen. Vor allem aber ärgerte sie sich, dass sie sich ärgerte.

Das war doch albern! Sie benahm sich wie ein Backfisch und nicht wie die bald volljährige Verlobte eines Arztes. Lächerlich, einfach nur lächerlich!

»Ich an deiner Stelle würde mit nach Weimar gehen. Die Sache ist keinen Streit wert. Wir kennen doch beide Fritz, und ich bezweifle, dass er das beschauliche Leben in bester Gesellschaft lange aushält – er ist Armenarzt durch und durch. Er wird seine Kassenpatienten vermissen, und er wird den Trubel vermissen.« Sinnierend zog Jakob an seiner Zigarette. »Ja, ich denke, du solltest mit ihm nach Weimar gehen. Für Martha kannst du eine Zeit lang auch von dort arbeiten, und wenn tatsächlich die Nationalversammlung nach Weimar kommt, dann sitzt du gewissermaßen an der Quelle.«

Klara nickte widerwillig. Er hatte natürlich recht – im Moment ekelten Berlin und Politik Fritz einfach an. Genau wie ihn sein Onkel anwiderte, den das Verschwinden Kikis vielleicht nicht kalt ließ, aber doch auch nicht besonders hart traf. In der Redaktion gab es viel zu tun, eine Sonderausgabe jagte die nächste, dazu der Kampf um die fähigsten Schreiber unter den Kriegsheimkehrern, die reißerischste Überschrift, die höchste Auflage, kaum ein Abend, an dem er vor Mitternacht nach Hause kam, manchmal blieb er auch ganz fort – Wilhelm Faber fand Beschäftigung.

Aber mit etwas Abstand, nach etwas Ruhe würde Fritz ganz sicher wieder Sehnsucht nach der Verbesserung der Welt spüren. Jakob hatte recht, sie konnte unbesorgt mit ihm nach Weimar zurückkehren, es würde nicht für lange sein. Und doch, ein derartiges Paktieren, eine solche Verstellung war ihr von Grund auf zuwider. War es nicht genau das, wovor sie aus Weimar geflohen war? Sie wollte nicht mehr heucheln, und vor allem wollte sie nicht mehr tun, was ein Mann ihr vorschrieb. Warum stellte Fritz sie immer vor vollendete Tatsachen? Warum entschied er, und sie sollte folgen? Warum verlangte er, dass sie ihn begleitete – konnte sie nicht mit demselben Recht verlangen, dass er blieb?

»Danke für deinen Rat«, sagte sie, auch wenn sie sich nicht sicher war, ob sie ihn befolgen würde. Doch was wäre, wenn sie hierbliebe? Sie wollte Fritz nicht verlieren, sie hatte so lange von einer gemeinsamen Zukunft mit ihm geträumt. Das konnte sie nicht einfach für ein bisschen Zeitungsarbeit aufgeben – sie liebte ihn doch.

Die meerblauen Augen von Max fielen ihr wieder ein. So lächerlich, wie sie sich benahm. Sie wollte gar

237

nicht wissen, wie viele Frauen vor ihr schon bei so viel aufgewühlter See ins Schwärmen gekommen waren. Dazu das Kunstgetue! Einfach nur lächerlich.

»Lässt du mich ein wenig ausruhen?«, bat Jakob in ihre Gedanken hinein. »Das viele Reden strengt mich noch sehr an.«

»Natürlich!« Sie war ganz froh, rauszukommen, die kühle Winterluft würde ihr guttun, helfen, ihre Gedanken zu ordnen. »Und du brauchst nicht klingeln. Ich finde allein raus.«

Draußen hatte es zu schneien begonnen – kleine eisige Flocken fielen in der Abenddämmerung. Einen Moment lang stand sie vor der Haustür der Zittlaus, wickelte sich ihren Schal bis unter die Nase. Sie musste daran denke, wie sie Fritz damals im Dezember im Ilmpark beim Efeuklauen getroffen hatte – es war nicht mal ein Monat seitdem vergangen, und doch kam es ihr vor wie in einem anderen Leben. So viel war in so wenigen Tagen geschehen.

Und dann, ganz plötzlich überkam Klara ein seltsames Gefühl. Als ob sie jemand beobachten würde. Abrupt drehte sie sich um und tatsächlich, da stand jemand – im ersten Moment nahm sie nur den winzigen

Glühpunkt einer Zigarette wahr, doch dann erkannte sie den Beobachter. Max.

Auf ein klappriges Damenrad gestützt, stand er da, etwas abseits unter einem blattlosen Baum, und sah sie an.

Wieder verspürte Klara heiße Wut. Was fiel dem Kerl ein!

Einfach so herumzulungern und das, nachdem er behauptet hatte, es eilig zu haben!

Vermutlich hatte er seine Zeichnung aus gutem Grund nicht gezeigt, am Ende war die ganze Geschichte mit der Bewerbung an Kunsthochschulen nichts als Wichtigtuerei. Jakob konnte man ja alles erzählen, der prüfte es wohl kaum nach.

Nur wie sollte sie jetzt reagieren? Ihn ansprechen? Oder einfach so tun, als habe sie ihn nicht bemerkt?

»Ich habe auf Sie gewartet«, nahm er ihr die Entscheidung ab, doch er bewegte sich nicht, kam keinen Schritt näher und so blieb auch Klara trotzig an ihrem Fleck stehen. In diesem Leben würde sie dem ganz sicher nicht entgegengehen.

»Was ist?«, fragte sie in einem Tonfall, der ihr selbst neu war. Genau wie das heftige Herzklopfen, das sie nun spürte. So albern, das war doch nur, weil sie sich so über ihren Verlobten geärgert hatte, und vielleicht auch ein bisschen, weil sie seit dem Gespräch mit Martha Angst hatte, Fritz würde sich tatsächlich in den Mann verwandeln, den sie ihr prophezeit hatte. Neuerdings sah Klara ständig Anzeichen dafür, das fing bei der unabgesprochenen Verlobungsanzeige an und hörte bei der erzwungenen Rückkehr nach Weimar noch lange nicht auf. Aber im Grunde waren das alles Nebensächlichkeiten, sie liebte Fritz, allein darauf kam es an.

Sie liebte Fritz, und sie wollte, dass dieser Kerl dort verschwand, und ja, sie wollte zu Fritz. Sie würde mit Fritz nach Weimar gehen, jetzt war es ihr auf einmal vollkommen klar. All die gemeinsamen Träume und Pläne, das würde sie niemals aufgeben.

Natürlich würde sie ihn begleiten, was war nur mit ihr los gewesen? Die Verlobungsbekanntmachung würde morgen in der Zeitung stehen, ihre Mutter war überglücklich gewesen – eine Verbindung mit einer der besten und wohlhabendsten Familien der Stadt, was konnte man mehr wollen?

Max, in seinem zerschlissenen Mantel, hatte einen Moment geschwiegen, schien sich die Antwort auf ihr »Was wollen Sie?« gut zu überlegen, dann jedoch stieg er auf sein Fahrrad – ein Damenrad! Wie lächerlich! –, und bereits im Sattel sitzend, erklärte er: »Ich wollte Ihnen sagen, dass Sie sich von niemandem in Ihre Kunst reinreden lassen sollten, und wenn Sie schreiben wollen, dann tun Sie das, verdammte Axt. Und außerdem denke ich, dass Sie Herrn Doktor Faber nicht heiraten sollten.«

»Ach ja?«, fauchte Klara. Was ging das den überhaupt an? Wenn sie nur schon wieder bei Fritz wäre – auf einmal kam ihr selbst Weimar recht verlockend vor. Hauptsache weit weg von diesem Max mit seinen meerblauen Augen.

»Und warum sollte ich Ihrer geschätzten Meinung nach Herrn Doktor Faber nicht heiraten?«

»Weil es schade wäre. Um Sie. Um uns.« Sich vom Boden abstoßend, ergänzte er: »Ich glaube, wir beide, wir gehören zusammen. Ich kann es Ihnen auch nicht erklären, aber es ist so. Ihre Freundin Kiki hat mir damals, nachdem mein Bruder sich erschossen hat, geschrieben und gemeint, am meisten bereue sie, dass sie immer zu stolz war, ihm zu zeigen, was er ihr wirklich bedeutet hat. Und ich dachte, wenn ich es Ihnen nicht sage, werde ich es für den Rest meines Lebens bereuen.«

Ehe Klara noch etwas hätte erwidern, sich derartige Frechheiten auf das Schärfste hätte verbieten können, verschwand er schon in die Nacht. Nur ihr klopfendes Herz und eine sich schon verflüchtigende Ahnung von Zigarettenrauch bewiesen, dass diese Begegnung tatsächlich stattgefunden hatte.

Ansichtskarte des Eiffelturms

Januar 1919

Liebe Klara,
anbei sende ich dir die erste der versprochenen zahlrei-
chen Karten. Es tut mir leid, zu hören, dass du wieder
nach Weimar zurückmusstest, aber so sind Ehen nun
einmal. Besser, du lernst es schnell.

Uns geht es ganz gut, das Hotel ist sehr elegant und
wunderbar beheizt. Mir fällt erst jetzt auf, wie sehr ich
die letzten Winter gefroren habe. Die Reise war über-
raschend komfortabel. Wir hatten ein Erste-Klasse-
Schlafwagenabteil aus glänzend poliertem Nussbaum-
holz und einen lindgrünen Bettüberwurf aus gesteppter
Seide. Herrlich, ein solcher Luxus.

Paul fotografiert wie besessen, aber leider langweilt
ihn die Arbeit für Ullstein schon. Seine Bilder von
den Delegierten sind bestenfalls Mittelmaß. Ich finde,
man merkt ihnen Pauls Desinteresse an. Umso beein-
druckender sind seine Aufnahmen von Kriegsversehr-
ten, Armamputierte mit simpelsten Metallprothesen
beim Kartenspiel, ein einbeiniger Bettler in Gardeuni-
form. Ich weiß nicht, wie er die Männer dazu kriegt,

sich von ihm ablichten zu lassen, von einem Hunnen, wie sie uns hier nennen. Vielleicht überzeugt sie seine Idee eines Bildbandes, deutsche und französische Kriegsopfer im wahrsten Sinne des Wortes Seite an Seite?

Ich selbst habe außer einigen Stillleben im Hotel noch nichts gemacht. Ich traue mich nicht recht aus dem Hotel, schon gar nicht allein, und wenn ich es doch einmal wage, lebe ich in ständiger Angst, angesprochen und als Deutsche enttarnt zu werden. Der Hass auf uns ist fast mit Händen zu greifen und lässt mich für den Friedensvertrag Böses ahnen.

Die deutschen Delegierten werden fast vollständig von den Verhandlungen ausgeschlossen und harren hinter Stacheldraht mehr oder weniger tatenlos der Dinge, die da kommen. Die Demütigungen sind ebenso mannigfaltig wie täglich, und obwohl ich den Zorn all dieser Frauen in Schwarz verstehen kann, würde ich ihnen gerne sagen, dass auch wir Deutschen den Krieg nicht gewollt, dass auch wir gelitten haben. Aber natürlich wage ich es nicht, und so fotografiere ich eben vor allem Stillleben im Hotel oder aber Kleopatra, ein schwarz-weißes Straßenkätzchen, das Paul mir zur Gesellschaft geschenkt hat. Ganz Paris ist voll streunender Katzen, so schlimm wie bei uns kann der Hunger also nicht gewesen sein.

Mehr habe ich leider im Moment nicht zu schreiben, bitte antworte mir rasch, da ich große Sehnsucht nach dir, Grete und dem Vater habe.

Es umarmt dich

Deine einsame

Lotti

Kapitel 7

Weimar, Februar 1919

Für die nahende Ankunft der Nationalversammlung wollte Weimar sich offenbar von seiner schönsten Seite zeigen, schneeüberzuckert und mit strahlend blauem Himmel. In der hellen Mittagssonne war es schon regelrecht warm.

Klara, die vor dem Hinterausgang des Nationaltheaters stand und auf Grete wartete, lockerte ihren Schal. Die Handschuhe hatte sie schon vor zehn Minuten ausgezogen.

Sie hoffte inständig, die Freundin würde bald kommen und sie von ihrer recht exponierten Position befreien. Sie wollte nicht noch einmal erklären, dass ihre Haare durchaus eine Frisur waren und sie weder Läuse gehabt hatte noch mit den Locken in irgendeine Art von Häckselmaschine gekommen war. Und weitere

Glückwünsche wollte sie auch nicht entgegennehmen müssen.

Seit ihrer Rückkehr vor zwei Wochen standen die Gratulanten regelrecht Schlange, man hätte annehmen können, ganz Weimar habe kein anderes Thema als Klaras Verlobung mit einem der begehrtesten Junggesellen der Stadt. Das und die finanzielle Notlage, in der man das schöne Fräulein Seidenmann allgemein vermutete.

Sie hatte sich doch tatsächlich für das Zentrum in die Versammlung wählen lassen und damit nicht genug!

Sehr zur Bestürzung der guten Gesellschaft hatte sie sich bereiterklärt, mehrere Räume ihrer Wohnung für die Dauer der Nationalversammlung Abgeordneten als Schlafstätte zur Verfügung zu stellen! So tief war sie schon gesunken, eine bessere Zimmerwirtin war sie geworden! Natürlich mussten diese Leute trotz des begrenzten Hotelangebots irgendwo untergebracht werden, man konnte einen demokratisch gewählten Volksvertreter kaum auf der Straße schlafen lassen – obwohl zumindest manchen dieser Gesellen das bisher ja wohl auch gut bekommen war, zumindest nach Meinung von Fritz' Vater. Andererseits wollte nicht einmal der ehrwürdige Doktor Fritz Faber senior tagtäglich bei der Fahrt zu seiner Praxis an Zeltlagern oder Baracken voll mit Abgeordneten vorbeibrausen – nur selbst beherbergen wollten diese Leute weder er noch die restliche gute Gesellschaft. Man fürchtete um die Vollständigkeit des Tafelsilbers und des Familienschmucks, wobei Klaras Mutter und die Witwe Morgenstern sich gegenseitig auch noch in der Angst vor eingeschlepptem Ungeziefer bestärkten. Bei Proletariern wusste man nie, und Proletarier blieben diese Leute, auch wenn sie jetzt vielleicht gerade durch eine Laune des Schicksals in die Position eines Abgeordneten gehoben worden waren. Da halfen selbst die als Anreiz für Vermieter ausgegebenen zusätzlichen Kohlerationen nichts.

Ganz anders sah es mit Wohnraum für die Offiziere der zur Bewachung der Versammlung um Weimar zusammengezogenen Regimenter aus. Diesen wohlerzogenen, zuverlässigen Herren öffnete man seine Tür gerne – doch auch hier gab es einige Feinheiten zu beachten. So verlieh ein Major dem eigenen Haus durchaus mehr Glanz als beispielsweise ein simpler Rittmeister. Und das wiederum war der Grund, weshalb die Familie Doktor Faber für einen Oberst Gerhard zu Auerochs klaglos das gesamte Erdgeschoss, einschließlich des Wintergartens und des Musiksalons, räumte, die Witwe Morgenstern für ihren Leutnant jedoch nur das winzige, schlecht zu heizende Gerümpelzimmer unter dem Dach.

Für den musste das reichen, schließlich hinkte der sehr unansehnlich und hieß zu allem Überfluss auch noch Müller. Müller, ohne von und ohne zu – das hatte die Witwe Morgenstern jedoch erst gemerkt, als der junge Herr vor ihr stand, und dann ließ es sich nicht mehr ändern. So einen Vomag hätte sie sonst nie bei sich aufgenommen. Nie!

Dieses Missgeschick ihrer Nachbarin hatte Klaras Mutter nur in ihrer Behauptung bestärkt, dass es ihr auf Grund der Hochzeitsvorbereitungen für ihre Tochter schlicht nicht möglich sei, einen Hausgast aufzunehmen – obwohl ein nicht näher benannter Herr, ein Junker und Rittmeister, sich sehr angetan von ihrer Wohnung gezeigt hätte.

Klara seufzte und machte schon mal ein paar Schritte zur Seite, neben ihr hatte ein in der Kälte dampfendes Pferdefuhrwerk gehalten, und zwei schwitzende Männer in Hemdsärmeln begannen umgehend damit, in Einschlagpapier gewickelte Pakete zu entladen.

»Na, Lockenköpfchen? Neugierig?«, rief der, der

den Wagen gelenkt hatte, und der andere ergänzte grinsend: »Wir verraten nischt. Aber es würde sich trotzdem lohnen, zu fragen.«

Klara atmete tief durch und tat, als habe sie nichts gehört. Sie wartete jetzt fast eine halbe Stunde auf Grete, und in dieser Zeit waren bestimmt schon fünf ähnlich beladene Fuhrwerke gekommen. Da die Umbaumaßnahmen, die das ehemalige Nationaltheater in den Tagungsort der Nationalversammlung verwandelt hatten, abgeschlossen waren, ging sie davon aus, dass hier die Lebensmittel für das im Foyer untergebrachte Büffet geliefert wurden – neutral verpackt, damit niemand auf die Idee verfiel, so begehrte Artikel wie Kaffeepulver oder Zucker zu stehlen.

»Magst mal schnuppern? Für einen kleinen Kuss schau ich weg«, schlug der Wagenlenker nun vor, und sein Kamerad assistierte: »Lohnt sich. Schnupper doch mal. Ein Küsschen ist ja nicht viel verlangt. Friert's dich eigentlich nicht an die feschen Beine?«

»Nein, tut es nicht!« entfuhr es Klara gereizt. Wie ihr all diese Kleingeister auf die Nerven fielen. »Und schnuppern muss ich nicht. Das ist nicht nötig. Ich kann es bis hier riechen. Sie liefern Kompost oder die Hinterlassenschaften eines Schweinestalls, richtig?«

Es dauerte überraschend lange, bis die beiden Männer die Frechheit verstanden hatten, doch gerade als sie Anstalten machten, etwas zu erwidern, kam Grete aus dem Hinterausgang gehüpft, die Schlittschuhe an den Bändeln über die Schulter gebunden, fasste sie Klara am Arm und zog sie lachend mit sich. Sie war ganz offensichtlich bester Dinge – wie eigentlich immer, seit sie ihre Stelle in der Lazarettküche aufgegeben hatte. Ab dem 6. Februar würde es ihre ehrenvolle Aufgabe sein, den Herren Abgeordneten mit heißem Kaffee, belegten Broten und ihrem süßen Grübchen die Vesperpause zu verschönern.

Gretes andauernde Fröhlichkeit hatte Klara anfangs etwas verwundert, doch dann hatte sie ihr ihre Hausgäste vorgestellt. Vermutlich weniger aus demokratischer Gesinnung, denn wegen der auf dem Schwarzmarkt begehrten zusätzlichen Kohlemarken hatte Gretes Vater nicht nur drei Abgeordnete in seiner Werkstatt untergebracht, sondern gleich noch einen auf eine sehr männliche Art grimmigen Piloten. Letzterer würde dazu beitragen, zweimal täglich Post und Zeitungen auf dem Luftweg von Berlin nach Weimar und zurück zu befördern – bis zur Aufnahme dieser Arbeit saß er rauchend am Küchentisch des Goldschmie-

demeisters und las sich durch die von Gretes verstorbe-
nem Gatten zurückgelassenen Karl-May-Bände. Wenn
sie jedoch hereinkam, war er immer gerne bereit, seine
Lektüre zu unterbrechen.

»Selbst als er beim Schluss von *Das Gold der Inkas* war«, erzählte sie Klara, als sie keine Viertelstunde
später am Schwansee angelangt waren. Und sich auf
die oberste Stufe der Treppe ins Wasser setzend, fuhr
sie mit zufriedenem Lächeln fort: »Ich meine, niemand
unterbricht den Schluss von *Das Gold der Inkas*, wenn
er keinen guten Grund hat?«

»Vielleicht mag er einfach keinen Karl May? Vielleicht muss er den immer seiner zwei Zentner schweren Ehefrau vorlesen?«, neckte Klara die Freundin,
während sie sich die Kufen an die Schuhe schnallte,
doch Grete hörte die Bosheit vermutlich gar nicht, des
um sie herum herrschenden Getöses.

Das freudige Geschrei der schlittschuhlaufenden
Kinder vermischte sich mit den sorgenvollen, ebenso
lautstark wie vergeblich vorgebrachten Ermahnungen
ihrer Mütter und Fräuleins, sowie dem tränenreichen
Gebrüll eines Gestürzten, und über all dem lag das heitere Gewusel eines Leierkastens.

»Er ist schrecklich schlau und furchtbar romantisch«, erzählte Grete hingerissen. »Gestern hat er mir ein Gedicht aus der *BIZ* vorgelesen. Von Fritz' Freund, diesem Jakob Zittlau. Ein ganz lustiges. *Wo sind all die Radieschen hin* hieß es. Wirklich zum Brüllen komisch.«

Klara rang sich ein Grinsen ab. Sie hatte den Verdacht, dass Fritz keinen Sinn für die Komik haben würde. Seit der dem Kommunismus abgeschworen hatte, hatte die Beziehung zwischen den beiden Männern deutlich an Herzlichkeit verloren.

Vor ihrer Abreise aus Berlin hatte Klara ihn noch einmal besucht, allein, um ihm in Ruhe Lebewohl zu wünschen, wie sie sagte. Fritz hatte gewitzelt, ob sie plane, ein Teil von Jakobs weitläufiger weiblicher Verwandtschaft zu werden, und als sie daraufhin vor Verlegenheit rot anlief, war er vor Lachen beinahe vom Stuhl gefallen.

Schrecklich unangenehm war ihr das gewesen, denn wenn sie ganz ehrlich zu sich war, dann hatte sie gehofft, Jakob möge irgendetwas sagen. Etwas über Max. Was genau, wusste sie nicht, vielleicht, dass er nach ihr gefragt hatte? Vielleicht sogar, dass er eine Nachricht für sie abgegeben hatte?

Aber Jakob erwähnte ihn gar nicht, außerdem saß

eine durchaus üppig gebaute Blondine an seinem Bett und las ihm aus *Wie wähle ich? Der Wegweiser zur Nationalversammlung* vor, während ihm eine nicht minder üppige Brünette einen Apfel schälte. Er befand sich eindeutig auf dem Weg der Besserung.

»Wie läuft es mit euren Hochzeitsvorbereitungen?«, riss Grete sie aus ihren Gedanken. »Habt ihr einen Termin?«

»Es ist alles nicht so einfach«, gestand Klara wahrheitsgemäß, wobei sie einen zaghaften Schritt auf das Eis wagte. Sich bei der Freundin unterhakend, ergänzte sie: »Wegen der Nationalversammlung gibt es einfach keine Räumlichkeiten. Das Hotel *Elephant* ist vollkommen überbucht, und seit Generationen empfängt die Familie Faber dort nach der Trauung die Gäste. Wahrscheinlich müssen wir jetzt eben warten, bis der Ansturm vorbei ist.«

Zugegebenermaßen hatte Fritz vorgeschlagen, man könne getrost mit der Tradition brechen – wenn sie in Berlin geheiratet hätten, hätte es auch keinen Sektumtrunk im Hotel *Elephant* gegeben. Aber Klara hatte auf die empfindlichen Gefühle ihrer zukünftigen Schwiegermutter verwiesen und beteuert, es mache ihr nichts aus, sich noch ein wenig zu gedulden.

Und überhaupt, wie lange mochte so eine verfassunggebende Versammlung schon tagen – bis April, Mai? Sie hatten es ja nicht eilig. Und bis dahin gab es vielleicht auch endlich wieder von allem in ausreichender Menge?

Sehr verlogen und sehr lächerlich war sie sich vorgekommen – was dachte sie sich bloß dabei? Ein einziges Mal hatte sie diesen Max gesehen! Aber er ging ihr einfach nicht mehr aus dem Kopf. Ständig überlegte sie, was sie auf sein Geständnis hin hätte erwidern können. Alles wäre besser gewesen, als bloß dumm zu glotzen. Oder wenn sie ihn einfach geküsst hätte? Denn war es nicht das, was sie in diesem Moment gespürt hatte? Diese unbändige Lust, ihn einfach zu küssen?

Es war nicht zum Aushalten. Wildfremde Männer auf offener Straße zu küssen! Und um aus schlechtem Gewissen heraus etwas Nettes über Fritz zu sagen, erklärte sie: »Er hat mir eine Schreibmaschine gekauft, ein hochmodernes Teil, eine *Mignon 3*. Für meine Artikel.«

»Aha«, machte Grete, und dabei sah sie Klara nachdenklich an. Die Freundin konnte ihre Begeisterung für das selbst verdiente Geld nicht recht nachvollzie-

hen – ihre eigene Lohntüte musste sie komplett dem
Vater überlassen. Der tat es auf ein Sparbuch, da ging
auch die Witwenrente hin. Wie Klara mutmaßte,
zur späteren Übergabe an den gestrengen Herrn Ge-
mahl.

Grete hatte auch nie einen Hehl daraus gemacht,
dass Mutterschaft und Heim für sie das höchste
Frauenglück darstellten. Demgemäß hatte sie dann
auch gewählt – Zentrum, das hatten Pastor und Vater
ihr ans Herz gelegt, und außerdem überzeugten sie die
Wahlplakate mit dem trauten Familienglück im Sche-
renschnitt und dem Versprechen: *Wollt ihr das Glück
eurer Familien, eurer Kinder sichern? Dann wählt nur
Zentrum!* Zentrum, die Partei, für die auch das Fräulein Seidenmann in der Nationalversammlung sitzen
würde – bei aller Begeisterung für Fräulein Seidenmanns politische Beteiligung, dass es für das konservative Zentrum hatte sein müssen, war eine Enttäuschung für Klara gewesen.

Und so wechselte sie das Thema, erzählte: »Lotti hat
mir eine Karte aus Paris geschickt, es geht ihnen wohl
ganz gut.«

»Oh, dann ist sie bestimmt schon in anderen Umständen. Hat sie nichts angedeutet?«, forschte Grete

257

neugierig nach. »Lotti kriegt bestimmt gleich einen Stammhalter, sie ist doch so ein Perfektionist. Was möchtest du als Erstes? Ich möchte eigentlich lieber ein Mädchen, aber wenn man einen Jungen kriegt, ist halt der Druck raus.«

Klara zuckte die Schultern und flitzte der Freundin über das Eis davon. Noch ein Thema, das sie lieber nicht mit ihr diskutieren wollte. Wenn sie Grete gegenüber zugab, sich im Moment auf ihr Schreiben und den Aufbau des Blättchens konzentrieren zu wollen, dann schleppte die sie zum nächsten Kopfdoktor. Eine Frau ohne Kinder konnte schließlich nur einen Wunsch haben – diesen Zustand zu ändern, denn erst in Mutterschaft und Sorge um den Gatten fand sie ihre naturgemäße Erfüllung. Und Fritz, der fing schon an, in dieselbe Richtung zu denken. Vor ein paar Tagen, als sie in der Tiefurter Allee eine Wohnung besichtigt hatten, da hatte er das große potenzielle Kinderzimmer auf der Habenseite verbucht – gleich nach dem kurzen Weg in die Praxis seines Vaters und die Nähe zu seinen Eltern.

Und Klara, die hatte eingefroren lächelnd unter einer pastellgelben Stuckdecke gestanden, war eingefroren lächelnd durch ein hellblaues Bad mit fließendem Wasser – kalt und warm! – gelaufen, hatte elektrisches Licht und Telefonanschluss in Gang und Salon bewundert, und dabei hatte sie die ganze Zeit verstohlen diesen Fremden angestarrt, der nun schon bald ihr Mann werden würde.

Wo war der Fritz, der die Welt hatte ändern wollen? Dieser Fremde änderte bestenfalls noch die Tapete.

Und wo war ihr Fritz, der angesichts der beengten Wohnverhältnisse in Pankow und Wedding vor Wut hitzig werden konnte, wenn dieser Fremde das Kunstzimmer als klein bezeichnete?

»He, warte!«, riss Grete sie aus ihren Gedanken. Sie war ihr hinterhergekommen, aber Klara dachte gar nicht ans Warten. Stillstand ist Rückschritt, tempo, tempo, das hatte sie in Berlin gelernt, und so jagte sie an zwei vor Freude quietschenden Quintanern in Schuluniform, einer ältlichen, gemütlich dahingleitenden Dame mit Federhut sowie einem ängstlich wackelnden Kinderfräulein vorbei, wer schnell ist, kommt nicht zum Grübeln, noch so eine Berliner Weisheit, Eisflöckchen spritzend kehrte sie am anderen Ufer um, raste zurück und drehte mit fliegenden Mantelschößen vor Grete eine Pirouette. Und als die sie etwas entgeistert ansah, sang sie zur Melodie des Leierkastens: »Ein Jüngling trifft sich irgendwo und brennt wie Stroh, 's ist immer so. Ja, ja, die Männer sind alle Verbrecher …«

Kapitel 8

Klara saß an ihrem Schulmädchenschreibtisch und blickte durch das Fenster verdrossen auf die blattlosen, schneebedeckten Bäume des nahen Ilmparks. Sie nagte an ihrem Bleistift, sie hatte sehr schlechte Laune – wegen Sonderführungen für die am Vortag angereisten ersten Abgeordneten war die großherzögliche Bibliothek heute für den Publikumsverkehr geschlossen, ebenso wie das Goethehaus und im Grunde jede Sehenswürdigkeit der Stadt. Und hatten manche – darunter Klaras Mutter – in den vergangenen Tagen vielleicht noch gehofft, dieses *demokratische Theater* durch Ignorieren verleugnen zu können, mussten sie nun einsehen, dass dieses Unterfangen schlicht unmöglich war.

Vom Bahnhof her kommend, überfluteten plötzlich ganze Horden von Fremden die beschaulichen Kopfsteingässchen Weimars, sorgten in ihren zerschlissenen Uniformmänteln und oft gänzlich pelzlosen Überziehern bei der feinen Gesellschaft geschlossen für Kopfschütteln – und diese Gassengesichter sollten nun die neue Regierung bilden? Armes Vaterland!

Klaras Mutter und die Witwe Morgenstern hatten aus Protest die Fensterläden zur Straße schließen lassen, diesen Anblick wollte man sich ersparen.

Klara nagte an ihrem Bleistift und seufzte tief. Nie hätte sie es der Mutter gegenüber zugegeben, aber die Schließung der großherzöglichen Bibliothek wegen der Abgeordnetenführungen kam ihr sehr ungelegen, hatte sie sich doch in den letzten Tagen daran gewöhnt, dort an ihren Artikeln zu arbeiten. Im zweiten Stock des Rokokosaals hatte sie in einer der Fensternischen ein Plätzchen entdeckt, wo sie wohlverborgen vor den strengen Augen der Saaldiener auf dem Boden sitzend ungestört ihren Gedanken nachhängen konnte. Zwar schüchterten die Büsten des streng dreinblickenden Goethe und des mürrischen Schillers sie manchmal etwas ein, aber seit ihrer Rückkehr aus Berlin gab es keinen anderen Ort, an dem sie sich so frei fühlte. Dort gab es keine Frau Mutter, die sie mit Hochzeitsvorbereitungen nervte, dort gab es keinen

Fritz, der tat, als sei alles in bester Ordnung, als habe er nicht von einem Tag auf den anderen Berlin sowie sämtliche seiner Ideale hinter sich gelassen, um in der väterlichen Praxis ein beschauliches Leben führen zu können.

Dort, im Mantel, den Rücken gegen die kalte Wand gepresst und den Luftzug des nicht perfekt schließenden Fensters an den Beinen, dort dachte sie ungestört an Kiki, ihren letzten gemeinsamen Abend in Berlin, Kikis Lachen und Kikis Tränen, für die sie nun wohl niemals eine sichere Erklärung finden würde, ebenso wenig wie für Kikis Verschwinden.

Und manchmal, wenn sie so in ihrem Eckchen saß, den Geruch nach Papier und Staub und jahrhundertealter Gelehrsamkeit atmete, da war ihr, als säße Anna Amalia selbst neben ihr, helfe ihr bei der Beschreibung der Reisen des Fräuleins von Klassen. Zum Dank für derartige Unterstützung fuhr das Fräulein auch die herzögliche Reiseroute nach.

Aktuell befand sie sich in Neapel. Die Artikel waren alle ungefähr gleich aufgebaut – oben links prunkte ein Porträt der Autorin, im Pelz, lilienschlank und mit schwarzen Herrenwinkern im Gesicht vollkommen dem Typus der neuaufkommenden, modernen Frau

entsprechend; und daneben in feingelenkigen Jugend-
stilbuchstaben die Worte *Kiki von Klassen – Briefe
einer Weltenbummlerin.*

Unter vollkommener Missachtung der aktuell noch
immer herrschenden Ausreisebeschränkungen war
Fräulein von Klassen vor nun mehr schon zwei Ausgaben mit dem Zug über Venedig und Rom nach Neapel gereist – natürlich erster Klasse, in einem Schlafwagenabteil aus glänzend poliertem Nussbaumholz mit
lindgrünem Bettüberwurf aus gesteppter Seide.

Da Klara keinerlei Ahnung hatte, wie die aktuelle
politische Lage in Italien war, vermied sie grundsätzlich jede Schilderung des Tagesgeschehens, sondern be-
schrieb im Grunde nur mit großer Adjektivfülle, was
sie an Sehenswürdigkeiten von ihren Postkarten her
kannte. Unterstützt durch Meyers Konversations-Le-
xikon und ihre Fantasie füllte Klara problemlos ihre
drei Spalten mit der Beschreibung des Geschmacks rei-
fer, safttriefender Pfirsiche, dem nächtlichen Klackern
aneinander gebundener Gondeln und dem Geruch
der frisch gestärkten Hotelbettwäsche. Und um dem
Ganzen etwas mehr Würze zu verleihen, deutete Klara
manchmal die Anwesenheit eines begleitenden Herrn
an, jedoch nur dezent und am Rande.

Neben den Reiseberichten oblag Klara die Kummer-
kastenseite sowie die Heiratsofferten. Da sie im Moment noch zu wenige – nämlich gar keine – Zuschrif-
ten hatten, erfand sie hier schlicht alles. Sie war ebenso
das über schlechten Atem klagende Dienstmädchen,
wie *die gute Tante Martha,* die zur Anmischung einer
Zahnpaste aus Minze, Meersalz und Soda riet; als *so-
lider, kath. Herr oh. Körperfehler* suchte sie *eine tüch-
tige Gefährtin oh. Kind gern auch Witwe* und als *jung-
gebliebene Dame mit eigenem Vermögen und Kind*
suchte sie *ebensolchen Herren.* Außerdem verfasste
sie Rätsel für die Rubrik *Hätten Sie es gewusst?* und
als *Wirtschafterin in bestem Haus* beschäftigte sie sich
mit Problemen wie dem Eindicken von Soßen oder der
Zubereitung saftiger Streusel – wobei sie sich hierbei
schamlos an dem von Grete geliehenen *Haushaltungs-
buch* von Henriette Davidis und den abendlichen Ge-
sprächen mit ihrer Köchin orientierte.

Die Türglocke schrillte, und Klara seufzte, kaute
noch verbissener auf ihrem Stift herum – das Klingeln
würde Fritz sein. Sie waren zu Kaffee und Kuchen im
Hotel *Elephant* verabredet. Seit ihr Verlobter nicht
mehr die Welt rettete, hatte er deutlich mehr Zeit für
derartiges – und Klara ihm deutlich weniger zu sagen.

Der einzig wirklich bedeutenden Frage, dem Warum, wich er geflissentlich aus.

Auf der Rückfahrt nach Weimar, als der Zug wegen Kohlemangel unplanmäßig irgendwo auf offener Strecke hielt, man den Passagieren riet, sich bis auf weiteres ein wenig die Beine zu vertreten, da, zwischen tief verschneiten Tannen und kahlen Bäumen hatte sie das erste Mal wissen wollen, was in jenen Stunden im Zeitungsviertel passiert war, dass es ihm den Glauben an die Menschheit, an ihren Wert und ihr Recht auf Rettung radikaler austrieb, als der Krieg es in vier Jahren gekonnt hatte.

Was war geschehen, dass er nur noch fortwollte, sich nur noch die Ordnung eines beschaulichen bourgeoisen Lebens wünschte – gerade er, der doch so fest an das Gute glauben wollte.

Aber Fritz hatte nur stumm den Kopf geschüttelt, die Schultern gezuckt und irgendwann hatte er tonlos erklärt *Ich kann einfach nicht mehr, ich will nur noch nach Hause, nach Weimar.* Was hätte sie gegeben, ihn verstehen zu können.

»Klara, mein Mädchen«, riss Fritz sie aus ihren Grübeleien. Er war nun wieder glattrasiert, die Schmisse kamen gut zur Geltung, außerdem trug er einen ihr

gänzlich neuen Anzug – einen Anzug, passend für den
Sohn eines angesehenen Lungenfacharztes und angehenden Doktor mit eigener Praxis auf dem Frauen-
plan. Der Unterschied zu Max' umgearbeiteter Uniform hätte nicht größer sein können.

»Klara, schau, was ich habe.«

Triumphierend hielt er ihr zwei Einlassbillets für
die Eröffnungssitzung der Nationalversammlung entgegen, 1. Rang – was auch sonst? Zum ersten Mal
seit Langem strahlte Klara ihn glücklich an. Solche
Plätze waren im Grunde nicht zu bekommen, aus ganz
Deutschland waren Menschen dafür angereist, auf
dem Schwarzmarkt wurden Wucherpreise geboten.

»Oberst zu Auerochs hat sie mir beschafft«, erklärte
Fritz, sichtlich mit der Wirkung seines Geschenks zu-
frieden. »Ich glaube, er hat ein bisschen ein schlechtes
Gewissen.«

Dazu bestand auch durchaus Grund, denn der
Oberst war entgegen der Erwartungen seiner Gast-
geber nicht nur mit Ordonnanz, sondern auch mit Köchin angereist. Und diese Köchin, eine rotglänzende
Schwäbin mit Armen wie manchen Manns Oberschenkel, sott, briet und backte nun in der Faberschen Küche, wobei sie der angestammten Mamsell schnell klar

gemacht hatte, dass die Verköstigung eines Obersts weit bedeutsamer war als die eines Lungenfacharztes. Obwohl die Fabers grundsätzlich nichts abbekamen, schien sie in der Zubereitung ihrer Speisen von Knappheit und Essensmarken nicht weiter beeinträchtigt, allein für das Gabelfrühstück des Obersts verbrauchte sie die wöchentliche Butterration einer vierköpfigen Familie. Die Köchin der Fabers schäumte vor Zorn, Herr und Frau Doktor Faber schäumten gleichfalls vor Zorn – jedoch mehr innerlich –, und nützen tat weder das eine noch das andere.

Oberstsein ist eine verantwortungsvolle Aufgabe, noch dazu in diesen Zeiten, ein Oberst braucht sein Essen und er braucht es pünktlich, denn daran ist der Magen gewöhnt, und wenn es den Fabers nicht passte, würde er eben ausziehen. Das wiederum wollte Fritz' Mutter unter keinen Umständen, wie sähe das denn aus! Also fügte man sich, aß man eben später, der Magen eines Lungenfacharztes gewöhnte sich offensichtlich leichter um.

Doch im Grunde seines Herzens war zu Auerochs friedliebend, nachgerade gemütlich. Wie er selbst von sich sagte, ein Gerechtigkeit liebender Familienmensch, der viel Post von seiner bei Verwandten im si-

cheren Marbach am Neckar untergebrachten Frau erhielt und auch offen zugab, dass die Franzosen schon
ganz anständig gekämpft hatten.

Und diesem, ihm ureigenen Sinn für Gerechtigkeit
entsprang wohl auch sein schlechtes Gewissen gegenüber seinen Gastgebern – ergo gab es für die Köchin
ein (kleines) Glas Kunsthonig und für Fritz nebst seiner Verlobten die besten Karten für die Nationalversammlung.

Klara starrte die Billets an und wusste nicht, ob sie
sie nehmen sollte – einerseits hielt sie diesen Auerochs-
en und sein Verhalten für das Hinterletzte, ein richtiges Paradebeispiel für den überkommenen Milita-
rismus mit all seinen Standesdünkeln und Allüren.
Andererseits wollte sie unbedingt die Eröffnungsrede
hören, und Friedrich Ebert sehen wollte sie auch. Vermutlich bekam der Oberst es ohnehin nicht mit, wenn
sie aus Überzeugung seine Karte ablehnte? Fritz hatte
sie schließlich schon genommen.

Und auf einmal liefen ihr die Tränen über die Wangen, sie konnte gar nicht mehr aufhören zu weinen,
und Fritz, der glaubte, es sei vor Freude über die Billets lächelte zufrieden, fuhr ihr sanft tröstend über das
Haar, aber sie musste nur noch heftiger weinen.

Er merkte nicht einmal mehr, dass sie um ihn weinte. Um ihn und ihre gemeinsame Zukunft.

Schlag fünfzehn Uhr fünfzehn wurde es still im bis zum letzten Platz belegten Theatersaal des deutschen Nationaltheaters: Friedrich Ebert betrat die Bühne.

Ein etwas untersetzt wirkender Mann in seinen späten Vierzigern, ein vollkommen durchschnittlicher Mann in einem guten, aber bestimmt nicht sehr guten Anzug, ein Mann, wie es in der jungen Republik Tausende gab. Sie waren anständige, gewissenhafte und ordentliche Menschen, ein wenig ernsthaft, ein wenig bieder vielleicht. Man fand die Friedrich Eberts dieses Landes als geachtete Handwerksmeister und strenge Oberlehrer, auch als Gastwirte kleinerer Häuser konnte man sie sehen, sie brachten einem jeden Tag pünktlich die Post und verwalteten Provinzbahnhöfe. Und nun also würde einer von ihnen das Vaterland zu verwalten haben.

Abgeordnete wie Publikum hielten die Luft an. Die schiere Größe des Moments machte atemlos.

Und dann in die vollkommene Stille des restlos gefüllten Saales hinein, zum ersten Mal in der Geschichte die Worte:

»Meine Damen und Herren, die Reichsregierung begrüßt durch mich die Verfassunggebende Versammlung der deutschen Nationen.«

Zum allerersten Mal diese Anrede. Zum allerersten Mal saßen dort unter den abgeordneten Herren auch Frauen – bekanntere Politikerinnen wie die Sozialdemokratinnen Marie Juchacz und ihre Schwester Elisabeth Röhl oder die Frauenrechtlerin Gertrud Bäumer, aber auch zahlreiche noch nie gehörte Namen und Gesichter. Von den Publikumsrängen nur als bunte Flecken im männlichen Einheitsschwarz zu erkennen, einer von ihnen musste auch das Fräulein Seidenmann sein.

»Besonders herzlich begrüße ich die Frauen, die zum ersten Mal gleichberechtigt im Reichsparlament erscheinen«, sprach Ebert währenddessen weiter, immer wieder unterbrochen, übertönt durch zahlreiche Bravorufe. Und auch die vor dem Theater geduldig in der Kälte ausharrende Menge schien zu ahnen, worum es ging, denn auch von dort wurden Jubelrufe laut – doch schon bei den nächsten Sätzen wurde die Fraktionsteilung des Theatersaals erstmals deutlich. Die Worte: »In der Revolution erhob sich das deutsche Volk gegen eine veraltete, zusammenbrechende Gewaltherrschaft« wurden von links ekstatisch beklatscht, von rechts nicht minder ekstatisch ausgepfiffen.

Klara warf einen Blick auf den neben ihr sitzenden Fritz – ob er sich angesichts dieser heftigen und so grundsätzlichen Differenzen dort unten im Saal auch Sorgen machte?

Sie konnte es nicht sagen, sie konnte den neutral interessierten Ausdruck seines Gesichts nicht lesen. Er war ihr fremd. Und trotz der Freude, der Aufregung, an diesem großen Tag dabei sein zu dürfen, spürte sie schon wieder das Brennen von Tränen in den Augen.

Man sollte nicht glauben, wie viel ein Mensch weinen kann, vor Fritz, vor der Mutter hatte sie die verquollenen Augen mit einer aufziehenden Erkältung erklärt, sich brav einen Schal umgelegt, eine dickere Strickjacke geben lassen – das sah zwar seltsam zu ihrem Kleid aus, aber das war egal. Wie sie Kiki vermisste, während des Anziehens vermisst hatte, als sie unschlüssig zwischen zwei Blusen hin und her blickte, dazu das Wissen, dass keine Kiki ihr mit Schere und fröhlichem Gelächter zur Hilfe eilen würde, wahrscheinlich nie wieder. Kiki, die einzige Frau, die während der Geiselnahme nie geweint hatte.

»Unsere freie Volksrepublik, das ganze deutsche

Volk erstrebt nichts anderes, als gleichberechtigt in den Bund der Völker einzutreten und sich dort durch Fleiß und Tüchtigkeit eine geachtete Stellung zu erwerben«, führte Ebert indessen unter Beifall aus, und plötzlich zuckte Klara zusammen.

Dort im zweiten, der Presse vorbehaltenen Rang, bei den Fotografen und Journalzeichnern, da saß ein Mann.

Natürlich saßen dort viele Männer, aber dieser blonde Nacken, die schmalen Schultern und vor allem die Art, wie er sich weit über sein Papier beugte, scheinbar hektisch und vollkommen vertieft skizzierte …

Das war Max.

Ganz sicher!

Oder vielleicht doch nicht?

Sie konnte es nicht mit Bestimmtheit sagen, der Mann saß halb mit dem Rücken zu ihr, und seine Haare waren ihr bei ihrer letzten Begegnung nicht so hell vorgekommen.

Nein, das war er nicht.

Vor lauter Aufregung konnte Klara sich überhaupt nicht mehr auf die Rede konzentrieren, nur mit halbem Ohr nahm sie Jubel und Pfui-Rufe wahr. Sie musste an sich halten, nicht nervös mit den Füßen zu wippen.

Wenn der Mann sich doch nur einmal umgedreht hätte, dann ... Und was dann? Dann würde sie sich die Brüstung hinunter in seine starken Arme stürzen, oder was?

Innerlich schüttelte Klara den Kopf über sich selbst. Was war nur mit ihr los?

Sie holte tief Luft, doch das Gemisch aus Haarpomade, Duftwässern, Tabak, Schweiß und verbrauchter Luft, das den Saal langsam durchtränkte, machte sie würgen.

»Alles in Ordnung?«, fragte Fritz und dann plötzlich interessiert: »Ist dir schlecht? Müssen wir vielleicht doch früher heiraten?«

Klara begann fieberhaft zu rechnen. Konnte das sein? War sie deshalb in letzter Zeit so nervös und reizbar? Nur, alles Rechnen nützte nicht viel, sie war in solchen Dingen schrecklich schlampig.

Im Sommer hätte man ja einfach die Witwe Morgenstern fragen können, die wusste immer genau, wer seine Monatshöschen wann das letzte Mal zum Trocknen auf die Leine gehängt hatte. Vor lauter panischem Hin- und Hergerechne wurde ihr nur noch schlechter. Also eigentlich konnte es doch nicht sein!

Und was, wenn Fritz recht hatte?

Ein Kind von Fritz? Sie wurde dieses Jahr zwanzig, da wurde es Zeit. *Je älter die Mutter, desto länger die Wehen*, das sagte Grete immer, aber trotzdem!

Sie wollte noch kein Kind und wenn sie ganz ehrlich zu sich war, auch ganz einfach keins mit Fritz. Zumindest nicht mit diesem Fritz da neben ihr – diesem Herrn Doktor Friedrich Faber junior.

Seltsam klar war ihr das auf einmal: Sie würde Fritz nicht heiraten.

Sie wollte nicht länger die Zeit mit ihm ins Endlose dehnen, und eine Weimarer Doktorengattin zu werden, darauf war sie ja noch nie besonders erpicht gewesen.

»Nicht ins Unendliche schweifen und sich nicht im Theoretischen verirren«, riet Ebert ihr unter Beifallsstürmen vom Plenum herunter. »Nicht zaudern und schwanken, sondern mit klarem Blick und fester Hand ins praktische Leben hineingreifen!«

Der hatte leicht reden! Der war ja nicht von einer der besten Partien Weimars in anderen Umständen und dann auch noch höchst öffentlich mit eben dieser Partie verlobt. Den Skandal einer geplatzten Verlobung durfte sie sich gar nicht ausmalen – und auch nicht Fritz' Reaktion. Fritz brauchte sie doch, wenn er sie je gebraucht hatte dann jetzt, im Angesicht seines Wunsches nach Ruhe und Ordnung.

Sie warf einen hilflosen Blick auf ihn – wie hatte sie ihn geliebt, wie hatte sie von einer gemeinsamen Zukunft geträumt! Und jetzt?

Jetzt sollte sie alles bekommen, was eine höhere Tochter sich nur wünschen konnte, und ihr wurde bloß schlecht vor Angst. Und wenn sie tatsächlich schwanger war? Dann würde sie ihn heiraten müssen, dann blieb ihr gar keine andere Möglichkeit. Oder doch?

»So wollen wir wahr machen, was Fichte der deutschen Nation als ihre Bestimmung gegeben hat: ›Wir wollen errichten ein Reich des Rechtes und der Wahrhaftigkeit, gegründet auf Gleichheit alles dessen, was Menschenantlitz trägt‹«, schloss Ebert indessen unter frenetischem Beifall links und höflichem Händeklatschen rechts. Jubelrufe, Applaus nun auch auf den Rängen, und auf einmal hatte Klara wieder dieses seltsame Gefühl, beobachtet zu werden, aber als sie sich hastig nach dem blonden Mann umdrehte, war sein Stuhl leer. Sie konnte gerade noch sehen, wie er mit Block und Hut in der Hand zu einer der Seitentüren hinaushuschte.

»Findest du da etwas dabei? Da ist doch nichts dabei!« Grete hatte sie in ihrem Fenstereckchen des Rokokosaals aufgespürt und tigerte nun ärgerlich vor Klara herum, wobei diese ihr beständig Zeichen gab, die Stimme zu senken. Sie war nicht besonders erpicht darauf, wegen Ruhestörung aus der Bibliothek zu fliegen.

»Aber jetzt sag doch: Ist da etwas dabei oder nicht?«, forderte Grete nun. Gleich einem blondlockigen, veilchenäugigen Inquisitor baute sie sich drohend vor ihr auf, und um Klara die Antwort zu erleichtern, ergänzte sie: »Du findest doch auch, dass da nichts dabei ist? Der Film muss ein herrlicher Spaß sein.«

Klara klappte ihr Notizbuch zu. Innerlich seufzte sie tief, aber äußerlich legte sie die Stirn in nachdenkliche Falten. Sie bezweifelte keine Sekunde, dass die Cowboy-Komödie »Out West« ein herrlicher Spaß war – auch wenn es wegen der Darstellung einer Tortenschlacht durchaus auch kritische Stimmen gab. War es angesichts der noch immer knappen Lebensmittel nicht geschmacklos, sich über derartige Verschwendung zu amüsieren?

»Fatty Arbuckle und Buster Keaton spielen mit«, fuhr Grete fort und erklärte: »Das sind in Amerika sehr bekannte Schauspieler. Die machen bestimmt keinen schlechten Film.«

Klara nickte einige Male stumm. Sie bewunderte durchaus, wie Grete versuchte, das Problem von einem gesellschaftlichen zu einem künstlerischen zu machen. Denn im Grunde ging es weder um den artifiziellen Wert des Films noch um die darstellerische Leistung von irgendwelchen Amerikanern, es ging allein um Gretes geplante Begleitung. Und da konnte man jetzt durchaus etwas dabei finden, denn bei dieser handelte es sich um Herrn Michels, den bei Gretes Vater einquartierten Piloten mit der Vorliebe für die geerbten Karl-May-Bände. Ganz offensichtlich teilten er und der gefallene Obergefreite aber nicht nur die Leidenschaft für Winnetous Abenteuer, in aller Form und sehr höflich hatte er Grete eingeladen und hatte dazu sogar für einen Moment den *Schatz im Silbersee* aus der Hand gelegt. Angesichts solcher Kraftanstrengung hatte Grete sofort Ja gesagt, nur um dann von ihrem gerade in diesem Moment hereinplatzenden Vater durch strengen Blick an den Obergefreiten erinnert zu werden.

»Im Juni ist das Trauerjahr rum, aber das sind noch vier Monate!«, fasste Grete zusammen und ergänzte klagend: »Der Film läuft dann ganz bestimmt nicht mehr!«

Klara nickte mitfühlend, tat, als hegte sie nicht den geringsten Zweifel daran, dass es Grete ausschließlich um den Kinobesuch ginge. Sie konnte die Freundin verstehen, die Trauer dauerte jetzt schon deutlich länger als die ganze Ehe.

»Ich will ja gar nicht tanzen gehen, aber wenigstens ins Kino«, seufzte Grete. »Das Eislaufen neulich hat mir mein Vater auch vorgeworfen. Ob ich gar kein Herz hätte. Mein Mann bei der Verteidigung von mir und meiner Heimat gefallen, und ich, ich schlitter vergnüglich über Seen! Ich halt das alles nicht mehr aus, ich sage es dir ehrlich. Manchmal denke ich, weil sie seine Leiche nicht gefunden haben, wollen sie mich jetzt stattdessen lebendig begraben. Ich werde noch wahnsinnig. Ich will so gern mal wieder lachen dürfen. Ich hab's so satt! Immer nur daheim hocken und Fassung bewahren. Am liebsten würde ich laut schreien!«

Abermals konnte Klara nur zustimmend nicken. Das Gefühl kannte sie.

Seit der Eröffnungsrede war sie noch mehrere Male zu den Tagungen der Nationalversammlung gegangen – hatte die Wahl Eberts zum Reichspräsidenten ebenso erlebt wie Marie Juchacz' ergreifende Rede gehört, die erste Frau, die in Deutschland jemals als gleichberechtigte Politikerin sprach. Was für ein Triumph der Emanzipation! Vor glücklicher Aufregung hatten Klara die Tränen in den Augen gestanden, aber sie war nicht die Einzige gewesen. Wo sie hinsah, hatten Frauen sich verstohlen die Wangen getrocknet. Was für ein Moment in der Geschichte! Ein unbeschreibbares Gefühl, auch wenn Juchacz für ihre Anrede *Meine Herren und Damen* einiges Gelächter besonders vom rechten Flügel geerntet hatte, und auch wenn Klara der Kopf im Moment nicht nach Politik stand, sondern ihr Interesse an der Nationalversammlung mehr persönlicher Natur war.

An dem Platz, an dem der Mann, der vielleicht Max gewesen war, gesessen hatte, saß nun immer eine Frau – vielleicht war er nur zur Eröffnungsrede angereist? Wenn er es überhaupt gewesen war. Und wenn er es tatsächlich war, was brachte es?

»Ich denke, du solltest einfach ins Kino gehen«, sagte Klara nun mit Nachdruck. Wenigstens die Freundin sollte glücklich sein. »Da ist doch wirklich nichts dabei.«

Grete sah sie lang und dankbar an, dann setzte sie sich neben Klara auf den Boden. »Was schreibst du eigentlich gerade?«

»Für die Weltenbummlerin-Serie«, erklärte Klara und reichte der Freundin ihre Notizen. »Fräulein von Klassen ist aktuell in Neapel. Ich dachte, ich geb dem Ganzen ein bisschen mehr Spannung und bau häufiger Persönliches in die reinen Ortsbeschreibungen ein. Ich dachte, ein bisschen eine Liebesgeschichte am Rande würde vielleicht nicht schaden?«

»Und der Kerl, mit dem das Fräulein von Klassen da tanzt, hat *Augen in der Farbe des stürmischen Meers?* Wie soll denn das aussehen? Würde ich rausnehmen, da kann sich keiner was drunter vorstellen, und kitschig klingt es obendrein.« Grete schüttelte ablehnend den Kopf, las aber munter weiter. »Und von dem Kerl kommt sie in andere Umstände? Heiratet sie ihn im nächsten Heft dann?«

»Nein, ich glaube nicht, dass sie das tut.« Klara zuckte die Schultern. »Sie kriegt das Kind und zieht es alleine groß oder sie geht mit dem Problem zum Arzt, dann soll der das lösen.«

Grete riss derart entsetzt die Augen auf, sie schienen ihr jeden Moment aus dem Kopf springen zu wollen.

»Zu einem Engelmacher?«, wiederholte die Freundin nach einiger Zeit vollkommen fassungslos. »Oder meinst du, sie verliert das Kind und geht deshalb zum Arzt, hinterher?«

»Es würde nur angedeutet werden, aber ja, sie treibt es wahrscheinlich ab.«

»Aber das ist ein Verbrechen! Das ist eine Sünde! Und Mord! Dafür gibt es Zuchthaus!«, stammelte Grete. »Das kannst du nicht schreiben. Wie kannst du dir so was überhaupt ausdenken? So was Schreckliches! Keine deutsche Frau wäre zu so einem Schritt jemals freiwillig bereit.«

»Wenn dem so wäre, gäbe es keine Engelmacher«, gab Klara mühsam beherrscht zurück. Sie hatte ihre Periode immer noch nicht bekommen. »Bestimmt gibt es Situationen, die einen derartigen Schritt rechtfertigen.«

»Du meinst, nach einem unsittlichen Übergriff oder so?« Grete nagte an ihrem Fingernagel herum, schüttelte dann ablehnend den Kopf. »Ne, kann ich mir nicht vorstellen. Und was man so hört, dass die nicht genug zu essen für ihre Kinder haben, das glaub ich auch nicht. Mein Vater sagt immer, wenn die ihre Lohntüten nicht schon Freitagabend versoffen hätten, würde das Geld auch reichen. Außerdem kann man ja auch mal rechnen und dann aufpassen.«

Konnte man vermutlich schon, da hatte Grete so unrecht nicht, trotzdem ärgerte derart viel blonde Selbstgerechtigkeit Klara maßlos. Und genau deshalb, gerade aus Trotz, würde sie Fräulein von Klassen abtreiben lassen, sollten die ganzen Spießer doch vor Schreck tot umfallen.

»Danke für deinen Rat«, zischte Klara mit dem letzten Rest Selbstbeherrschung. »Ist sonst noch was, oder kann ich arbeiten?«

»Was bist du denn plötzlich so garstig?« Grete schaute Klara überrascht an. »War nicht böse gemeint, ich wollte nur helfen. Komm, ich erzähl dir eine schöne Klatschgeschichte, das bringt dich wieder auf die Erde. Also im Büffet arbeite ich doch mit so einer dicken Brünetten zusammen, und die, die war früher Still-Amme in Berlin, und weißt du, was die mir erzählt hat? Das Fräulein Seidenmann, das bekommt doch immer Besuch von seiner Nichte, nur das ist gar nicht die Nichte! Das ist ihr Kind, die Tochter vom Fräulein Seidenmann. Da wo sie angeblich durch England getingelt ist, da hat sie es gekriegt, und die Brünette war die Still-Amme, sie hat sie ganz sicher wiedererkannt. Und das Fräulein Seidenmann sie auch, sie war nämlich nur ein einziges Mal beim Büffet, und seit sie meine Kollegin gesehen hat nie wieder. Kannst du dir das vorstellen? Ein uneheliches Kind? Sie hat es wohl zu irgendwelchen entfernten Verwandten abgeschoben? Grauenhaft, nicht wahr?«

»Wer ist der Vater?«, fragte Klara vollkommen überrumpelt. »Es muss doch einen Vater geben.«

»Keine Ahnung. Vielleicht Lottis Paul? Das würde zeitlich passen.« Grete machte ein ratloses Gesicht. »Meine Kollegin hat jedenfalls nie einen Mann gesehen.«

Klara nickte und schüttelte dann vehement den Kopf. Ein vollkommen neues Gefühl mischte sich in ihre Bewunderung gegenüber dem Fräulein Seidenmann: Mitleid. Aber eine Art von Mitleid, die ihre Bewunderung nicht schmälerte. Fräulein Seidenmann hatte ein Kind bekommen und sie hatte auch dafür gesorgt – wenn auch nicht selbst. Sie hatte ihr kleines Mädchen kaum gesehen, sie hatte den Skandal gescheut. Klara musste an Martha denken, Martha, die aus derselben Angst heraus, die zweite Scheidung vermieden hatte. Wie viel Unglück doch durch diese Angst entstand!

Und sie selbst? Sie war doch auch nicht besser. Wenn sie nur an die Lösung der Verlobung mit Fritz dachte, bekam sie feuchte Hände. Sie wollte die Verlobung nicht lösen müssen, wirklich nicht. Sie durfte es sich gar nicht vorstellen, was da auf sie zukäme und dann auch noch immer ohne Periode. Langsam konnte sie sich das nicht mehr schönreden oder mit einem Rechenfehler erklären.

Was sollte sie nur tun?

»Na, ich muss weg. Meine Schicht fängt gleich an.« Grete gab ihr einen kleinen, freundschaftlichen Klaps, und Klara rang sich ein Lächeln ab, beugte sich dann wieder über ihren Notizblock:

Was sollte sie nur tun?, dachte Kiki verzweifelt und kuschelte sich fester in ihren Nerz.

Grete mit ihrem Entsetzen hatte ja im Grunde recht – in solchen Situationen überzeugten Frauen für gewöhnlich Männer, sie zu heiraten. Aber wenn diese Option ausfiel?

Abtreibung war verboten – *Ein Verbrechen! Eine Sünde! Und Mord!* –, sie konnte doch auch tatsächlich kein Kind umbringen, nur weil sie sich nicht mehr vorstellen mochte, seinen Vater für den Rest ihres Lebens zu ertragen? Das hätte sie sich eben vorher überlegen müssen. *Man kann ja auch mal rechnen und dann auf-passen ...*

Das Kind weggeben, wie das Fräulein Seidenmann? Das würde sie nicht über das Herz bringen, es war doch ihres! Also alleinerziehend? So wie Marie Juchacz? Wovon sollte sie leben? Von ihrem Schreiben? Das würde nicht reichen, außerdem als Unverheiratete mit Kind, da bekam sie doch noch nicht einmal eine Wohnung. Obwohl, in Berlin, wo sie keiner kannte? Es gab so viele Kriegswitwen.

Vielleicht wenn sie einen Vermieter fand, der es nicht so genau nahm, solange die Miete pünktlich kam? Aber die Miete würde nicht pünktlich kommen, sie verdiente einfach nicht genug. Wie sie es auch drehte und wendete, es ging einfach nicht.

Vielleicht würde sie sich mit dem neuen Fritz anfreunden können, wenn sie nur verstand, warum er jetzt so war? Wenn er ihr nur erzählen würde, was passiert war. Sie würde mit ihm reden, ihn ganz direkt fragen!

»Passen Sie doch auf, wo Sie hinlaufen!«, riss Grete Klara aus ihren Gedanken. Sie klang ausgesprochen ärgerlich, umso verblüffender war, dass sie plötzlich in sehr versöhnlichem Ton weitersprach: »Ach, entschuldigen Sie. Es war mein Fehler.«

Klara lauschte interessiert. Ein derartiger Stimmungswandel konnte nur eines bedeuten: Der Rempler war entweder wichtig oder hübsch. Sie reckte den Kopf etwas, um aus ihrem Fenstereckchen heraus lugen zu können und zog ihn sofort wie vom Donner gerührt wieder zurück.

Ihr Herz vergaß einen Schlag und holte ihn hastig holpernd nach.

Dort stand Max.

In seiner recht dilettantisch zum Zivilanzug umgearbeiteten Uniform und mit zur Abwechslung einmal sehr ordentlich aus dem kantigen Gesicht gekämmten Haaren, bei elektrischem Licht schienen sie tatsächlich deutlich heller.

»Nein, nein. Es war mein Fehler. Ich habe geträumt«, beteuerte er gerade. »Ich war völlig überfordert von dem Gedanken, welche Geistesgrößen hier schon vor mir alles waren. Bitte entschuldigen Sie.«

»Schon passiert«, flötete Grete eifrig in – falls möglich – noch süßerem Tonfall, und da sie vielleicht die Hoffnung hegte, Max sei nicht nur hübsch, sondern auch noch wichtig, fragte sie: »Sind Sie einer der Abgeordneten?«

»Nein, nein.« Die Direktheit der Frage schien ihn et-

287

was zu überrumpeln, und erklärend ergänzte er: »Ich bin Zeichner.«

»Was Sie nicht sagen!« hauchte Grete. »Machen Sie auch Filmplakate?«

»Nein, nein. Nur so Zeitungsarbeiten für die *Berliner Illustrirte Zeitung* und *Die Woche*. Von der Nationalversammlung. Deshalb habe ich es sehr eilig, ich muss zur Arbeit.«

Und Grete auch!

Die kam noch zu spät zu ihrer Schicht im Abgeordneten-Büffet. Zu gern hätte Klara sie daran erinnert, aber jetzt hatte sie sich schon so lange lauschend in ihre Ecke gedrückt, jetzt konnte sie sich nicht mehr einmischen – wie sähe das denn aus!

»Müssen Sie dann zum Nationaltheater?« Mangelnde Hartnäckigkeit konnte man Grete wirklich nicht nachsagen. »So ein Zufall, ich nämlich auch. Kommen Sie, wir gehen zusammen. Wo wohnen Sie denn, während Sie in Weimar sind?«

»In einer Pension.« Hörte sie ihn eben noch knapp erwidern, doch dann waren die beiden an der Treppe angelangt, verschwanden nach unten.

Klara schüttelte einige Male entschieden den Kopf. Warum musste alles immer noch komplizierter werden? Am liebsten hätte sie sich mit ihren Postkarten in ihrem Zimmer eingeschlossen und wäre erst einmal dringeblieben.

Abermals schüttelte sie den Kopf und dann schrieb sie entschlossen ihren Artikel fertig, denn schließlich hatte sie das so in Berlin gelernt – wenn die Welt auch um einen herum untergeht, die Arbeit muss getan werden.

Kapitel 9

Das Weimarer Telegraphenbüro war vermutlich der sicherste Ort der gesamten Republik. Schon vor dem Haupteingang standen zwei auf Hochglanz gewienerte Panzerabwehrkanonen nebst vier ebenfalls auf Hochglanz gebrachten Landjägern. Letzteren oblag allein die Bewachung der Geschütze, denn zur Ausweiskontrolle an der Tür waren zwei weitere, nicht minder schneidige Landjäger abgestellt worden. Hatte man diese beiden schließlich von der Echtheit des vorgezeigten Passes überzeugen können, wurde man im Inneren der Behörde von einem guten Dutzend weiterer Stahlhelmträger bewacht. Wie viele es genau waren, ließ sich nicht mit Sicherheit sagen – aus genau diesem Grund patrouillierten sie einem geheimen Muster folgend zwischen den Zimmern auf und ab.

Klara, die neben Grete auf einem der unbequemen Bänkchen saß und darauf wartete, dass eines der Telefonhäuschen frei würde, hatte mindestens sechs verschiedene Feldgraue ausgemacht und sinnierte nun darüber, ob die Landjäger auf militärische Anordnung oder aus persönlicher Neigung alle gleichermaßen unfreundlich dreinsahen. So oder so, es machte die Warterei in dem schlecht geheizten, amtsgrauen Raum nicht eben gemütlicher.

Der Mann links neben Klara aß kaltes Sauerkraut aus einer Blechdose, während er die täglich per Luftpost aus der Hauptstadt eingeflogene *Vossische Zeitung* las – manchmal stöhnte er gequält auf, was das ältere Ehepaar rechts neben Klara stets mit anklagend erhobenen Brauen quittierte. Offensichtlich fühlten sie sich gestört in ihrem Schimpfkanon über die ewigen, der Nationalversammlung geschuldeten Ausweiskontrollen und darüber, wie lange sie nun schon hier saßen.

Auch Klara seufzte innerlich.

Zwar hatte man im Nationaltheater einen Teil der Garderobe zu Fernsprechzellen umgebaut, in Klaras ehemaligem Lyzeum ein zusätzliches Telegrafenamt untergebracht und mit dem fieberhaften Ausbau des

Telefonnetzes begonnen, doch es nützte nicht viel. Solange ein Eilbrief von Weimar nach Berlin fünf Tage brauchen konnte, verließen sich Journalisten wie Abgeordnete lieber auf die moderne Technik, und wenn es auch mit Warterei verbunden war.

Zeichner und Fotografen wiederum bemühten sich um gute Kontakte zu den Piloten der Luftposteinheit. Positive, die Nationalversammlung verherrlichende Bilder wurden per Erlass bevorzugt transportiert, aber das waren nicht die Bilder, für die die Zeitungen der Republik gut zahlten.

Die Leser hatten wenig Interesse an der Fotografie des randvollen Sitzungssaals, sie gierten nach Interna, nach persönlichen Einblicken und kleinen Skandalen. Ein Bild Eberts, wie er beim Verlassen des Volkshauses von dem zu seiner Bewachung abgestellten Rekruten nicht gegrüßt wurde, besaß den zehnfachen Wert eines Bildes von Ebert vor jubelnder Menge.

Und am Ende konnte doch niemand etwas dagegen haben, wenn sich in der Jackentasche des Piloten beispielsweise das Negativ eines Schnappschusses von Scheidemann und Erzberger beim intimen Souper im *Goldenen Adler* befand? Da trug der ja nicht schwer dran!

Auch Max hatte die Gunst der Stunde erkannt und sich rasch mit Gretes Piloten angefreundet – gegen demonstratives Desinteresse an Grete und ein wöchentlich im Voraus zu zahlendes Dutzend amerikanischer Zigaretten nahm der jetzt täglich Max' Bleistiftzeichnungen mit in die Hauptstadt und übergab sie dort noch auf dem Landeplatz einem Fräulein von der *Berliner Illustrirten Zeitung*.

Und eben die hielt ihr Grete nun auch unter die Nase, zeigte ihr mit vor Begeisterung zitterndem Finger das Kunstwerk: Ebert und Scheidemann im Zug nach Weimar.

»Wie er das macht! So lebensecht!«, flüsterte Grete hingerissen. »Er ist ja so begabt. Er fängt jede Linie, jedes Detail ein. Er malt wirklich gut.«

Klara lächelte bemüht. Die Zeichnungen waren mit großem technischem Geschick gemacht, aber sie waren kein Vergleich zu der Arbeit, die Max bei Neumann am Kurfürstendamm ausstellen durfte. Vor ihrer Abreise aus Berlin, nachdem sie Kikis Kollegen im *Tobbacco* die traurige Nachricht vom Verschwinden der Freundin überbracht hatte, war sie zufällig an der Galerie vorbeigekommen, hatte einen raschen Blick auf das dort Gezeigte riskiert. Viel Dadaistisches, die großformatige Ankündigung einer vom Arbeitsrat für Kunst organisierten Architekturausstellung und dann, ohne Rahmen, ohne Erklärung, mit Reißzwecken an die nackte Wand gehängt: Jakob!

Die Haremskissen, das Totenkopfgrinsen und in den blinden Augen ein seltsam schwankender Ausdruck. Stand man direkt davor, sah man nichts als matte Verzweiflung in ihnen, aber machte man ein paar Schritte zur Seite, dann war da ein gieriger, ein trotziger Lebenshunger. Max hatte Jakob erkannt, mit hastigen Strichen hatte er dessen Seele aufs Papier geworfen.

Neben dem Freund hing noch ein aus kleineren Bildern bestehendes Triptychon – die krampfverzerrten Züge eines Kriegszitterers, sich schmerzhaft verbiegende Finger und halb fasziniert, halb furchtsam blickende Augen, die vielleicht Max' eigene waren.

Klara hatte später nicht mehr sagen können, wie lange sie schweigend und staunend so gestanden hatte, irgendwann hatte ein kleiner Herr mit Hakennase ihr Hilfe angeboten, doch sie hatte nur stumm den Kopf geschüttelt und war gegangen. So malte Max, wenn er gut malte.

»Du musst, musst ihn unbedingt kennenlernen«, flötete Grete inzwischen weiter. »Er wird dir gefallen. Und zu haben ist er auch noch – was ja heutzutage ein rechtes Wunder ist. Wir könnten nach deinem Telefonat doch ins *Kaiser-Café* gehen? Er porträtiert da heute Warmuth und Cohen bei ihrem täglichen Schachwettkampf. Ich hab sogar noch Marken.« Klaras Schweigen als empörte Ablehnung deutend, ergänzte sie: »Da ist doch nichts dabei, heutzutage. Fritz wird ihn bestimmt mögen.«

»Vermutlich«, rang sie sich mühsam ab. Sie wusste eigentlich gar nicht, warum sie Max so überhaupt nicht treffen wollte. Die Peinlichkeit war ja wohl ganz auf seiner Seite – allerdings war ihr Leben im Moment schon ohne ihn kompliziert genug. Zusätzlich zu ihren Sorgen rund um Fritz schien Martha nun auch noch alles andere als begeistert von den Folgen der romantischen Verstrickungen Kiki von Klassens. Gleich nach Erhalt des Textes hatte sie telegraphiert und um Rückruf gebeten.

Martha mochte keine Themen, die in irgendeiner Weise brisant sein konnten, und wenn Klara ihr sagte, dass es keine Zensur mehr gäbe, sagte Martha, darum ginge es nicht, sie hätten schlicht nicht genug Abonnenten, um auch nur einen einzigen zu vergraulen. Trotzdem würde sie auf die Passage um die Abtreibung bestehen, angesichts ihrer eigenen Situation lag Klara ungemein viel daran. Und hatte Max ihr nicht geraten, sich ihre Kunst nicht verbieten zu lassen? Erst wenn Martha ihr mit Kündigung drohte, würde sie nachgeben – dafür brauchte sie die Stelle zu dringend.

Der junge Mann neben ihnen auf dem Wartebänkchen verschloss seine inzwischen geleerte Vesperdose mit energischem Knacken, nur um sofort im Anschluss mit sattem Knallen den Henkel einer Bierflasche zu öffnen und schlürfend zu trinken. Trotz der im Nachbarzimmer ununterbrochen klackernden Telegraphengeräte machte er dabei bemerkenswert laute Geräusche. Klara zog sich der Magen zusammen, sie konnte nie im Vorhinein sagen, was bei ihr Übelkeit auslösen würde und was nicht.

Wenn sie sich jetzt übergeben musste, war der Platz in der Schlange verloren und die ganze Warterei umsonst gewesen, dann fing das Spiel von vorne an.

»Wo der bloß das Bier her hat«, zischte Grete gerade so laut, dass der junge Mann es auch hören konnte. »Ich hoffe doch sehr, dass die Nationalversammlung mit diesem Schieberpack kurzen Prozess macht.«

Klara nickte geistesabwesend, was die Freundin zum Anlass nahm, auf ihr aktuelles Lieblingsthema zu

297

kommen: »Die Luftverkehrsgesellschaft macht jetzt auch Personentransporte. Ein Freund von Rudi hat gestern Friedrich, den Reichspräsidenten, nach Berlin und wieder zurück geflogen. Rudi sagt, der Freund habe gesagt, der Ebert sei sehr freundlich gewesen und in Weimar habe ihn seine Frau mit Tochter abgeholt. Niedlich, nicht wahr? Und nächste Woche wird Rudi vielleicht den Scheidemann transportieren.«

Rudi, so hieß der Karl May lesende Pilot seit dem gemeinsamen Kinobesuch mit Grete – dem ersten in einer ganzen Reihe.

»Ich habe Herrn Babinski vorgeschlagen, doch auch einmal den Herrn Ebert im Kreise der Familie zu porträtieren«, plauderte Grete unterdessen weiter, aber Klara hörte gar nicht richtig zu. Ihr war schrecklich schlecht; und der Gedanke an das ihr bevorstehende Gespräch mit Martha half wenig, ihren Zustand zu bessern. Und wenn das überstanden war, stand ihr schon das nächste bevor – die Familie Faber hatte sie hochoffiziell eingeladen, mit ihnen sowie dem Auerochsen zu nachtmahlen, und danach wollte Fritz ihr vielleicht noch seine neuen Behandlungszimmer zeigen.

Zum ersten März würde er in die Praxis seines Vaters einsteigen, allerdings als Kassenarzt – die letzten

Spuren seines einstigen Idealismus. Und immerhin hatte er sich, trotz heftigen Drängens des alten Lungenfacharztes, geweigert, ein separates Wartezimmer für Kassenpatienten einzurichten. Vielleicht würde sie sich mit dem neuen Fritz anfreunden können?

»Kommst du jetzt eigentlich nachher noch mit ins *Kaiser-Café*?«, forschte Grete gewohnt hartnäckig nach. »Du darfst auch meine Marken haben, ich kann ja im Theater umsonst essen. Merkt keiner, die unbelegten Brötchen sind frei.«

»Ich glaub, ich mag nichts essen.« Klara warf einen verzweifelten Blick auf die schmucklose Bahnhofsuhr über der Eingangstür. »Ich glaub, ich hab mir was eingefangen.«

Doch bevor Grete noch hätte nachfragen können, rief ein rotlockiges Fräulein in den Saal. »Fräulein Heinemann, Ihre Verbindung steht. Fräulein Heinemann zu Zelle drei.«

In dem Moment, in dem Klara durch die Tür des *Kaiser-Cafés* trat, verflüchtigte sich ihre bisherige Euphorie ebenso schnell, wie sie gekommen war. Eigentlich war sie überglücklich, sie hatte sich gegenüber Martha durchgesetzt.

Wie sie schon vermutet hatte, war diese überhaupt nicht begeistert von der Idee einer Abtreibung für Kiki von Klassen gewesen. Aber Klara hatte standgehalten – nein, sie würde nicht den einfachen Weg gehen und Kiki verheiraten, und Kiki würde das Kind auch nicht einfach so verlieren. Und bekommen konnte das Fräulein von Klassen das Baby leider auch nicht, sonst hatte es sich was mit den Reisen. Letzteres sah Martha sofort ein, doch es sollte Klara sämtliche ihrer zuvor gewechselten Münzen kosten, sie zu einem mürrischen *Auf deine Verantwortung* zu bewegen. Und als Martha das sagte, da war Klara klar geworden, dass sie im Grunde selbst nicht geglaubt hatte, die Erzählung tatsächlich in ungeänderter Form durchzukriegen. Vor Freude und Stolz war ihr ganz heiß geworden – sie hatte nicht nachgegeben, sie war für ihre Überzeugung eingestanden. Max wäre stolz auf sie. Andere hätten vermutlich über derartige Großtaten nur müde lächeln können, aber für sie, Klara Heinemann, war das eine beachtliche Leistung.

Wer zu derartigem fähig war, der konnte auch dem Mann gegenübertreten, der einen in den letzten Wochen über Gebühr beschäftigt hatte.

Wahrscheinlich würde er sie nicht einmal wiedererkennen, weil er dieses *Ich glaube, wir beide, wir ge-hören zusammen* nämlich zu jeder sagte, und nur sie – dumme Gans, die sie war – ließ sich davon derart aus der Fassung bringen. Sehr selbstsicher hatte sie ihre Locken aufgestrubbelt, und mit zielstrebigen Schritten war sie vor Grete in die Parkstraße gelaufen, doch kaum hatte sie die Tür des Cafés geöffnet, verließ sie der Mut.

Regelrecht schwindelig wurde ihr vor Angst und vielleicht auch wegen der verrauchten Hitze, die ihr entgegenschlug. Obwohl es hier wie überall bestimmt nur Zichorie mit Kaffeegewürz gab, roch es seltsamerweise nach frisch gemahlenen Bohnen.

Sie stand wie angewurzelt, und um nicht die vollbesetzten Tische ansehen zu müssen, starrte sie die Büffetauslage an. Die allgegenwärtigen Rationierungen waren hier noch sehr deutlich zu sehen. Auf die prächtige weiße Étagère, auf der vor dem Krieg Windbeutel, Schaumgebäck und rosafarbene Macarons zum Kauf angeboten worden waren, hatte jemand nun zur Überdeckung der Leere Wachsblumengebinde gelegt, und die im Regal hinter der Theke funkelnden Flaschen enthielten zwar alle Bernsteinfarbenes, aber in einer hatte sich die Flüssigkeit getrennt, sodass sich im unteren Drittel eine rotbraune Masse abgesetzt hatte. Klara tippte auf Wasserfarbe. Und in der Kuchenauslage herrschte Hefezopf vor – *Mit Butter bestrichen nur gegen Vorlage einer gültigen Fettkarte!*

Die unzähligen Gäste schienen sich davon jedoch nicht weiter abgeschreckt zu fühlen, zumindest die Zeitungsständer waren wieder üppig mit internationaler Presse bestückt, außerdem hatte Klara gehört, die beiden Billardtische im ersten Stock wären extra für die Abgeordneten frisch bespannt worden, und auch das Orchester spielte zum ersten Mal seit Kriegsausbruch in Vollbesetzung.

»Komm«, drängelte Grete und zog sie durch die dicht gestellten Tische, beide sicherheitshalber im Mantel. *Für Garderobe keine Haftung* wie über den gähnend leeren Kleiderhaken stand – selbst in Weimar gab es genug Leute, die einen neuen Überzieher hätten gebrauchen können. »Jetzt komm schon. Dort drüben. Herr Babinski!« Sie winkte heftig, worauf sich ein ziemlich unansehnliches Pferdegesicht zu ihnen umdrehte, und dann stand sein Tischpartner auf.

Klara schluckte, und auch Max schien einen Moment überrascht. Ein seltsam unsicheres Lächeln, bei dem nur der rechte Mundwinkel sich bewegte, legte sich über seine Züge.

»Wir sind leider etwas verspätet, beim Telegraphenbüro war wieder die Hölle los«, erklärte Grete eifrig, wobei sie den Herren die Hand zum Kuss hinhielt. »Darf ich vorstellen? Meine Freundin Klara Heinemann.«

»Wir kennen uns«, stellte Max knapp klar, und ohne ihr die Hand zu reichen, steckte er sich eine Zigarette zwischen die Lippen. Das Streichholz wollte und wollte kein Feuer fangen. Er hatte lange, schmale Hände, gesprenkelt mit winzigen Spritzern blauer Ölfarbe.

Sein Freund schien auf eine Vorstellung zu warten, doch als Max stattdessen stumm zu rauchen begann, sagte der in leicht beleidigtem Ton: »Gestatten, Gropius.«

»Der Architekt!«, flötete Grete entzückt und ließ sich von ihm unter heftigem Armgewedel auf ihren Stuhl helfen. »Dann stimmen die Gerüchte also? Sie kommen nach Weimar?«

Klara hörte nicht, was er erwiderte, und es war ihr auch egal. In ihren Ohren rauschte das Blut. Vor lauter Verlegenheit starrte sie zwanghaft ihre Nägel an, der am rechten Daumen war nicht ganz sauber. Am liebsten wäre sie aufgesprungen und hinausgerannt. Nur wohin?

»Möchten Sie auch tanzen?«

Verwirrt hob sie den Blick. Warum auch? Zu ihrer Verblüffung waren Grete und dieser vermutlich berühmte Architekt nicht mehr mit am Tisch. Sie schüttelte den Kopf und starrte rasch wieder ihre Fingernägel an. Wo war bloß die Klara, die erfolgreich gegen die Zensur ihrer schriftstellerischen Ideen eingestanden war? Was würden Anna Amalia oder Fräulein Seidenmann nun tun?

»Es tut mir sehr leid, dass ich Sie in Verlegenheit gebracht habe«, sagte Max unvermittelt. »Ich weiß nicht, was ich mir bei unserer letzten Begegnung gedacht habe. Bitte entschuldigen Sie mein aufdringliches Betragen. Ich kann Ihnen nicht sagen, wie sehr ich mein Verhalten bedauere, solche plumpen Dreistigkeiten sind sonst nicht meine Art. Bitte entschuldigen Sie.«

Sie nickte langsam und dann griff sie über den Tisch, für einen winzigen Moment berührten ihre Fingerspitzen seinen Handrücken.

Die Welt stand still.

Dann flüsterte Klara: »Ich habe Ihren Rat beher-

zigt – den künstlerischen, nicht den bezüglich meiner
Verlobung. Ich habe mich gerade gegenüber meiner
Redakteurin durchgesetzt. Sie sehen also, es besteht
kein Grund, sich zu entschuldigen.«

Er lächelte schief, und sich abermals eine Zigarette
anzündend entgegnete er nach kurzem Nachdenken:
»Für andere Männer werden Verlobungen gelöst, aber
ich denke, künstlerische Selbstbestimmung ist wichtiger. Viel wichtiger.«

Sehr zu Klaras Verblüffung stellte sich der Oberst Gerhard zu Auerochs durchaus als angenehmer Tisch-
genosse heraus.

Wie nicht anders zu erwarten, waren seine Manieren
tadellos, darüber hinaus jedoch besaß er einen scheinbar unerschöpflichen Fundus an heiteren Geschichten
aus seiner Zeit in der Kavallerie-Stabswache des Großen Hauptquartiers und später dann in Land Ober
Ost.

Besonders gern sprach er aber über seinen *guten
Freund und Nachbarn* Paul von Hindenburg, mit dem
er unter anderem gemeinsam bei Tannenberg gelegen

hatte. Vom Generalfeldmarschall hatte er auch die Marotte, jeden Tag zur exakt selben Uhrzeit zu speisen, Schlag zwanzig Uhr legte von Hindenburg den Löffel an die Lippen, und wer es von seinen Generälen bis dahin nicht an seine Tafel geschafft hatte, erhielt einen Rüffel und musste sehen, wo er blieb. Und wenn das Kampfgetümmel einen noch so stark beansprucht hatte, bei Verspätung ließ der Generalfeldmarschall keine Ausrede gelten – nicht einmal für Ludendorff wurde da eine Ausnahme gemacht. Fritz' Mutter zum Gefallen plauderte Auerochs auch etwas über Gertrud von Hindenburgs frechen Dackel und Margarethe Ludendorffs *oft, nun ja, nennen wir ihn extravaganten Geschmack.*

Klara saß sehr aufrecht, schwieg und lächelte, wann es von ihr erwartet wurde – Fritz' Vater hatte sie als *die reizende Verlobte meines Herrn Sohns* vorgestellt und ihr unterstellt, sie wäre der Grund, dass sein Herr Sohn die *politische Wirrköpfigkeit seiner Jugend* hinter sich gelassen hätte.

Bei diesen Worten war sie zusammengezuckt, hatte einen heftigen Widerspruch von Fritz erwartet, doch dieser hatte nur genickt, und der Auerochse hatte irgendetwas darüber gesagt, dass verheiratete Männer keine guten Revolutionäre abgaben, und darüber hatten sie alle herzlich gelacht.

Klara war überhaupt nicht nach Lachen gewesen.

Und nach Essen auch nicht. Woran ihre Appetitlosigkeit lag, vermochte sie nicht recht zu sagen – vielleicht war es die mögliche Schwangerschaft, vielleicht die Aussicht auf das bevorstehende Gespräch mit Fritz, vielleicht lag es aber auch an Max?

Nach ihrer Annahme seiner Entschuldigung hatten sie eine ganze Weile schweigend gesessen. Das Orchester hatte Walzer gespielt, um sie herum hatte man geredet, gelacht, geschimpft, sie jedoch hatten ganz stillgesessen und einfach nichts gesprochen. Es gab viel zu viel zu sagen und im Grunde war nichts davon von Bedeutung.

»Ich habe Jakob nach deiner Adresse gefragt, aber er hat sie mir nicht gegeben. Weil du die Verlobte seines besten Freundes bist«, hatte Max irgendwann gesagt, und wieder hatte sie einen winzigen Augenblick lang nach seiner Hand gegriffen, dann die Schulter gezuckt. »Wir haben uns ja auch so gefunden.«

Dann hatten sie erneut geschwiegen, darauf hatte es nichts mehr zu sagen gegeben, und dann waren schon Grete und Herr Gropius zurückgekommen. Walter

Gropius hatte erzählt, Max und er hätten sich erst vor Kurzem über den zur Nationalversammlung veranstalteten Briefmarkenmalwettbewerb kennengelernt, da habe er in der Jury gesessen und zwischen ziemlich viel Mittelmäßigem und Deutschtümelndem, da wäre ihm gleich eine Arbeit aufgefallen: der Berliner Bär beim galanten Handkuss Europas. »Und wissen Sie was, Fräulein Heinemann? Die Europa, die sah ein bisschen aus wie Sie! Zufälle gibt es!«

Das hatte Klara amüsiert grinsend bestätigt, aber innerlich hatte sie vor lauter Freude und Aufregung kaum stillsitzen können. Was interessierte es sie da, dass der Entwurf sich nicht durchgesetzt hatte?

»Klara und ich werden nicht mehr mitkommen, nicht wahr?« Bei der Nennung ihres Namens schreckte sie auf und ihr eingefrorenes Lächeln wurde noch etwas breiter. Sie brauchte einen Moment, um in die trist-feierliche Wirklichkeit des Faberschen Nachtmahls zurückzufinden. Offensichtlich hatte man besprochen, dass man noch ins Theater gehen wollte – seit die Nationalversammlung das Schauspielhaus belegte, waren die Künstler in den großen Saal des Vereinshauses der Stahl- und Armbrustschützen ausgelagert worden, wo sie jedoch Abend für Abend wacker auftraten.

Zu Auerochs, der sich selbst schmunzelnd als *Kunst-banausen mit Vorliebe für Operetten* bezeichnete, war noch nie dort gewesen, was Fritz' Mutter für einen untragbaren Zustand hielt. Auch wenn sie es persönlich mit dem armen, schmählich abgesetzten Carl von Schirach hielt, Ernst Hardt machte seine Sache ganz ordentlich, und grundsätzlich konnte man kaum in Weimar leben, ohne mindestens einmal pro Woche ins Theater zu gehen. Der Oberst wand sich, doch Fritz' Vater, der ihm vermutlich die Usurpation seiner Küche und seines Wintergartens nachtrug, beteuerte gleichfalls die Notwendigkeit des wöchentlichen Theaterbesuchs, sodass zu Auerochs schließlich nichts anderes übrigblieb, als matt lächelnd zu kapitulieren.

»Der arme, geschlagene Mann, meine Mutter wird ihn jetzt bestimmt jede Woche ins Theater zwingen, und wart ab, allerspätestens im April wird mein Vater Gründe finden, die beiden allein gehen zu lassen. Das wirre Zeugs von dem Hardt will doch keiner sehen«, fasste Fritz amüsiert zusammen, während er und Klara auf die Straße traten. »Eine Schande, dass von Schirach gehen musste.«

Klara machte eine vage Geste mit dem Kopf. Einerseits konnte sie selbst nicht viel mit Hardts minimalistischen Bühnenbildern anfangen, und dass man den braven Carl von Schirach so davongejagt hatte, gefiel ihr auch nicht. Anlässlich der 100sten Aufführung der *Maria Stuart*, die zufällig gerade auf den 9. November fiel, hatte man die Vorführung abbrechen müssen, wegen wilder, teilweise handgreiflicher Proteste im Saal.

Andererseits verlangten neue Zeiten nach neuen Ausdrucksmöglichkeiten, und ewig denselben hübschbiederen Quark wollte sie auch nicht sehen.

Aber sie hatte genug ernste Themen für ein Gespräch mit Fritz, auch ohne Diskussionen über Theater, und so beließ sie es bei einigem Kopfgewackel. Wenn sie nur gewusst hätte, wie anfangen.

Vielleicht mit Max? Grete hatte sich ziemlich darum gerissen, von diesem Architekten, diesem Gropius, heimbegleitet zu werden, und so war sie allein mit Max gegangen. Der Weg war nicht besonders weit gewesen, aber sie hatten sich Zeit gelassen, sie hatte Max von ihrer Arbeit bei der *Hauspostille* erzählt, von den Heiratsannoncen und den Haushaltstipps und von Fräulein von Klassen, der Weltenbummlerin. Und dann hatte sie ihm alles über Neapel, Rom und Venedig erzählen müssen – wie er selbst mit schiefem Lächeln sagte, war er zwar bisher nicht weiter als Flan-

310

dern gekommen, aber irgendwann würde er reisen. Nach England oder Irland, das wollte er gern sehen, dort ließe sich bestimmt gut malen.

Sie hatte geseufzt und gelacht und dann, ganz ohne darüber nachzudenken, hatte sie nach seiner Hand gegriffen, sie war warm und ein wenig rau gewesen, sie hatte sie ganz fest gehalten, und so waren sie die letzten Meter bis zur Tür gelaufen. *Ich werde mit Fritz sprechen*, hatte sie gesagt, und er hatte nur knapp genickt, hatte erwidert: *Bis morgen.*

Abrupt hatte er sich umgedreht, hatte sie stehenlassen, doch auf Höhe des Hotel *Elephant* hatte er noch einmal nach ihr gesehen, hatte rasch, fast verstohlen gewunken, und Klara hatte zurückgewunken.

Für den kurzen Moment dieses schüchternen Winkens war sie die glücklichste Frau auf der Welt gewesen, nun aber ging sie schweigend mit im Schnee knirschenden Schritten neben Fritz her. *Ich werde mit Fritz sprechen müssen.*

Obwohl es bald März war, hatte es wieder heftig geschneit. Früher hätte Fritz jetzt über Brennstoffknappheit und die Kälte in Flüchtlingslagern, in Hinterhöfen gesprochen, nun jedoch sagte er: »Fräulein Seidenmann hat Sorgen. Sie hat Kriegsanleihen gezeichnet, und das Geld ist jetzt natürlich fort. Sie hat irgendwelche Angehörigen, für die gesorgt werden muss und weiß wohl nicht, wie.«

Klara nickte und dachte an das kleine Mädchen und daran, wie es damals, vor Jahren, weinend davongestürzt war. *Ich will zu meiner Mama.* Nein, das würde ihr nicht passieren.

»Ich hab mir gedacht, dir hat ihre Wohnung doch immer so gut gefallen … Sie wird sie verkaufen müssen, vermutlich recht billig, es kommen ja so viele jetzt auf den Markt. Wir könnten sie uns bestimmt leisten, auch ohne die Hilfe meiner Eltern.«

Klara schwieg, vor lauter Verzweiflung schnürte es ihr den Magen zusammen, doch Fritz schien nichts davon zu merken. Er erging sich in Überlegungen zur Finanzierung der Wohnung, er tat es mit derselben inbrünstigen Begeisterung, mit der er früher von der Rettung der Welt gesprochen hatte.

»Wie schön Weimar ist!«, unterbrach er sich plötzlich und zeigte mit stolzer Geste auf die unberührt weißen Flächen des Ilmparks. Durch den Schnee war es fast taghell, in winterlicher Pracht ragten die Bäume in den Nachthimmel, die Ilm plätscherte träge, und irgendwo schrie ein Käuzchen.

Es war tatsächlich schön, nur so grauenhaft still! Ganz nervös konnte einen diese gefrorene Ruhe machen. Fritz jedoch sagte: »Wie still es ist! Die Stille hab ich am meisten vermisst. An der Front ist es nie still und in Berlin auch nicht. Ich kann diesen dauernden Lärm nicht mehr ertragen.«

Klara nickte, und dann holte sie tief Luft. Gleich würden sie das Shakespeare-Denkmal passieren. Sie musste an ihren Vater denken, an das Gespräch mit Martha musste sie denken, wie sie erfolgreich ihren Artikel verteidigt hatte, und an Max musste sie denken, an das Blaugrau seiner Augen und die verzweifelte Sehnsucht darin.

»Fritz«, stieß sie hervor. »Ich muss mit dir reden!«

Er sah sie an, verwirrt und ein wenig überrascht, aber dann lächelte er und sagte: »Lass erst mich mit dir reden, mein Derwisch. Ich hab nämlich eben daran gedacht, wie wir uns vor ein paar Monaten hier getroffen haben, und wie du darauf bestanden hast, mit nach Berlin zu kommen.« Er war stehengeblieben und griff nach ihren Händen. »Du weißt, ich wollte dich nicht mitnehmen, aber ich bin so unsagbar froh, dass du dich durchgesetzt hast. Ohne dich, wenn du nicht bei mir gewesen wärst, ich weiß nicht, was aus mir geworden wäre. Die Besetzung des Zeitungsviertels, das Verschwinden Kikis, das hat mir die Augen geöffnet. Ich wollte immer an das Gute im Menschen glauben, auch noch nach dem Lazarett, aber was sich Menschen gegenseitig antun, spottet jeder Beschreibung. Und es ist auch ganz egal, welches Parteibuch der Mensch hat, Tiere sind sie einer wie der andere. Die Besatzer haben Geiseln gefoltert und die Befreier haben die Besatzer mit einer Brutalität …, ach egal! Wenn du nicht gewesen wärst …« Er zögerte einen Moment, zog sie dann an sich: »Es ist ja ganz gleich. Jetzt glaube ich eben an das Gute in dir. Und ich werde für uns, für dich und für mich und für unsere Kinder eine gute Welt schaffen. Eine ganz kleine. Sollen die Idioten sich doch alle gegenseitig umbringen, wir halten zusammen, wir zwei. Ich bin nur so unendlich froh, dass ich dich hab.«

Klara schluchzte auf. Warm rann es ihr über die kalten Wangen, und Fritz presste ihren Kopf gegen seine Brust, fragte: »Was ist denn los? Wein doch nicht. Was wolltest du mir denn sagen?«

Sie schluckte. Sie dachte an die Sehnsucht in Max' Augen, an seine warmen Hände mit den Ölfarbesprenkeln, an die Europa mit ihren Zügen und an den Berliner Bär. Max war so begabt, Max trank sich nicht tot,

Max schoss sich nicht tot, Max malte, und er würde immer weiter malen, ob mit, ob ohne sie. Es war die Kunst, die für ihn zählte. Entschlossen wischte sie sich die Tränen fort und sagte: »Es war nicht wichtig. Gar nicht wichtig.«

Kapitel 10

Weimar, März 1919

Der Leseraum für Abgeordnete und Presse war in der ehemaligen Requisitenkammer untergebracht, und noch immer hing eine leichte Ahnung von Puder und Mottenkugeln in der Luft, vermischte sich mit dem Polituröl, mit dem man die hastig aus Berlin herbeigeholten Nussbaumtischchen, das grüne Leder der Stühle sowie die Messinghaken für die Zeitungen pflegte.

Die Decke war so niedrig, dass ein normalgroßer Mann sie im Stehen berühren konnte, was in Verbindung mit den nun zugezogenen Vorhängen einen seltsamen Höhlencharakter schuf. Klara, die ganz hinten in einer Ecke saß, fühlte sich regelrecht erdrückt davon, doch um sie herum unterhielt man sich angeregt flüsternd, besprach über einer Zigarette die vergangene Sitzung, schmiedete Allianzen, strickte Intrigen oder las mit zornesrotem Kopf in den eben angelieferten Zeitungen nach, was die Journalisten aus der eigenen Äußerung wieder für einen Käse gemacht hatten.

Klara holte ihre Ausgabe der *Hauspostille* hervor – natürlich gehörte *Die Hauspostille* nicht zu den hier ausgelieferten Zeitungen, dafür war sie bei weitem nicht seriös genug. Vielmehr hatte Gretes Pilot sie ihr druckfrisch aus Berlin gebracht und Klara sie als Talisman eingesteckt. Ihr Beitrag war genauso erschienen, wie sie ihn geschrieben hatte, ohne Kürzungen, ohne Änderungen – Martha hatte Wort gehalten. Wenigstens in diesem Punkt war sie für ihre Überzeugung eingestanden, keine Zensur mehr, offenes Schreiben über jedes Thema. Immer wieder las sie die Passage, in der Fräulein von Klassen bestimmt, kein Kind zu wollen und heimlich einen diskreten Arzt in einer dunklen, nach Abfall stinkenden Gasse Neapels sucht. Daneben Klaras allererste Karte, die Ansicht des Meeres vor Capri und darüber die Worte *In der nächsten Nummer Fräulein von Klassen auf einem Segeltörn.*

Darauf hatte Martha bestanden, in der kommenden Ausgabe dann etwas Leichtes, Heiteres – man durfte den Abonnenten nicht zu viel zumuten. Klara hatte nachgegeben, morgen würde sie etwas über die Farbe des Meers bei Sturm schreiben.

Ganz eng war ihr im Hals vor lauter Verzweiflung, sie wusste auch gar nicht, was sie zu ihm sagen sollte. Im Grunde war ja zwischen ihnen überhaupt nichts passiert und trotzdem war ihr, als bräche ihr Herz in tausend Stücke. Was für eine alberne Beschreibung, ihr Herz war ja keine Porzellantasse, und doch fühlte es sich genauso an. Was sollte sie Max nur sagen?

Und gerade in dem Moment, in dem sie beschloss, einfach zu gehen, öffnete sich die Tür, und Max trat ein. Grete hatte recht, er kam tatsächlich jeden Tag ungefähr gegen fünf in den Lesesaal.

Angestrengt sah sie ihn an, kein Detail wollte sie übersehen, keines vergessen. Sie wusste, es war das letzte Mal, die letzte Gelegenheit. Die blonden Haare, die gerade, leicht vorspringende Nase, die hohen Wangenknochen, die schmalen Schultern in der schäbigen, zum Anzug umgearbeiteten Uniform und natürlich die Augen, das Meer bei Sturm.

Ihr war schon wieder nach Weinen zumute. Sie konnte das nicht. Sie würde das nicht schaffen, und doch musste sie es. Sie konnte Fritz keine Trennung antun. Max würde zurechtkommen.

»Klara!« Er winkte ihr, kam auf sie zu. Das Lächeln, dieses schiefe Lächeln, sie durfte es nicht vergessen.

»Ah, Fräulein Heinemann«, hinter ihm kam ein weiterer Mann, Werner Rath, der Abgeordnete, wie sie mit Missvergnügen zur Kenntnis nahm. »Wie schön, Sie zu sehen und so ein Zufall. Ich habe erst vorhin Ihren Herrn Verlobten getroffen. Ich freue mich ja so, dass Ihre Hochzeit jetzt doch früher stattfinden wird.«

Klara war schlecht, am liebsten hätte sie sich hier mitten im Lesesaal übergeben. So konnte man es Max auch mitteilen.

»Herzlichen Glückwunsch«, sagte der, und seiner Stimme war nichts anzumerken, kein Schrecken, keine Enttäuschung, nur die Finger, mit denen er sich eine Zigarette aus seinem Etui nahm, zitterten. Und mit neutralem Ton erklärte er: »Ich muss leider sofort weiter. Ich habe zu tun.«

»Aber du wolltest mich doch beim Lesen porträtieren!«, entgegnete Werner empört, doch Max schüttelte heftig den Kopf. »Du weißt, wie wir Künstler sind. Ein neuer Impuls und schon ist alles anders.«

»Was für ein neuer Impuls?«, forschte der Abgeordnete hartnäckig nach, worauf Max noch immer vollkommen beherrscht entgegnete: »Manchmal ist es eben so. Manchmal ändert sich plötzlich alles, ein Satz und die Welt ist auf einmal ganz falsch.«

»Fritz geht es nicht gut, deshalb müssen wir heiraten«, stieß Klara scheinbar zusammenhanglos hervor. »Er braucht mich.«

Werner sah sie an, als habe sie den Verstand verloren, doch dann setzte er sich ihr gemütlich gegenüber, griff die vor ihr liegende *Hauspostille* und erklärte Max: »Ihr Künstler seid ein komisches Volk – na, mir soll's recht sein, dann malst du mich eben morgen. Fräulein Heinemann, wie gefällt Ihnen die Nationalversammlung hier in Weimar? Komm, erzählen Sie mir, was denkt das Volk? Stimmt es, dass die Leute sich über die ständigen Ausweiskontrollen und die Anwesenheit von Berliner Schupos ärgern?«

»Bis morgen, Werner. Auf Wiedersehen, Fräulein Heinemann.« Keine Spur mehr von *Klara,* und noch bevor sie ein Abschiedswort hätte entgegnen können, drehte Max sich um und ging hinaus, sehr aufrecht, mit langen, weit ausholenden Schritten.

»Was der nur wieder hat? Begabt ist er ja, aber der Rest? Bei manchen fragt man sich doch, ob sie vor dem Krieg auch schon so komisch waren«, Werner sah ihm kopfschüttelnd hinterher, und dann wandte er sich an

Klara, sagte: »Aber was sagen Sie denn jetzt zur Nationalversammlung hier in Ihrer schönen Heimatstadt?«

Nach dem Gespräch mit Max, das ja im Grunde gar keines gewesen war, und dem endlosen Gelaber dieses Werners, trödelte Klara langsam nach Hause, formulierte im Geist einen Brief an Max, doch schon währenddessen wusste sie, dass sie ihn niemals abschicken würde.

Was gab es auch noch groß zu sagen?

Sie wusste, es war die richtige Entscheidung gewesen, sie kannte Max ja kaum, und Fritz brauchte sie. Es war ganz sicher die richtige Entscheidung gewesen, und irgendwann würde es auch aufhören wehzutun. Davon war sie überzeugt. Es war wie mit Kiki, irgendwann würde der Schmerz nachlassen.

Doch als sie unter derartigen Grübeleien die Haustür aufschloss, da fiel ihr das Dienstmädchen der Witwe Morgenstern beinahe um den Hals. Man hatte sie schon überall gesucht – ein Anruf aus Berlin! Der erste überhaupt –, die Witwe Morgenstern hatte nämlich noch keine zwei Tage Telefon. Den Anschluss hatte sie bezahlt bekommen, der besseren Erreichbarkeit ihres hinkenden Hausgastes wegen. Das und der

322

Umstand, dass der Leutnant aus einer Butterdynastie stammte und regelmäßige Sahnesendungen erhielt, hatte sie vollkommen mit seinem fehlenden *von und zu* versöhnt – und grundsätzlich hatte sie ja noch nie viel von diesem arroganten Militäradel gehalten.

Mit langsamen Schritten folgte Klara dem Dienstmädchen durchs Treppenhaus und in den Salon der Witwe Morgenstern. Dort, auf einem filigranen Jugendstiltisch, neben einem Elefantenfuß und einer Palme mit auf Hochglanz polierten Blättern thronte in arroganter Pracht das perlmuttverkleidete Wunderwerk. Wie die Witwe Morgenstern nun so mit stolz geschwellter Brust neben Tischchen und Apparat stand, hätte man annehmen können, der Besitz, wenn nicht gar die Erfindung, sei allein ihr Verdienst.

»Eine Berliner Dame für Sie. Eine Frau Doktor Faber«, erklärte sie eifrig und reichte Klara Sprecher und Hörer. Sie machte keinerlei Anstalten, sich diskret zurückzuziehen, und so bat Klara unter strengem Blick um Verbindung, wartete und sagte schließlich mit klopfendem Herzen: »Martha? Was gibt es?«

»Klara!« Martha brüllte derart, sie hätte gar kein Telefon gebraucht. »Eine absolute Sensation. Deine Weltenbummlerin, sie hat eingeschlagen wie eine

Bombe! Seit Erscheinen gestern Abend haben wir schon 15 neue Abonnentinnen! Und Leserbriefe, wir ertrinken in Leserbriefen. Soll ich vorlesen?« Ohne Klaras Antwort abzuwarten, begann sie: »*Liebes Fräulein von Klassen, ich bin Ihnen so dankbar, dass Sie sich getraut haben, über Ihre Abtreibung zu schreiben. Ich bin eine große Bewunderin Ihres Mutes!* Oder hier: *Ich fühle mit Ihnen. Sie sind mein großes Vorbild. Ich war schon in derselben Situation, aber ich habe nie darüber gesprochen. Ich danke Ihnen.* Oder das, das ist eher traurig: *Bitte Fräulein von Klassen, schreiben Sie doch, wie es Ihnen gelungen ist, einen Arzt zu finden, der bereit war, Ihnen zu helfen.* Das wollen ganz viele wissen, manche erzählen auch, wie sie selbst versucht haben abzutreiben.« Vor Aufregung und Freude hatte Klara sich am Tischchen festhalten müssen, während Martha immer weiterlas und schließlich zufrieden schloss: »Ich habe eben einfach einen Riecher für das, was die Leute wollen. Hatte ich schon immer, dafür muss man eben auch mal ein Risiko eingehen. Das zahlt sich aus!«

Darauf wusste Klara erst einmal nichts zu erwidern, dann fragte sie vorsichtig: »Gibt es auch Kritik?« Martha grunzte zustimmend. »Klar doch, hab ich ja vorausgesehen. Ein paar Idioten drohen dir mit der Hölle beziehungsweise mit einer Anklage, aber sollen sie das Fräulein von Klassen doch anzeigen. Und bis dahin sollen sie unser Blättchen kaufen. Zensur ist abgeschafft und solang die Mehrheit begeistert ist, ist alles in Ordnung. Wann kommst du wieder? Sogar Willi hat inzwischen gemerkt, dass du weg bist.«

Klara lachte angestrengt und flüsterte: »Danke für den Anruf.« Mehr hatte sie nicht zu sagen gewusst, sie hatte einen Kloß im Hals. Am liebsten hätte sie geheult.

Sie wollte so sehr nach Berlin! Sie wollte ihren Triumph mit Martha und einer Flasche Sodawasser feiern, mit wenigstens viel Blubber, solange es für sie keinen Champagner gab. Sie brauchte pulsierendes, schmutziges Leben. Sie wollte mit aufgemalten Nähten ins Tobbacco, sie wollte über den Ku'damm stromern, sich in irgendeiner Tanzdiele die Freude aus dem Leib schwofen. Und sie wollte Max, sie wollte ihn abküssen, ihm jubelnd um den Hals fallen und rufen: *Hast du gesehen? Ich hab's doch gleich gewusst! Die Zeit verträgt es!* Und wenn das schon nicht ging, weil sie die Verlobte eines anderen war, dann wollte sie ihm wenigstens davon erzählen.

Er hätte es verstanden, er wusste, wie es war, die

eigene Seele auf Papier zu bannen, um sie den Blicken der Welt zum Fraß vorzuwerfen – ach wie herrlich, wenn diese Blicke wohlwollend und anerkennend waren.

Stattdessen stand sie im Flur der Witwe Morgenstern, unter dem Porträt des Kaisers und neben einer Goethe-Büste, umringt von ihrer Mutter, der Hausherrin und einer Riege Personal – niemand verstand, was eigentlich gerade vorging, und ganz offensichtlich interessierte auch nur, dass aus der Hauptstadt angerufen worden war, weshalb war vollkommen gleich. Die Witwe Morgenstern ließ sich darüber aus, wie geschickt so ein Telefonanschluss doch sei, während Klaras Mutter, die keinerlei Ahnung hatte, worum es eigentlich ging, erklärte, das Talent habe Klara von ihr, und dann kam auch noch der hinkende Leutnant dazu, drängte darauf, die Leitung freizumachen. Zum Ersten musste die Leitung grundsätzlich offenbleiben, weil es ja jederzeit einen sein Erscheinen nötig machenden Ernstfall geben konnte, zum Zweiten wollte er selbst telefonieren. Und weil dieser Anruf dienstlich war und unter höchster Geheimhaltungsstufe erfolgen musste, jagte er schließlich alle aus dem Gang, bevor er sich mit dem *Goldenen Adler* verbinden ließ, wo er ein Fräulein Rosalinde verlangte – ein Deckname, wie die Witwe Morgenstern versicherte.

Ihrer Mutter hätte Klara den Artikel eigentlich gerne gezeigt, und wenn es nur war, damit die einen neuen Anlass zur Missbilligung bekam, doch sie konnte *Die Hauspostille* nirgends finden, vermutlich war sie im Lesesaal liegen geblieben?

Und so hatte Klara es schließlich abgelehnt, mit ihr und einem kleinen Kognak zwischen Schondeckchen und Goethe-Büste anzustoßen, und machte sich auf den Weg zu Fritz.

Dessen Sprechzimmer befand sich noch in einem ziemlich chaotischen Zustand. Die frisch blau-weiß tapezierten Wände waren noch nackt, die von Paul Rieger gemachte Fotografie eines blattlosen Baumes stand auf dem Boden, wurde nur durch den *Pschy-rembel* am Umkippen gehindert, die restlichen Bücher befanden sich unausgepackt in Kisten. Unausgepackt war bestimmt auch das Bild Klaras, das sie Fritz vor zwei Jahren geschenkt hatte, zumindest standen auf dem wuchtigen Nussbaumschreibtisch bisher nur der Jadeaschenbecher und ein gerahmtes Porträt Sauer-bruchs, Arm in Arm mit Fritz und im Hintergrund ir-gendein imposantes Gebäude.

»Was ist denn los? Du bist ja ganz aufgeregt.«

Klara nickte einige Male stumm. Sie war vollkommen außer Atem: »Mein aktueller Reisebericht kommt sehr gut an. Fünfzehn neue Abonnenten.«

»Sehr schön«, entgegnete Fritz, und weil er vermutlich selbst merkte, dass sie mehr Begeisterung erwartet hatte, ergänzte er: »Das freut mich aber für dich.«

Er fragte nicht, worum es ging, er bat nicht darum, den Artikel lesen zu dürfen, aber er setzte ein stolzes Lächeln auf und wiederholte: »Sehr schön. Wie soll das eigentlich werden, wenn wir verheiratet sind? Ich habe nichts dagegen, wenn du weiter schreibst.«

»Wie großzügig von dir«, schnappte Klara, aber er ignorierte es, fragte stattdessen: »Du kennst doch diesen Max Babinski?«

Sie nickte, langsam, vorsichtig, misstrauisch. Sie hatte schlagartig ein schlechtes Gewissen. Hatte man ihr am Ende heute im Lesesaal etwas angemerkt? Hatte Werner Fritz davon erzählt? Oder am Ende Max selbst? Bemüht beiläufig erkundigte sie sich: »Warum fragst du?«

»Ich habe mit Jakob telefoniert, und er hat mir erzählt, dass ihr euch zufällig bei ihm getroffen habt. Ich mag Herrn Babinskis Bilder sehr gern und habe mir überlegt, ob er nicht unsere Hochzeitseinladungen malen möchte.«

Klara konnte nur mühsam ein hysterisches Lachen unterdrücken. Der Vorschlag war einfach zu abstrus. Und ihre komplette Selbstbeherrschung aufbietend, sagte sie: »Ich glaube nicht, dass Max das machen möchte.«

»Ja, ich weiß, er hat sich ziemlich damit, dass er sich nicht verkaufen will, aber erstens malt er doch auch für Zeitungen, und zweitens hat sein Vater das Zittern mit aus dem Krieg gebracht.« Letzteres stellte Fritz in befremdlich triumphierendem Tonfall fest und erklärte: »Wenn ich ihm im Gegenzug eine gute Unterbringung für seinen Vater beschaffe, wird er sich das mit den künstlerischen Idealen zweimal überlegen.«

Klara stand ganz still und starrte ihn an. Vielleicht war Fritz schon immer so gewesen, vielleicht hatte sie es nur nicht sehen wollen? Vielleicht war all sein eigener Idealismus nur Pose gewesen, die Laune eines verwöhnten jungen Mannes, nun abgestreift wie ein alter Mantel?

Aber er hatte sich an die Front versetzen lassen, hatte in Seuchenlazaretten gearbeitet und war mit einem Koffer voll Efeu zurück ins revolutionäre Berlin gereist, geschützt durch nichts, als seinen unverbrüchlichen Glauben an die Menschheit.

Und nun saß er selbstgefällig hier, in seinem luxuriösen Behandlungszimmer, und sprach davon, einen anderen jungen Mann durch ein unmoralisches Tauschgeschäft zur Aufgabe seiner Ideale zu bewegen?

»Fritz, was hast du im Lazarett im Zeitungsviertel gesehen?«

Einen Moment blickte er überrascht auf, der abrupte Themenwechsel schien ihn unvorbereitet zu treffen, mit sachlich nüchterner Stimme entgegnete er: »Kiki. Kiki habe ich gesehen, oder das, was von ihr übrig war. Und das waren die Kommunisten, nicht die Freikorps, nicht die Franzosen. Das waren unsere Leute.«

»Kiki ist tot?« Sie hatte es immer gewusst, aber nicht wahrhaben wollen. »Sie haben sie umgebracht?«

»Ja, sie haben sie umgebracht, aber nein, tot ist sie nicht. So viele Männer, so viel Zeit und ein hübsches Mädchen.« Er schüttelte einige Male den Kopf, noch immer schlich sich die angeekelte Fassungslosigkeit in seine beherrschten Züge. »Und es war meine Schuld, dass sie überhaupt dort war. Ich habe Kiki noch ins Gewissen geredet, bloß in die Arbeit zu gehen. Wenn ich nicht gewesen wäre, hätte sie den Tag faul im Bett

verbracht und würde jetzt noch munter durch die Cafés schwofen.«

»Wo ist sie?«, stieß Klara hervor. »Wo habt ihr sie
hingebracht?«

»Sie ist in einer Nervenklinik. Einer sehr guten, aber
es besteht keine große Hoffnung für sie. Sie ist nicht
einmal ansprechbar.« Fritz zuckte die Schultern. »Man
hat mir gesagt, gegen Ende der Besatzung war es wohl
nicht mehr so schlimm. Da war sie schon so abgenutzt,
da wollte sie keiner mehr.«

Klara nickte und nickte und nickte. Ihre Augen
brannten vor lauter Weinenwollen, aber sie waren
ganz trocken. Sie sagte nicht, dass er ihr all das schon
früher hätte sagen müssen, und auch nicht, dass ihn im
Grund keine Schuld traf – er hatte nicht ahnen können, was passieren würde. Leise sagte sie: »Es wird
nicht ungeschehen, wenn du alles aufgibst, was dich
ausgemacht hat. Wenn du jetzt aufgibst, dann war es
wirklich umsonst.«

»Du verstehst es nicht. Wenn ich nicht geglaubt
hätte, zu wissen, was gut für sie ist, wäre all das nicht
passiert.« Er klopfte eine Zigarette in seine Spitze. Mit
ganz ruhiger Stimme fuhr er fort: »Ich hasse Politik,
ich hasse die Menschheit und am allermeisten hasse

ich mich selbst. Und ich hasse diese verlogene Nationalversammlung mit all ihren hohlen Worten, die Menschheit ist keinen Pfifferling wert. Sie hatte den Krieg verdient.«

Wieder nickte und nickte sie, dann schlang sie ihre Arme um ihn, hielt ihn fest. Lange standen sie so, stumm und sprachlos aneinandergeklammert, und irgendwann sagte Klara: »Ich glaube, schlichte Einladungskarten ohne Zeichnungen würden mir besser gefallen.«

In dem zum Büffet umgebauten Foyer des ehemaligen Nationaltheaters herrschte immer eine seltsam ausgelassene Stimmung. Hätte man es nicht besser gewusst, hätte man die sich dort von den Verhandlungen erholenden Abgeordneten für Besucher einer heiteren Nachmittagsvorstellung halten können. Manche flegelten mit schweren Lidern lang ausgestreckt auf den aus dem Berliner Reichstag herbeigeholten Rindsledersesseln, andere standen in Grüppchen rauchend vor den friesartigen Wandgemälden Sascha Schneiders und Ludwig von Hoffmanns, und wieder andere hatten die Tischchen zusammengeschoben, veranstalteten mit markenfreien Brötchen und Mitgebrachtem regelrechte Picknicks.

Vielleicht war es aber vor allem die in der Politik noch immer befremdlich wirkende Anwesenheit der Frauen, die den Eindruck einer Theaterpause schuf?

Als *die Schlagsahne der Nationalversammlung* hatte ein älterer Abgeordneter die Damen Grete gegenüber einmal mit abschätziger Gutmütigkeit bezeichnet, und Grete, die Herrin über den aus Isolierkannen ausgeschenkten Ersatzkaffee, hatte ihm zur Strafe seine braune Brühe in eine schmutzige Tasse gefüllt.

Die Tasse, die sie Klara nun reichte, war aber strahlend sauber, und flüsternd erzählte sie: »Ich hab dein Päckchen noch nicht, aber Rudi bringt es nachher gleich vorbei.«

Klara lächelte, entgegnete leise: »Danke, dass ihr das organisiert habt.«

Durch Gretes Piloten hatte Martha ihr eine Auswahl der begeistertsten Leserbriefe zukommen lassen wollen – allerdings auch der kritischen, und die hatten in den letzten Tagen wohl deutlich zugenommen. *Man wundert sich doch, dass die Leute noch Zeit haben, sich aufzuregen,* hatte die Freundin ins Telefon

333

geseufzt. *Wir sitzen hier mal wieder auf einem Pulver-*
fass. Vermutlich gibt es bald Generalstreik, und Noske
hat schon Schießbefehl gegeben.

Klara hatte im Grunde keinerlei Interesse mehr
an den Leserbriefen, wie schon damals, als Kiki verschwand, lebte sie seit Fritz' Bekenntnis wie hinter
Glas. Nach diesem Geständnis würde sie ihn niemals
verlassen können, nicht ohne ihn endgültig ins Unglück
zu stürzen. Egal, was sie ihm sagen würde, er würde
glauben, es sei wegen Kiki und seiner tatsächlichen
oder auch nur vermeintlichen Schuld an ihrem Elend.

Eine große Müdigkeit war über Klara gekommen –
aber vielleicht war das die Schwangerschaft? Die
Schwangerschaft, von der sie Fritz noch immer nicht
erzählt hatte, warum eigentlich?

Entgegen der von Fräulein von Klassen gelebten Entscheidung, hatte sie selbst eine Abtreibung nie näher in
Betracht gezogen und nicht nur wegen der damit verbundenen Schwierigkeiten, wie die Suche nach einem
Arzt, oder der Gefahr, erwischt und verurteilt zu werden.

Sie hatte Verständnis für all die unzähligen Frauen,
deren Briefe an die Redaktion der *Hauspostille* Martha ihr schon am Telefon vorgelesen hatte.

In oft beklagenswertem Deutsch berichteten sie von ihren eigenen Erfahrungen, von den wirtschaftlichen Nöten, die sie teilweise zu diesem Schritt förmlich zwangen, aber auch von der Angst vor der Strafe Gottes oder zumindest vor dem Gerede der Nachbarn. Von missglückten Eingriffen gestorbener Freundinnen und Schwestern, von nach missglückten Eingriffen deformiert geborenen Säuglingen und fortgesetzten Schmerzen erzählten sie, vor allem aber von Schuldgefühlen. Nicht eine war darunter, der dieser Schritt leichtgefallen wäre.

Klara hatte auch Verständnis für all jene, die Fräulein von Klassen mit ewiger Verdammnis drohten. Sie spürte die Angst, die sich hinter dem Zorn versteckte. Angst vor dem Unbekannten, Angst vor Frauen, die selbst entschieden, unabhängig wurden, und vielleicht auch tatsächlich Angst davor, ein Lebewesen zu töten?

Doch ihr eigenes Kind wollte Klara einfach bekommen, nicht weil sie sich vor Schmerzen oder schlechtem Gewissen fürchtete, sondern schlicht aus einem seltsamen Gefühl der Zuneigung diesem kleinen Zellklumpen heraus. Sie traute es sich zu, dieses winzige Wesen durchzubekommen, irgendwie. Vielleicht er-

335

zählte sie Fritz nur nicht davon, damit es länger ganz allein ihr Baby war?

»Aber ich hab schon jetzt was für dich«, riss Grete sie aus ihren Gedanken. Sie strahlte derart, dass Klara sich verwundert umsah, glotzte dann ratlos das Buttermesser in der Hand der Freundin an. Das konnte doch nicht gemeint sein?

Für die Abgeordneten reichte Margarine der miesesten Qualität, Oberst zu Auerochs hätte vermutlich schon vom bloßen Anblick Bauchkrämpfe bekommen.

»Max hat mich gestern besucht«, begann Grete und fuhr fort, dünn, ganz dünn Pflanzenfett auf die Brötchen zu schmieren. »Er ist heute abgereist, nach Berlin.«

»Was sagst du«, entfuhr es Klara heftig. Tausenderlei ungeordnete Gedanken schossen ihr durch den Kopf. Max war weg, Max hatte Weimar verlassen, sie würde Max nie mehr wiedersehen, nicht einmal mehr zufällig in der großherzöglichen Bibliothek oder im Lesesaal.

Max war in Berlin, in Berlin war es gefährlich, grundsätzlich und mit drohendem Generalstreik ganz besonders. Wenn ihm nur nichts geschah! Und wenn ihm etwas zustieß? Sie würde es erst nach Wochen, wenn überhaupt erfahren. Max war fort.

»Wann kommt er wieder?«, stammelte sie, und es war ihr vollkommen gleich, dass Grete sie mit liebevoller Verblüffung ansah.

»Ich weiß es nicht. Ich glaube gar nicht.« Und den Schreck in Klaras Zügen schon vorausahnend, griff die Freundin über den Tresen nach ihrer Hand, streichelte sie rasch. »Klara, ich wusste es nicht. Ich habe immer gedacht, du und Fritz …«

»Unsinn! Zwischen mir und Fritz ist alles gut.« Das fehlte noch: Klatschgeschichten über sie und Max. Sie durfte sich gar nicht vorstellen, was solches Gerede für Fritz bedeuten würde – *Jetzt glaube ich nur noch an das Gute in dir.* Sie würde Fritz heiraten, und sie würde ihm eine gute, treue Ehefrau sein – er hatte es verdient. »Ich bin nur so überrascht, weil Max mir nichts von seiner Abreise erzählt hat.«

»Es war wohl recht spontan.« Grete zuckte die Schultern, sie schien keineswegs überzeugt von Klaras Beteuerungen. »Aber er hat mir was für dich gegeben. Wart kurz.«

Mit strahlendem, jedoch unerwidert bleibendem Grübchenlächeln füllte sie einer verhärmt aussehenden Abgeordneten die Tasse.

»Danke, Kindchen«, entgegnete die Grimmige, und

nachdem sie sich abgewandt, mit den Schwestern Röhl und Juchacz davongegangen war, griff Grete in ihre Schürzentasche und reichte Klara ein kleines, fest verschnürtes Paket. Mit zitternden Fingern zerriss Klara das Papier, ein ganzer Stapel Ansichtskarten fiel ihr entgegen. »Die hat er wohl für dich gekriegt.«

»Für mich gekriegt?« Klara traute sich kaum, die Karten zu berühren, denn Max hatte sie angefasst. »Ich verstehe nicht?«

»Für deine Sammlung. Er hat einfach andere Journalisten gebeten, ihm Karten zu schicken und ihre Freunde auch danach zu fragen. So kriegt man viel schneller, viel mehr Karten zusammen.« Grete lachte angesichts solcher Genialität, wurde aber sofort wieder ernst: »Ich habe mir wirklich nichts dabei gedacht. Ich hätte ihn nach seiner Berliner Adresse gefragt, wenn ich es gewusst hätte. Es tut mir so unsagbar leid.«

»Es braucht dir nicht leidtun, es ist schon gut so.« Sie würde es mit Fassung tragen, denn das hier, das war Weimar, da trug man solche Dinge eben mit Fassung. »Zwischen uns war nichts. Ich hab ihn nur so gern gemocht, als Freund. Wirklich nur als Freund.«

Und gerade als sie dachte, es könnte nicht mehr schlimmer kommen, trat Werner, dieses unsagbar unangenehme Radieschen von einem Abgeordneten, ans Büffet. Er grinste breit und machte einen ziemlich selbstzufriedenen Eindruck. Seine Augen hatten den für Morphinisten so typischen feuchten Glanz. Ohne Umschweife sagte er: »Fräulein Heinemann, ich wollte mich bedanken. Für diese *Hauspostille*, die Sie vor ein paar Tagen im Lesesaal haben liegenlassen. Und wenn es sich ergibt, bedanken Sie sich auch in aller Form bei Fräulein von Klassen.«

»Warum?«, fragte Klara überrascht. »Hat Ihnen ihr Beitrag gefallen?«

Ein hässliches Lächeln schlängelte zu seinen Augen. »Kommen Sie doch einfach zur jetzt gleich stattfindenden Sitzung. Ich bin sicher, Sie werden meine Rede höchst interessant finden.«

Der Theatersaal war noch immer gut besucht, doch es war deutlich leerer als zur Eröffnung oder bei der ersten Rede einer weiblichen Abgeordneten. Die freien Stühle in den Reihen der Delegierten zeugten davon, dass heute kein Brandthema wie beispielsweise die heftig umstrittene Flaggenwahl oder gar der Todesstrafe-

Paragraph auf der Agenda stand. Auch bei den Journalisten war noch Platz – Ausländer schienen fast keine anwesend zu sein, nur in einer Ecke, frech die Beine auf das Geländer des Balkons gelegt, saß ein Amerikaner, blätterte desinteressiert in einer grellbunten Zeitschrift. Im ganzen Saal herrschte eine gewisse behagliche Langeweile, vielleicht hing die Stimmung auch mit dem Präsidenten zusammen?

Mit seinem Seehundschnauzbart, dem penibel pomadisierten Haar und dem runden Zwicker auf der Nase erinnerte Fehrenbach zumindest Klara an einen freundlich wohlwollenden Lehrer des Altgriechischen. Allein die Art, wie er mit bescheidenem, ganz gewiss nicht wuchtigem Hammerschlag die Sitzung eröffnete, zeugte von einem tief verwurzelten Gefühl für das Angemessene.

»Meine Damen und Herren! Nach den Schilderungen über die besorgniserregende Lage in der Hauptstadt treten wir nun, mit Verspätung, in die Tagesordnung ein. Erster Punkt ist die erste Beratung über eine Ergänzung des Artikels 118 sowie des Artikels 119 zur Frage der Gleichstellung der unehelichen Mütter und Kinder mit Ehefrauen und ehelichen Kindern.«

Klara zog scharf die Luft ein, was wollte Werner bei

diesem Thema mit ihrem Artikel in der *Hauspostille*, was mit Kiki von Klassens Schilderungen einer Abtreibung?

Während sie noch hektisch grübelte, sprach der Präsident der Nationalversammlung weiter: »Als Kommissar ist angemeldet der Geheime Regierungsrat Astor. Ich eröffne die erste Beratung, das Wort hat die Abgeordnete Frau Elisabeth Röhl.«

Mit selbstbewussten Schritten trat Röhl nach vorne, ordnete rasch ihre Unterlagen und setzte mit klarer Stimme an: »Meine Herren und Damen, die Artikel 118 und 119, in der Form, in der sie aktuell vorliegen, erscheinen uns in der bisherigen Entwurfsfassung sehr mangelhaft. Wir schlagen von daher die folgende Formulierung vor: *Ehe und Mutterschaft stehen unter dem Schutz der Verfassung und haben Anspruch auf die Fürsorge des Staates. Das uneheliche Kind hat das gleiche Recht auf Unterhalt, Erziehung und Erbe an Vater und Mutter wie das eheliche.*

Wir glauben, dass nur so das fortbestehende Abtreibungsverbot nicht zu Lasten der unverheirateten Frau und ihrer Kinder geht. Nur so kann, trotz des fortbestehenden Abtreibungsverbotes, dem Unwesen der Kindstötung Einhalt geboten werden, denn es muss sichergestellt sein, dass auch die unverheiratete Mutter nicht ins Elend gestürzt wird.«

Von Seiten der Sozialdemokraten waren heftige Bravorufe zu vernehmen, und auch Klara klatschte begeistert. Was für ein Glück, in solchen modernen Zeiten zu leben! Was für ein mutiger Vorstoß der Abgeordneten Röhl. Wenn das durchging, würde eine Reihe von Männern aber allen Grund zur Sorge haben – und Paul Riegers Freibeutergrinsen kam ihr plötzlich gar nicht mehr so selbstsicher vor. »Die neue Gesellschaft, die sich nun nach dem Krieg mit anderen, freieren Lebensumständen konfrontiert sehen wird, bedarf eines derartigen Artikels in der Verfassung, dem Unrecht gegenüber dem an seiner Lage vollkommen unschuldigen unehelichen Kind muss ein Ende bereitet werden. Deutschland muss auch in der Verfassung jenen neuen Geist der Modernität und der Gleichberechtigung bekommen, von dem wir alle, nicht nur wir Sozialdemokraten träumen!«

Klaras Applaus vermischte sich mit dem heftigen Beifall des linken Flügels, wobei auch von Seiten der Zentrumspartei einige Hände zusammenfanden. Nur die Deutschnationalen schwiegen verbissen. Eine Haltung, die sie auch während der folgenden Rede beibehielten.

Die verhärmte Dame, die bei Grete noch kurz zuvor einen Kaffee verlangt hatte, hielt eine feurige Rede, forderte, dass auch die unverheiratete Mutter nicht länger als Fräulein angesprochen werden sollte, ebenso wie das Kind ein Recht auf den Vatersnamen haben müsse.

Und dann, nachdem der – weitgehend sozialdemokratische – Applaus abgeebbt war, kündigte der Präsident an: »Das Wort hat nun der Abgeordnete Rath.« Werner trat nach vorne, sortierte einen Moment lang seine Unterlagen, wobei Klara zu ihrer Überraschung *Die Hauspostille* zwischen den Papieren entdeckte. Was zum Teufel hatte er vor? Was konnte er nur wollen?

Aber vermutlich machte sie sich vollkommen umsonst Sorgen, ihr war plötzlich eingefallen, dass Max einmal erzählt hatte, dass Werner selbst ein uneheliches Kind war. Wenn jemand für die Gleichstellung war, dann doch sicherlich er.

»Sehr geehrte Herren und Frauen«, setzte er an, und Klara sank entspannt in den Stuhl. Vermutlich hatte er sich mit dem Gerede von ihrem Artikel nur ein bisschen wichtigmachen wollen. Eitel genug war er ja. »Vollkommen falsch nenne ich die Ideen meiner Vor-

343

rednerinnen. Falsch ist es, die Kinder der Ehe, dieses vor Gott geschlossenen Bundes zweier Menschen, mit denen der Sünde gleichzustellen. Man mag sagen, nun sind sie schon einmal da, was sollen sie unter den Verfehlungen der Eltern leiden? Man mag sagen, die Kinder wären unschuldig an den Taten der Eltern – das ist richtig. Aber nicht richtig ist es, die Unmoral weiter zu befeuern, indem man sie nachträglich rehabilitiert! Die neue Gesellschaft soll nicht die Schuld der alten rechtfertigen.«

Der konservative Flügel applaudierte donnernd und auch von Seiten des Zentrums ertönten vereinzelte Bravorufe. Klara war fassungslos. Weniger über den reaktionären Unsinn, den Werner dort mit Überzeugung verkündete – dass etwas Derartiges gesagt würde, war zu erwarten gewesen –, als über die Tatsache, dass Werner es sagte. War Werner nicht der Mann, der noch Anfang des Jahres die notfalls blutige Vollendung der Revolution gefordert hatte? Und als uneheliches Kind wusste Werner selbst doch sicher am besten, was die aktuelle Rechtslage an Benachteiligungen bedeutete.

»Ja, die unehelichen Kinder zu unterstützen, hieße nur, das zukünftige Elend weiterbefeuern. Denn wenn es keine Strafe mehr gibt, dann wird ihre Zahl nur explosionsartig zunehmen. Ich spreche nicht von den bedauerlichen Einzelschicksalen, die man so gern in den bunten Blättern findet – unschuldige Mädchen von gewissenlosen Schurken verführt und derlei Tragik mehr. Ich spreche von unmoralischen Weibsbildern, von schamlosen Lotterflittchen, deren Entstehen die neu angebrochene Zeit schon genug Vorschub leistet. Sehen Sie her!« Und mit diesen Worten schwenkte er *Die Hauspostille* gut sichtbar in der Luft. Klara stockte der Atem. »Ein kleines Blättchen, für jeden zugänglich, der bereit ist, 5 Pfennig für Heiratsannoncen, simple Tipps der Haushaltsführung, Anzeigen für Hutfärbemittel und Puder zu zahlen. Dazu Reiseberichte einer alleinstehenden Frau, Kiki von Klassen mit Namen. Dieses Geschöpf, das aus ungeklärten Gründen über ein mehr als ausreichendes Vermögen besitzt, reist aktuell durch Italien. Ihr Lebenswandel ist skandalös genug, doch statt sich in sittsames Schweigen zu hüllen, berichtet sie in Fortsetzung von ihren amourösen Abenteuern und brüstet sich noch schamlos mit der Tötung ihres Kindes.«

Betretenes Schweigen bei den Linken, Pfuirufe von Mitte und Rechts. Klara ballte vor Wut die Fäuste –

was fiel dem Kerl ein? Das stimmte doch überhaupt nicht!

»Sie mögen sagen, das wären ebenso Einzelschicksale wie das zu Unrecht ins Elend gestürzte Dienstmädchen, aber ich verspreche Ihnen, die neue Zeit wird zahllose Kiki von Klassens hervorbringen. Schon lesen die Dienst-, die Ladenmädchen begierig solchen Schund, und sie werden dem Beispiel folgen wollen. Abschreckung ist der einzige Weg gegen den vollkommenen Verfall von Zucht und Ordnung, gegen die Entwertung der Ehe. Personen wie diese Kiki von Klassen oder wer auch immer hinter diesem Pseudonym steckt, müssen in ihrer Schamlosigkeit abgeschreckt werden – durch harte Strafen bei Abtreibung, durch Benachteiligung der unehelichen Verbindung. Denn solche Frauen wären es, die aus einer weichen Auslegung des Gesetzes ihre wirtschaftlichen Vorteile zögen. Am Ende würden hier sogar unschuldige Männer verführt.«

Beifälliges Gelächter von rechts und Pfuirufe aus dem restlichen Saal.

Klara saß wie erstarrt, sie war sprachlos. Fassungslos. Wie konnte er ihren Artikel so aus dem Zusammenhang reißen, verdrehen und für seine Zwecke missbrauchen. Und warum?

Ihr erster Impuls war es, die Sache lautstark richtig zu stellen – Kiki von Klassen brüstete sich nicht mit ihrer Abtreibung, und sie war auch keine gewissenlose Schlampe, die sich durch die Betten schlief und nur darauf wartete, sich durch ein uneheliches Kind wirtschaftlich abzusichern. Sie wollte schon aufspringen, aber etwas hielt sie zurück: Fritz war Arzt, Fritz' Vater war auch Arzt, die beiden mit medizinischem Schwangerschaftsabbruch in Verbindung zu bringen, und sei es nur durch einen von der zukünftigen Ehefrau, von der zukünftigen Schwiegertochter verfassten Artikel, der Skandal überstieg Klaras Vorstellungsvermögen. Es würde heißen, Kiki und Klara wären ein und dieselbe Frau, und Fritz würde man die Abtreibung unterstellen – am Ende noch gewerbsmäßige Abtreibung.

Klaras Gedanken rasten. Was sollte sie nur tun? Was hätte Anna Amalia getan? Was das Fräulein Seidenmann? Suchend sah Klara sich nach der Zentrumsabgeordneten Seidenmann um, doch deren Platz war leer.

Werner sprach indessen weiter, legte unter Gelächter dar, was gegen die Annahme des Vatersnamen beim unehelichen Kind sprach – denn was, wenn die Frau von verschiedenen Männern Kinder hätte? Oder wenn

347

der Vater gar nicht bekannt wäre – gäbe es dann un-eheliche Kinder mit Vatersnamen und welche ohne?

Klara hörte gar nicht mehr zu, sie konnte doch nicht zulassen, dass Werner ihren Artikel für seine Zwecke instrumentalisierte und damit Stimmung gegen ein sinnvolles, ja unbedingt nötiges Gesetz machte.

Vielleicht konnte man den Text ja sogar wirklich so lesen? Aber unzählige Frauen hatten den Text richtig verstanden und nun das! Sie hätte sich hinstellen und die Sache sofort geraderücken müssen, sagen, dass Kiki von Klassen ein reines Fantasieprodukt war. Das wäre vielleicht peinlich für *Die Hauspostille*, doch es stand ja auch nirgends, dass es sich um einen Tatsa-chenbericht handelte. Aber was nützte das? Es ging ja darum, dass der Artikel überhaupt so veröffentlicht worden war. Gelesen und geliebt worden war.

Die scheppernde Glocke des Präsidenten riss Klara aus ihren verzweifelten Gedanken, und mit Bestür-zung musste sie sehen, wie Werner unter heftigem Ap-plaus das Rednerpult verließ. Es folgten einige vom Präsidenten moderierte persönliche Anmerkungen, beispielsweise rechtfertigte Frau Dr. Bäumer sich, bei einer Rede von der Abgeordneten Zietz gelacht zu ha-ben, aber nicht über Zietz, was diese aber trotzdem weiter ärgerte, und schließlich die Ankündigung, am nächsten Morgen um 9.30 Uhr zur Abstimmung über die Artikel zu schreiten.

Bis morgen 9.30 Uhr hatte sie noch Zeit.

Gleich nach der Versammlung passte sie Werner ab, stellte ihn in wenig freundlichen Worten zur Rede, hielt ihre Enttäuschung vor, dass gerade er sich solcher Hilfsmittel bediente, wo er sich doch noch vor einigen Monaten derart links positioniert hatte, dass es links von ihm nur noch den Abgrund gab. »Und du hast doch selbst am eigenen Leib erfahren, was die momentane Gesetzeslage für einen Menschen bedeutet.«

Werner jedoch zuckte nur gleichgültig die Schultern. »Links hat ausgedient. Die Zukunft gehört den Rechten, und ich habe gleichfalls vor, eine Zukunft zu haben. Eine politische und im Generellen.«

Ein süffisantes Lächeln lag in seinen Mundwinkeln, als er ergänzte: »Die unehelichen Kinder werden sicher Verständnis dafür haben. Das Thema war einfach ideal, um ein bisschen auf sich aufmerksam zu machen. Und wie man an mir sieht, kann man es auch bei der aktuellen Gesetzeslage zu etwas bringen.«

Dann ließ er sie einfach stehen, schlenderte, die

Hände in den Hosentaschen, vergnügt pfeifend davon. Von Werner war also kein Einlenken, kein öffentlicher Meinungswandel zu erwarten.

Auf dem Heimweg versuchte Klara, ihre Optionen zu durchdenken – sie waren bemerkenswert simpel: Sie hatte keine. Der Artikel war veröffentlicht, die Zeitung ausgeliefert und inzwischen sogar schon zweimal nachgedruckt. Der Geist war aus der Flasche. Und egal, wie sie sich als Verfasserin auch äußern würde, es würde nichts bringen, nur Klatsch und Gerede, Unterstellungen und Verleumdungen gegenüber ihr, Fritz und seiner Familie.

Aber sie konnte andererseits auch nicht zulassen, dass die morgige Abstimmung unter dem Eindruck der moralischen Verfehlungen einer erfundenen Figur stattfand und am Ende ein solches Gesetz in die Verfassung aufgenommen wurde. War es erst einmal dort verankert, konnte es Jahrzehnte dauern, bis es abermals zu einem Vorstoß in diese Richtung kam. Ständig musste sie daran denken, wie Fräulein Seidenmann damals angesichts ihrer nach der Mama verlangenden »Nichte« in Tränen ausgebrochen war. Und nun würde vielleicht nicht nur nichts gegen die veraltete Rechtsprechung unternommen, nein, wenn Werner sich durchsetzte, wurde das Gesetz ja sogar noch zu Ungunsten der unverheirateten Frauen verschärft. Wie sollte tatsächliche Gleichberechtigung in diese Gesellschaft einziehen, wenn es von Geburt an Kinder zweiter Klasse gab? Wie sollten Frauen jemals wirklich frei wählen können, wenn Mutterschaft und Ehe untrennbar verknüpft bleiben sollten? Sie durfte sich gar nicht vorstellen, wie viele Frauen und Mädchen sich durch eine Beibehaltung oder gar noch Verschärfung des Gesetzes auch weiterhin in die Hände irgendwelcher Quacksalber begeben würden oder gleich ins Wasser gingen.

Unter derartigen Grübeleien war sie schließlich in ihre Straße eingebogen, und dort fand sie zu ihrer Überraschung Fritz vor der Haustür stehend vor.

»Ich wollte deiner Mutter nicht begegnen, deshalb habe ich nicht geklingelt«, sagte er. dann packte er sie an der Hand, zog sie hinter sich her. »Wir müssen reden.«

Sie nickte, das mussten sie in der Tat. Aber wie sie so hinter Fritz hereilte, da fiel ihr plötzlich sein Mantel auf! Es war wieder das abgetragene Überbleibsel seiner Militärzeit, die Arme vom vielen Unterfüttern schon ziemlich kurz. Und auch die Schuhe waren wieder die des Armenarztes.

Der Schwanenteich war nicht länger gefroren, doch noch trieben Eisschollen auf dem spiegelglatten Wasser. Die ersten Bäume zeigten ein zaghaftes Grün und vereinzelt steckten Schneeglöckchen hoffnungsvoll die Köpfe aus der feuchtschwarzen Erde.

Klara war weniger hoffnungsvoll zumute.

»Hör zu«, riss Fritz sie nun aus ihren Gedanken, schwieg dann jedoch unentschlossen. Suchte mit den Augen den Boden ab. »Hör zu, Klara. Ich habe nachgedacht. Du hast recht, Kiki wird nicht wieder gesund, nur weil ich mich hier vergrabe. Wenn ich nun aufgebe, dann war alles umsonst. Ich muss weitermachen, der Sozialismus ist jung, und wenn es auch Genossen gibt, die die Ideale verraten, indem sie sich an Unschuldigen vergreifen, dann ist das nur ein Grund, noch entschiedener zu kämpfen. Ich darf nicht aufgeben, es gibt zu viel Unrecht auf dieser Welt. Ich darf einfach nicht aufgeben.«

Klara nickte einige Male unsicher. Sie hatte keine Ahnung, worauf er hinauswollte, und dann wechselte er vollkommen unvermittelt das Thema.

»Ich habe gestern mit Jakob telefoniert. Ich könnte

mir vorstellen, dass es dich interessiert, dass er und seine Mutter aktuell Herrn Babinski beherbergen.«

Klara sah ihn verunsichert an. Was wusste er?

»Herr Babinski hatte wohl sonst nichts, wo er in Berlin hingekonnt hätte. Er ist ein anständiger Kerl, das muss ich ihm lassen.«

Klara nickte stumm, bückte sich nach einem flachen Steinchen, hielt es unschlüssig in der Hand. Was sollte sie machen? Sollte sie ihm nicht einfach die Wahrheit sagen? War es nicht viel schlimmer, wenn er es irgendwann durch Gerüchte und Geflüster erfuhr?

»Klara, ich muss es dir einfach sagen«, platzte es aus ihm heraus. »Du bist wirklich ein gutes, liebes Mädchen. Die Welt bräuchte mehr wie dich. Danke!«

Vollkommen unerwartet umarmte Fritz sie, presste sie fest an sich. »Aber sei ehrlich, du willst mich gar nicht heiraten, nicht wahr? Du willst es schon lange nicht mehr. Manchmal bin ich mir nicht sicher, ob du es je wolltest.«

»Ich weiß es nicht«, gestand Klara wahrheitsgemäß. »Ich will auf keinen Fall in Weimar festsitzen und die Frau vom Herrn Doktor sein. Ich möchte so gern arbeiten und reisen und selbst über mein Leben bestimmen.«

»Aber du hättest es für mich getan.« Er lächelte sie warm an, presste sie abermals an sich: »Kleine Genossin, ich hab dich so lieb. Möchtest du mitkommen?«

»Wohin mitkommen? Wovon redest du denn überhaupt?«

»Nach Nakop, in Deutsch-Südwestafrika.« Er sprach auch wieder wie ihr Fritz, abgehackt und eilig. Die Welt harrte auf Rettung, keine Zeit zum Plaudern. »Jakob hat mir davon erzählt. Sie brauchen dort dringend gute Ärzte, und sie brauchen Deutsche, die helfen, das Bild des germanischen Kolonialherren vergessen zu machen. Ich werde gehen, vielleicht schon nächste Woche, auf jeden Fall noch vor der Bekanntgabe des Friedensvertrags. Sie werden uns die Kolonien nicht lassen, und danach ist die Einreise schwieriger.« Er sah sie nicht an, aber er nahm ihr das Steinchen aus der Hand, ließ es springen, zählte laut: »Eins, zwei, drei, vier, blubb.«

Klara betrachtete die Wasserkreise. Nakop, Südwestafrika – weiter weg von Weimar würde sie vermutlich niemals kommen. Und sie hatte Fritz ja auch sehr lieb. Aber hier war *Die Hauspostille*, hier waren Grete und Martha. Und Max.

»Ich glaube nicht, dass die Menschen dort besser

sind als hier«, fuhr Fritz indessen fort. »Die Menschen sind überall gleich beschissen. Wir sind eben Raubtiere, da musst du dir nur mal unser Gebiss ansehen, reine Biologie. Es wird noch viele, viele Generationen dauern, den Sozialismus in den Herzen zu verankern, aber ich werde nicht aufgeben, es zu versuchen. Ich werde meinen Teil beitragen.«

Da war er, ihr alter Fritz. Klara musste lächeln. Ja, er wollte und würde seinen Teil beitragen und auch sie, sie würde ihren Teil geben. Ja, sie würden die Welt verändern – aber nicht länger gemeinsam. So sehr sie ihn auch mochte, ihre Wege mussten sich trennen, und stockend sagte sie: »Ich komme nicht mit.«

Nun war es an Fritz zu nicken, und sie abermals umarmend, fragte er: »Bleibst du hier?«

»Ich gehe nach Berlin. Ich habe morgen noch etwas in der Nationalversammlung zu klären, danach gehe ich.«

Auf einmal war alles so einfach, so wunderbar klar. Ihr war nach Singen, nach lautem Lachen und Tanzen. Ganz leicht fühlte sie sich.

»Zu Max?« Auch wenn Fritz sich bemühte, seiner Stimme einen unbekümmerten Klang zu geben, ganz gelang es ihm nicht. Und hastig, damit sie sein Gesicht

nicht sähe, beugte er sich zum Boden, suchte angestrengt nach einem flachen Stein.

»Ich weiß es nicht«, gestand Klara. »Ich weiß es
wirklich nicht.«

»Jakob hat es mir erzählt. Ich meine, warum Max
so überstürzt aus Weimar abgereist ist. Er hat einen
guten Geschmack, dieser Herr Babinski. Und er hat
eine große Zukunft vor sich, vielleicht sogar in Weimar. Jakob sagt, Herr Gropius wird ihn an seine neue
Kunsthochschule hier berufen.« Fritz rang sich ein Lächeln ab. »Ich könnte mir keinen besseren Nachfolger
wünschen.«

»Fritz, ich habe dich nie betrogen«, stellte sie mit
Heftigkeit fest. Sie wusste, sie würde ihn vermissen, er
würde immer einen Platz in ihrem Herzen haben – ihr
Fritz, der Träumer, der Weltenretter und für so viele
Jahre ihr Mann. Aber sie wusste, ihre Zukunft lag
nicht auf einem anderen Kontinent. Und auch nicht
in einem Lazarett. Sie würde ihren Beitrag mit der
Schreibmaschine leisten, er seinen mit dem Skalpell.
»Wenn du mich brauchst, werde ich immer für dich
da sein.«

Sie schluckte, sie dachte an sein Kind und daran,
dass sie es ihm sagen musste. Er hatte ein Recht da-

rauf, es zu erfahren; er hatte ein Recht auf sein Kind.
Sie dachte an die für den kommenden Tag anberaumte
Abstimmung über die Rechte unehelicher Kinder, an
das, was ihr noch alles bevorstand – wenn sie es Fritz
jetzt nicht sagte, würde sie alleine mit ihrem Kind zurechtkommen müssen. Kein Fritz, der Geld verdiente,
dazu das gesellschaftliche Stigma.

Aber wenn sie es ihm nun erzählte – was dann? Niemals würde Fritz sie dann zurücklassen, und in das
von Revolution und Bürgerkrieg gezeichnete Südwestafrika würde er sie auch nicht mitnehmen. Er würde
in Weimar bleiben, ihretwegen, und in Weimar würde
er unglücklich und für die Rettung der Welt verloren
sein. Sie dachte auch an Max, was würde er dazu sagen? Aber das war im Grunde egal, es war ihr Kind –
ihr Kind, ihre Verantwortung. Sie hatte die Wahl, und
sie wählte die vollkommene Selbstbestimmung. Sie
würde allein zurechtkommen. Und Fritz umarmend,
flüsterte Klara: »Ich werde dir schreiben.«

Kapitel 11

Sie wartete. Sie saß im Telegraphenbüro ihres alten Ly-
zeums und wartete auf Antwort – so diese kommen
würde? Sie hatte Max telegraphiert: *Wir gehören zusammen STOPP Komme morgen STOPP* und gleich
noch die Rückantwort gezahlt. Wenn nur eine Rückantwort kam. So viele Ängste und Zweifel schossen ihr
durch den Kopf, während sie mit zitternden Fingern
die von ihm für sie gesammelten Karten ansah. Wieder
und wieder, Schlittschuhläufer in Eisenach, die Wart-
burg, Bremerhaven und ihr die liebste, eine Ansicht
des Hofbräuhauses München.

21. Februar 1919

Max,

hier die Karte, die du dir gewünscht hast. Ich schreibe nicht viel, ich muss gleich zum Landtag, um von da zu berichten. Es geht das Gerücht, dass Eisener nach den miserablen Wahlergebnissen heute mit seinem Kabinett zurücktreten wird. Die Stimmung ist sehr feindlich gegenüber den Sozialdemokraten, ich hoffe und bete, dass alles friedlich bleibt.

Grüß mir dein Mädchen, A.

Dein Mädchen, das war sie. Wenn Max es nur auch noch so sah.

❧

Mit langsamen, sehr bedachten Schritten ging Klara zu ihren Stammplatz auf den Rängen des Nationaltheaters. Vielleicht würde Klara nie wieder einer Sitzung der Nationalversammlung beiwohnen, vielleicht war heute das allerletzte Mal? Den erneut von Grete geliehenen Pappkoffer hatte sie unter dem Klappsitz verstaut. Er enthielt nichts als ihre geliebte Postkartensammlung und etwas Wäsche.

Die Mutter sollte nicht zu früh von Klaras Abreise erfahren – aus Berlin würde sie dann telegraphieren, ihre
Verlobung mit Fritz für gelöst erklären und sich bis
auf weiteres verabschieden. Sie kam sich etwas schäbig dabei vor, aber sie und Fritz waren übereingekom-
men, dass dies die beste Methode war. Dann konnte er
wegen seines gebrochenen Herzens in die ehemaligen
Kolonien gehen, und niemand, nicht einmal sein Vater würde ihm offen Vorwürfe für die halbfertig einge-
richtete Praxis machen. Für seine Eltern würde es so
leichter sein – Weltenretter sind nicht unbedingt die
besten Söhne.

Und ihre eigene Mutter?

Die würde genüsslich seufzen und gemeinsam mit
der Witwe Morgenstern ihr schweres Los beklagen,
vermutlich über einem Butterbrot – als Abschieds-
geschenk hatte Klara ihre Fettmarken zurückgelassen.

Der Theatersaal füllte sich allmählich, in nicht ganz
fünf Minuten würde es losgehen. Jetzt bekam Klara
doch Angst – bisher hatte sie versucht, mutig auf die
kommende Rede zu blicken, aber es ging einfach nicht
mehr. Ihre Kehle war wie zugeschnürt.

Max hatte auf ihr Telegramm nicht geantwortet, er
hatte es in Empfang genommen, aber keine Rückant-

wort geschickt und das, obwohl sie gezahlt gewesen wäre. Wenn Max sie nun nicht mehr wollte? Sie durfte nicht daran denken, einfach nicht daran denken, an etwas anderes denken – an Martha!

Martha würde ihr die Lüge mit dem Artikel, die nun gleich kommende Taschenspielerei verzeihen – lachen würde sie und es einsehen, der Zweck heiligt die Mittel.

Ganz egal, was heute passierte, ganz egal, wie die Abstimmung verlaufen würde, ganz egal, was mit Max noch werden würde, sie hatte Arbeit und Lohn. Wer Arbeit hat, geht nicht unter. Sie würde zurechtkommen, Berlin erwartete sie. Kiki. Sie würde Kiki besuchen, und wenn die Freundin sie nicht erkannte, dann würde sie sie eben wieder besuchen, immer wieder. Sie hatte ja Zeit. Ein ganzes Leben lag vor ihr.

Ein Lächeln huschte über ihre Züge, doch dann kam ihr wieder die gleich anstehende Abstimmung ins Bewusstsein, und das Lächeln verschwand. Ähnlich hatten sich Fräulein Seidenmanns Mundwinkel verhalten, als Klara am gestrigen Abend plötzlich vor ihrer Tür erschienen war und sich hineingedrängelt hatte. Aber Klara hatte sich nicht abwimmeln lassen, und so hatte das Fräulein sie in ihren Salon geführt – an den

Wänden hingen noch immer Paul Riegers Fotografien, schon leicht verblasste Weimarer Impressionen und dazwischen, in Farbe prunkend, der Eiffelturm. Ein bisschen wie ein Schulmädchen hatte Klara sich wieder gefühlt, als sie ihrem alten Idol so gegenüberstand, und es hatte ihrer Bewunderung auch keinen Abbruch getan, dass Fräulein Seidenmanns Seidenkimono an den Ärmeln zerschlissen war. Sie hatte ihren Packen mit Leserbriefen vor dem Fräulein ausgebreitet, auch die kritischen hatte sie nicht verschwiegen und schließlich, da hatte sie den letzten, den noch nicht gedruckten Beitrag der Weltenbummlerin Kiki von Klassen vorgelegt. Fräulein Seidenmann war nicht begeistert gewesen, sie sprach vom Fraktionszwang, das Zentrum war gegen eine Gleichstellung des unehelichen Kindes, und sie saß eben für das Zentrum im Saal. Natürlich wollte sie auch nicht, dass Kinder litten, aber Fraktionszwang war Fraktionszwang.

Hektisch suchte Klara nun die inzwischen vollbesetzten Plätze der Abgeordneten ab, fand das Fräulein Seidenmann, tauschte mit ihr einen raschen Blick, flüsterte ein Stoßgebet, und schon begann der Präsident die Versammlung zu eröffnen: »Das Wort hat das Fräulein Abgeordnete Seidenmann.«

Die Absätze von Fräulein Seidenmanns Schnallen-pumps klackerten ein schnelles Stakkato – schön war sie, extravagant im zum Alltagskostüm umgearbeite-ten Reitkleid, man sah ihr die Strapazen und Entbeh-rungen der letzten Wochen und Monate nicht an. Und *Die Hauspostille* vor sich auf das Pult legend, setzte sie an: »Meine Herren und Damen, ich wende mich heute an Sie, um eine Richtigstellung zu machen. Eine Rich-tigstellung bezüglich des von meinem Vorredner zitier-ten Zeitungsartikels ...«

Angespannte Stille herrschte im Saal, nur aus den Reihen der atemlos lauschenden Journalisten war auf-geregtes Papiergeraschel und das schabende Geräusch hektisch gespitzter Bleistifte zu hören. Klara senkte den Blick, wenn nur alles gutging. »Der Abgeord-nete Rath baute seine Theorie auf dem Einzelschick-sal einer gewissen Kiki von Klassen auf, Verfasserin einer Zeitungsserie. Scheinbar eine gewissenlose Ver-führerin, die kaltlächelnd abtreibt und die als Nega-tivbeispiel diente, uneheliche Kinder mit ehelichen gleichzustellen, um so amoralischen Existenzen kei-nen Anreiz für die Geburt zu geben, fürchtet der Herr Abgeordnete Rath doch um die armen, verführten und von uns Frauen in finanziellen Zwang gebrach-

ten Männer!« Einzeln wurde gelacht, doch die Mehrheit schwieg. Vor Anspannung traten Klaras Fingerknöchel weiß hervor. »Da ich als Abgeordnete für das
Zentrum gewählt worden bin, muss ich vorausschi-
cken, dass ich mit meiner nun folgenden Rede gegen
die Leitlinie meiner Partei verstoßen werde, aber ich
muss in diesem Fall zuerst als Frau sprechen. Als Frau
und als Mutter.«

Klara sog überrascht die Luft ein. Wovon sprach sie?
Das verlief nicht wie geplant! Hatte Klara ihr gestern
nicht gestanden, Kiki von Klassen zu sein und dann
einen jammervollen Artikel voll Selbstanklage, Ge-
wissensbissen und Reue vorgelegt, der so, genau so
in der nächsten Ausgabe der *Hauspostille* erscheinen
würde – sie hatte es dem Fräulein Seidenmann hoch
und heilig geschworen. Daraus hätte das Fräulein zitieren sollen, was tat sie nur?

»Ja, meine Damen und Herren. Als Mutter und als
unverheiratete Frau stehe ich heute hier vor Ihnen und
kann nur eines sagen: Die Gesetzeslage des Kaiserrei-
ches zu übernehmen oder gar noch zu verschärfen ist
ein Verbrechen. Ein Verbrechen an jeder Frau, denn
es kann jede, absolut jede Frau treffen. Ja, man kann
sicher sagen, eine moralisch vollkommen integre Frau

würde sich niemals unverheiratet einem Mann hingeben, aber seien wir ehrlich: Es fällt uns Frauen so leicht zu lieben. Und zu glauben – den Männern.

Als ich selbst unverheiratet in andere Umstände kam, war ich einundzwanzig Jahre alt und ja, ich habe geglaubt, er würde mich heiraten. Er hat es nicht getan. Er hatte es gar nicht vor. Er hat mir Geld gegeben, damit ich das Problem löse. So hat er es genannt, *das Problem lösen*. Und dann war er weg. Und ich stand da, mit gebrochenem Herzen und einem Kind im Bauch. Was hätte ich tun sollen, das Kind war da, der Vater fort.«

Anerkennendes Gelächter, sogar von den Deutschnationalen, wie Klara mit Überraschung feststellte. Sie konnte den Mut des Fräulein Seidenmann noch immer nicht fassen. Was für eine Frau, was für eine Ehre, diese Frau zu kennen.

»Was hätte ich tun sollen? Hätte ich das Kind töten sollen, wie es der Vater von mir verlangte? Das konnte ich nicht, das hätte ich nicht über das Herz gebracht – aber es gab viele dunkle Stunden, da habe ich mich gefragt, ob der Entschluss richtig war. Denn was für ein Leben erwartete mein kleines Mädchen? – Immer ausgegrenzt, immer benachteiligt, sei es im Beruf, sei es im

Privaten. Vielleicht ist der Tod einem solchen Leben doch vorzuziehen? Nein, das ist er ganz sicher nicht, das Leben wird immer über den Tod triumphieren! Und doch ist es – neben der wirtschaftlichen Not – vor allem die Angst um die eigene Zukunft und die Zukunft des Kindes, die die Frauen in Scharen zu dubiosen Scharlatanen und Engelmachern treibt. Ich selbst habe meine Tochter feige bei entfernten Verwandten untergebracht, habe mich von meinem eigenen Kind als Tante ansprechen lassen, während es eine andere Mutter nennt. Keiner Frau, nicht meiner ärgsten Feindin wünsche ich das. Dass die Tötung eines Kindes ein Verbrechen ist, steht heute nicht zur Diskussion; dass es uns allen am liebsten wäre, wenn es erst gar keine unehelichen, ungewollten Kinder gäbe, ist ebenfalls nicht Gegenstand der Verhandlung. Wichtig ist vielmehr, nachdem die Welt nun einmal so beschaffen ist, unmoralisch und voller Verlockungen, was kann getan werden, um die Folgen solcher Verlockungen vor einem elenden Schicksal, an dem sie keine Schuld tragen, zu bewahren? Niemand soll für ein Unrecht gestraft werden, dass er nicht selbst begangen hat, und deshalb, allein im Sinne der Gerechtigkeit und des Gebots der Nächstenliebe, ist es nicht tragbar, uneheliche Kinder weiterhin so zu benachteiligen. Es sollte die Aufgabe des Staates sein, die Armen und Schwachen zu schützen, und deshalb ist es auch seine Aufgabe, die unverheirateten Mütter und ihre Kinder in jeder nur denkbaren Weise zu unterstützen und ihnen dasselbe Maß an Förderung zukommen zu lassen, wie beispielsweise den verwitweten. Dann, und nur dann, kann unsere Republik sich zu der modernen, offenen Gesellschaft entwickeln, von der wir im vergangenen November geträumt haben. Eine Republik der Gleichheit, eine Republik der Frauen, eine Republik der Mütter!«

Im Applaus untergehend kündigte die Glocke des Präsidenten das Ende von Fräulein Seidenmanns Redezeit an, und Klara warf einen skeptischen Blick in den Saal. Würde es gereicht haben, den negativen Eindruck Werners zu verwischen? Würde dieser Schritt in Richtung einer gleichberechtigten Gesellschaft ohne Ausgrenzung gegangen werden?

Unten begann die Abstimmung, das Ergebnis würde jedoch erst am kommenden Tag bekanntgegeben werden.

»Klara?«

Verwundert drehte sie sich um, da stand Grete, mit

geröteten Wangen und ihrem strahlenden Lächeln. Die missbilligenden Blicke der anderen Besucher ignorierend, flüsterte sie: »Das hat Rudi mir gerade für dich gegeben. Von Max. Er hat ihn in Berlin am Flugplatz abgepasst.«

Klara starrte, stumm und fassungslos. Eine von Max gemalte Ansichtskarte. Der Kurfürstendamm, das *Tobacco* und davor Arm in Arm, eine fröhlich lachende Kiki, Jakob ohne Augenbinde, und sie beide, Max und Klara. Auf der Rückseite nur sechs Worte: »Ich warte auf dich. Dein Max«.

EPILOG

Nach knapper Abstimmung wurde der Artikel 119 Absatz 3 mit dem Wortlaut: *Die Mutterschaft hat Anspruch auf den Schutz und die Fürsorge des Staats* in die Verfassung der Weimarer Republik aufgenommen. Die Grundlage für eine gesellschaftliche Gleichstellung unehelicher Kinder war damit gelegt.

Glossar

Friedrich, der Vorläufige: meist eher nett gemeinter Spottname für Friedrich Ebert, der in Anlehnung an Friedrich, den Großen seine unsichere politische Position karikierte.

Gabelfrühstück: zweites, meist gegen elf Uhr eingenommenes, herzhaftes Frühstück.

Grabenfäule: durch Mangelernährung und schlechte hygienische Bedingungen verursachter Zahnausfall.

Herrenwitz: Witz mit unanständiger Pointe, der deshalb nicht im Beisein von Damen erzählt werden durfte.

Hindenburgknolle: während des Hungerwinters 1916/1917 aufgekommene umgangssprachliche Bezeichnung für Steckrüben.

Hotel Kaiserhof: am Wilhelmsplatz 3–5 (bis 1943) stehendes Prunkhotel, von dem aus während der Besetzung des Polizeihauptquartiers am Alexanderplatz die Polizeiarbeit provisorisch weitergeführt wurde.

Kieselerde: wurde als kühlende, die Heilung anregende Salbe bei Verbrennungen verwendet. Noch heute werden Gele aus Kieselerde in der Alternativmedizin eingesetzt.

Obleute: im damaligen Sprachgebrauch eine Bezeichnung für radikale Vertreter von Fabrikarbeitern.

Vomag: Volksoffizier mit Arbeitergesicht, abschätzige Bezeichnung für bürgerliche Offiziere.

Vorwärts: seit 1876 »Central-Organ der Sozialdemokratie Deutschlands«. Die Ausgaben der Zeitung bis 1933 können heute [Stand Februar 2019] im virtuellen Lesesaal der Friedrich-Ebert-Stiftung eingesehen werden.

Weiße Woche(n): Vorläufer des Schlussverkaufs, so benannt, weil sich die Preisreduzierung ursprünglich allein auf die Weißwaren (Wäsche und Textilien aus Leinen, Halbleinen und Baumwolle) bezog.

Nachwort

Historische Romane sind stets ein Gemisch aus Fakten und Fiktion – so gab es tatsächlich eine Weimarer Kartensammlerin, Clara Heidenreich mit Namen, deren Karten auch in der Herzogin Anna Amalia Bibliothek eingesehen werden können. Obwohl ich mich mit den Motiven an den dortigen orientiert habe, sind Texte wie auch zeitliche Zuordnung und die Protagonistin fiktiv.

Lotti Held habe ich nur zum Teil erfunden, es gab zu dieser Zeit tatsächlich in Weimar einen ehemaligen Hoffotografen Louis Held, der wiederum eine Tochter hatte, die 1918 als erste Frau Thüringens den Meister in Fotografie machte und 1925 von ihrem Vater das Fotoatelier in der Marienstraße 1 übernahm. Allerdings hieß sie Ella und war auch nicht mit einem kateräugigen Kriegsfotografen verheiratet, Paul Rieger nämlich ist ein Produkt meiner Fantasie.

Ebenfalls historisch sind ein Großteil der beschriebenen (und von mir unhistorisch Paul Rieger zugeordneten) Fotografien. Die Aufnahmen von Louis Held sind heute in dem antiquarisch zu bekommenden Sammelbändchen Louis Held: *Das geistige Weimar um 1900* für jeden einzusehen.

Besonders sattelfeste Historiker dürften auch einige kleine Änderungen beim Spartakus-Aufstand gemerkt haben. Hier habe ich nicht nur die Gründung der KPD (historischer Gründungsparteitag vom 30.12.1918 bis 1.1.1919), sondern auch die Entlassung des Polizeipräsidenten Emil Eichhorns (historisch 4.1.1919), des Polizeipräsidenten, noch ins Jahr 1918 gelegt und mir darüber hinaus erlaubt, die Demonstrationen auf den 2. Januar zu legen, statt auf den historisch korrekten 5.1.

Nicht unbedingt falsch, aber auch nicht gesichert richtig, ist das Vorhandensein eines Gepäckträgers beim Fahrrad. Nach Anfrage bei verschiedenen Experten bin ich zu der Erkenntnis gekommen, dass es hier einfach keine gesicherten Fakten gibt – am wahrscheinlichsten ist aber, dass es seit jeher Gepäckträger gab.

Das *Tobbacco* ist – der kenntnisreiche Leser wird es am Auftauchen der schwarzen Samtmasken gemerkt haben – eine an das historische Cabaret *Die weiße Maus* angelehnte Erfindung von mir. Der Grund, warum ich nicht *Die weiße Maus* als Setting genommen habe, ist schlicht, dass Anita Berber Anfang 1919 gar nicht in Berlin war, und ich ein komisches Gefühl dabei hatte, trotzdem eines ihrer Stammcabarets als Hintergrund zu verwenden. Die Schilderung ihres Auftritts und der damit verbundenen Ausschreitungen beruhen jedoch auf historischen Fakten, nur haben sie sich nicht im Januar 1919 zugetragen.

Frei erfunden sind des Weiteren die Tätigkeiten Kikis und Wilhelm Fabers für den *Vorwärts* beziehungsweise für das Verlagshaus Ullstein. Beide Figuren sind von mir erschaffen, historisch korrekt sind jedoch leider die Besetzung der Redaktionen und die Todesopfer.

Ich habe mir erlaubt, einige der hoch komplexen und für Laien eher verwirrenden politischen Motive der unterschiedlichen Gruppierungen MSPD, USPD, KPD, Obleute und Spartakisten zu vereinfachen, darüber hinaus habe ich die Ereignisse komprimiert (beispielsweise habe ich aus mehreren Massendemonstrationen eine gemacht, die Rückeroberung des Zeitungsviertels, des Polizeireviers sowie die Ermordung Liebknechts und Luxemburgs auf einen einzigen Tag gelegt) und teilweise der Spannung wegen, etwas dramatisiert – jeder, der jemals auf dem Alexanderplatz gestanden hat, dürfte ahnen, dass es wirklich sehr guter Ohren bedarf, von dort Schüsse aus dem Zeitungsviertel zu hören.

Wer mehr über die tatsächlichen Hintergründe der Januaraufstände – wie die umgangssprachlich als Spartakusaufstände bekannten Kämpfe historisch korrekter bezeichnet werden sollten – erfahren möchte, dem sei einerseits Bernd Sauers Arbeit *Der Spartakusaufstand. Legende und Wirklichkeit,* im erst 2018 erschienenen Band: *Vom ›Kriegssozialismus‹ zur Novemberrevolution* von Heiner Karuscheit, Bernhard Sauer und Klaus Wernecke empfohlen, aber auch Eric Waldmanns schon über 50 Jahre alte, jedoch immer noch lesenswerte Abhandlung *Spartakus – Der Aufstand von 1919 und die Krise der deutschen sozialistischen Bewegung* ans Herz gelegt.

Die wiedergegebenen Textpassagen von Karl Liebknecht sind authentisch, allerdings entstammen sie nicht seiner nicht überlieferten Rede vom Polizeirevier Alexanderplatz, sondern aus einem von ihm und Ernst Mayer verfassten Flugblatt der Gruppe Internationale

(8./9.11.1918) und aus seiner Rede »Was will der Spartakusbund?« (23.12.1918).

Ähnlich verhält es sich bei der kleinen Ansprache Rosa Luxemburgs, ihr Stattfinden ist jedoch in diesem Fall fiktiv, die Textpassagen, die nicht direkt auf die Besetzung des Zeitungsviertels abzielen, sind ihrer Rede auf der außerordentlichen Verbandsgeneralversammlung der USPD von Groß-Berlin (15.12.1918) und einem am 18.11.1918 in der *Roten Fahne* erschienenen Artikel entnommen. Rosa Luxemburg hat allerdings nie im Rahmen der (von ihr als verfrüht abgelehnten) Januaraufstände öffentlich gesprochen. Ganz erfunden habe ich Peter Bering – der Name von Waldemar Pabsts Ordonnanzleutnant ist nicht überliefert –, alles andere um seine Person von den weiß geschmückten *Weißenwochen* bis zum Einsatz von Minenwerfern ist historisch.

Unhistorisch ist die Bezeichnung der Zentrumspartei als »Zentrum« – man hatte sich nach der Revolution kurzfristig in *Christliche Volkspartei* umbenannt, wegen des Wiedererkennungseffekts durch den Leser habe ich es aber bei Zentrum belassen.

Friedrich Eberts Eröffnungsrede anlässlich der Nationalversammlung, sowie sämtliche Ereignisse um die

Nationalversammlung von den Hausgästen über die Luftpost bis zu der Anwesenheit von Zeitungszeichnern sind historisch verbürgt. Für einen kleinen Überblick zu dem Thema kann ich dem Interessierten vor allem *Demokratie aus Weimar*, den Ausstellungskatalog zur Ausstellung des Stadtmuseums Weimar zur Nationalversammlung empfehlen. Mit zahlreichen Bildern versehen, bietet das Buch einen schönen ersten Einblick.

Um den Leser nicht zu langweilen und mit juristischen Feinheiten zu verwirren, sind die Redeausschnitte der Nationalversammlung stark gekürzt und teilweise in Bezug auf die verschiedenen Verfassungsartikel vereinfacht worden. Ich habe allerdings versucht, weder Inhalt noch Wortwahl zu stark zu ändern. Nachgelesen werden können sämtliche Redebeiträge inzwischen online unter www.reichstagsprotokolle.de. Einzig die Reden von Werner Rath und Fräulein Seidenmann wird man vergeblich suchen, ich habe sie erfunden bzw. mehrere um die Artikel 118 und 119 gehende Beiträge sinngemäß zusammengefasst.

Und zu guter Letzt habe ich auch *Die Hauspostille* erfunden, doch hat sie viele, in den frühen 20er-Jahren entstandene oder fortbestehende Vorbilder gehabt.

Danksagung

Mein Dank geht zu allererst an meine unermüdliche, unsagbar geduldige Lektorin Anne Sudmann – Leser wissen gar nicht, was Lektoren so alles zugemutet wird! Vielen, vielen Dank!

Dank auch an meine zauberhaften Agenten Conny Heindl und Gerald Drews, für ihre Unterstützung und ihren Glauben an mich und mein Tun.

Dank all meinen lieben Kollegen, die mir jeder auf seine Weise Hilfestellung, Rat, Mut und Beistand schenkten – ganz besonders Ulrike Renk und Horst-Dieter Radke, wie schön, euch als Freunde zu haben!

Und zum Schluss, tausend Dank meiner Mutter, meinen drei wunderbaren Männern und meiner süßen, mich stets motivierend anschnurrenden Jacky. Ohne euch wäre es nicht gegangen. Danke! Danke! Danke! Ganz besonders aber danken möchte ich doch meinem

Vater, denn auch wenn Autoren angeblich alles können, Feuermachen kann zumindest diese Autorin hier nicht. Papa, ohne dich wäre ich an meinem Schreibtisch erfroren! Danke!

LESEPROBE

1. Kapitel

»Ungemachte Betten sind aller Laster Anfang! Wie oft soll ich es dir noch sagen? Bei schlampig gemachten Betten fängt es an, und ich darf mir gar nicht vorstellen, wo es endet!« Einen Moment unterbrach Vickys Mutter ihren Monolog. Einerseits, um in Gedanken an das schmachvolle Ende ihrer Tochter zu schaudern, andererseits, um für das große Finale ihrer Strafpredigt noch einmal Luft zu schöpfen: »Ich sterbe vor Scham, wenn ich mir ausmale, was der Herr Tucherbe Ebert von mir denkt, wenn er im Juni so ein kleines Lotterflittchen zur Frau bekommt. Denn auf wen fällt die mangelnde Erziehung am Ende zurück? Auf wen werfen Falten auf dem Bettzeug am Ende ein schlechtes Licht?«

»Auf die Frau Mama, Frau Mama«, entgegnete Vicky betont gehorsam. Um des lieben Friedens willen verkniff sie sich auch den Hinweis, dass *Tucherbe* entgegen der Meinung ihrer Mutter gemeinhin kaum als fester Namensbestandteil galt und die Familie Ebert des Weiteren Strümpfe herstellte. Vermutlich aus Seide oder Wolle, aber ganz sicher nicht aus Tuch. Und weil ihre Mutter mit einem gefallenen und zwei weiteren Söhnen an der Front genug Kummer hatte, ergänzte sie mit dem gesenkten Blick einer braven Tochter: »Es tut mir leid.«

»Das will ich dir auch geraten haben. Mit siebzehn Jahren kann man von einem Mädchen ja wohl durchaus etwas Anstand und Sitte erwarten. Als ich in deinem Alter war, da war ich schon Frau Metzgermeister Greiff, da hatte ich schon Otto, Gott habe ihn selig, und mit Peter war ich in anderen Umständen. Dein Herr Papa hätte wenig Nachsicht gehabt, wenn ich derartige Saumseligkeiten an den Tag gelegt hätte.« Sie seufzte und musterte den Verkaufsraum der Metzgerei Greiff & Söhne. Pieksauber und das Glas vor der kriegsbedingt sehr leeren Auslage spiegelblank. »So! Fertig.«, stieß sie hervor und wrang den Wischlumpen aus, was Vicky als Zeichen nahm, mit ihrem nachlässigen Wienern der Registrierkasse aufzuhören.

»Ach, der Herr Tucherbe Ebert ist so ein feiner Herr!«, hauchte ihre Mutter jetzt, und Vicky nickte stumm. Ihre Gedanken waren bei ihrem gefallenen Bruder. Auch von Bambi und Peter, ihren anderen Brüdern, hatten sie schon lange keine Post mehr bekommen. Vicky seufzte, sie durfte der Mutter wirklich nicht noch zusätzlichen Kummer bereiten, indem sie sich so abschätzig über den von den Eltern sorgsam ausgewählten Verlobten äußerte.

Dabei wäre ihr durchaus manches eingefallen. Es begann bei Kleinigkeiten, zum Beispiel, dass sie kaum wusste, wie der Herr Ebert aussah, ihn aber als eher klein und blässlich-blond in Erinnerung hatte. Still und sehr höflich war er gewesen.

Vicky, aufgewachsen zwischen den groben Scherzen wandschrankbreiter Metzgergesellen, war bei ihren drei Brüdern früh zur lachenden Komplizin ungezählter Weibergeschichten geworden – leichtfertige, herrlich verwegene Abenteuer, die im gleißenden Gegensatz zu Eberts langweiliger Höflichkeit standen. Nach Meinung von Vickys Eltern hing der Gedeih einer Ehe jedoch kaum von derart kleinlichen Geschmacksfragen ab, da zählten ganz andere Dinge, Sockenfabriken nämlich!

Jetzt war es an Vicky, zu seufzen. Man hatte ihr beigebracht, dass die Liebe mit der Zeit kommen würde, und sie wollte es ja auch glauben, aber trotzdem … heftig schlug sie das Metallgitter vor der Eingangstür zurück, blinzelte einen Moment in das grelle Frühmorgenlicht und nuschelte dann: »Ich finde aber wirklich, er hätte mich zuerst selbst fragen sollen. Es alles mit Papa zu besprechen, war nicht eben romantisch.«

»Romantisch? Ach, Gusta!« Da war er wieder, der verhasste, altmodische Name, auf den ihre Eltern sie hatten taufen lassen. Und als wäre einmal nicht schlimm genug, wiederholte ihre Mutter: »Gusta, wirklich, du bist doch kein Kind mehr.« Sie gab ihr einen flüchtigen Kuss auf den blonden Scheitel und schnipste ein unsichtbares Staubflöckchen von Vickys frisch gestärkter weißer Überschürze. »Hübsch bist du, nur sollte ich dich nicht so viele von diesen albernen Romanen lesen lassen. Dein Herr Papa ermahnt mich deswegen oft genug, davon bekomme ein Mädchen wirre Vorstellungen vom Leben. Aber jetzt zu den wichtigen Dingen. Wenn die Köchin des Herrn Oberst kommt, dann weißt du, was du zu tun hast?«

Vicky nickte und zeigte mit dem Kinn in Richtung der Luke zum Eiskeller. »Die Rindersteaks.«

»Schsch!«, machte ihre Mutter ärgerlich, dabei waren sie nicht nur allein im Laden, auch die Straße vor dem Schaufenster lag in morgendlicher Verlassenheit. »Ich bin oben. Wenn du Hilfe brauchst, ruf.«

Abermals nickte Vicky. Seit Otto gefallen war, ließ die Mutter sie oft allein im Laden, und wenn Vicky doch einmal um Unterstützung rief, dauerte es lang, bis sie kam – das Korsett hastig geschnürt und die Augen trocken, aber rot verschwollen. Nein, sie durfte der Mutter nicht noch weiteren Kummer bereiten.

Sie lauschte den sich entfernenden Schritten, und erst als die Wohnungstür im ersten Stock ins Schloss gefallen war, entnahm sie den Tiefen ihrer Schürze die aktuelle Ausgabe der *Mädchenpost*. Da erschien gerade *Mamsell Sonnenschein*, ein neuer und, wie auf der Titelseite zu lesen war, exklusiv für *Die Mädchenpost* geschriebener Fortsetzungsroman von Courths-Mahler. Ein seliges Lächeln umspielte Vickys Mundwinkel. Wenn sie Glück hatte, kam den ganzen Morgen kein Kunde.

Fleisch war zwar eigentlich nicht knapp, aber Fleisch, das man regulär in einer Metzgerei erstehen konnte, das war es durchaus. Man munkelte, demnächst würden wie beim Brot Marken eingeführt, doch bis dahin liefen die Geschäfte über das Damenkränzchen ihrer Mutter, die Kegelbrüder ihres Vaters und über die Nachbarschaft.

Vicky verstand wenig von all dem, genau wie sie so erschreckend wenig vom Krieg verstand. Zeitungen durfte sie seit dem Juli vor zwei Jahren überhaupt nicht mehr lesen, derartige Lektüre war nach Meinung des Vaters Gift für ihr zartes Gemüt. Von solcherlei Themen bekämen junge Mädchen Keuchhusten und Fieberkrämpfe, weshalb man auch bei Tisch nicht darüber sprach. Anfangs hatte ihr das Verbot nicht viel ausgemacht, schließlich wurde das Fleisch beim Verkauf in die Zeitung vom Vortag gewickelt, ob sie vom Beginn der Belagerung Antwerpens gestern oder heute erfuhr, war ja im Grunde egal. Leider hatte der Vater sie während des Weihnachtsfriedens beim Lesen erwischt, das hatte Prügel gesetzt, und dann war von irgendwoher ein ganzer Pferdekarren voll Einschlagpapier gekommen: Die Jahrgänge 1890 bis 1895 der *Allgemeinen Zeitung der Lüneburger Heide*. Das bisschen, was sie nun wusste, hatte sie sich mühsam zusammengetragen: Bei ihren weniger behüteten Freundinnen aufgeschnappt oder es stammte aus den Briefen ihres Lieblingsbruders Bambi. Die Post wurde zensiert, aber eine Sache war ihr trotzdem nur allzu bewusst: dass Bambi große Angst hatte zu sterben. Anders als Peter und Otto lag er an der Ostfront, dort ging es wohl recht beschaulich zu – nicht so wie im Westen.

Vicky hatte es dem nächtlichen Gespräch der Eltern erlauscht, da hatte es gerade eine Schlacht bei? ... um? ... Verdun gegeben, in der war Otto gestorben und ihr Peter verwundet worden. Der Onkel ihrer Freundin Lisbeth, beide Brüder einer ehemaligen Klassenkameradin und der Ehemann der Köchin waren gefallen. Einer ihrer ehemaligen Metzgergesellen galt als vermisst und ihr Postbote hatte beide Beine verloren. Verdun musste also eine große Schlacht gewesen sein. Sicher wusste Vicky eigentlich nur, dass der Kaiser den Krieg nicht gewollt hatte, Deutschland ihn aber sehr bald schon gewinnen würde, zumindest sagten das vom Vater bis zum Pastor alle, und deshalb würde es vermutlich stimmen. Hoffte sie. Und bevor die zweiflerischen Stimmen in ihrem Kopf zu laut wurden, schlug sie entschlossen *Die Mädchenpost* auf. Doch sie hatte kaum den ersten Satz gelesen, als das Scheppern der Türglocke einen Kunden ankündigte.

Vicky blickte auf. In der Tür, das Licht im Rücken, stand ein Mann. Seine Schultern füllten den Rahmen fast vollkommen aus, etwas, das sie bisher nur von ihren Brüdern Peter und Otto kannte und sie einen winzigen Moment mit der aberwitzigen Hoffnung erfüllte, Peter sei unerwartet auf Fronturlaub.

»Haben Sie offen?« Die Stimme jedoch war fremd, hatte nicht einmal die wohlvertraute Berliner Färbung.

»Ja, natürlich. Kommen Sie herein«, entgegnete Vicky und ließ die Zeitschrift verstohlen in die Tasche ihrer Schürze gleiten. »Womit kann ich Ihnen helfen?«

Der Mann trat in den Laden und bei jedem Schritt knallten seine schweren Lederstiefel auf dem frisch geputzten Fliesenboden. Er trug einen etwas schmutzigen Zivilmantel, darunter eine Leutnantsuniform, weder Mütze noch Hut. Seine Haare leuchteten karottenrot, und er hatte sich ganz offensichtlich heute nicht rasiert. Vermutlich hatte er auch bisher kein Bett gesehen. Er wirkte eindeutig verkatert.

»Ich möchte etwas kaufen«, erklärte er. Er sprach mit leicht bayrischem Dialekt. »Ein Rindersteak, wenn Sie haben. Notfalls tut's ein Kotelett.«

»Wenn Sie mir die Bemerkung gestatten, Ihnen wäre mit einem Rollmops oder einem sauren Hering besser gedient.« Gegen ihren Willen und gegen die eisernen Gebote ihres Vaters, niemals fremde Herren anzulächeln, musste Vicky grinsen. Der Geruch nach kaltem Rauch, Schnaps und Leder, der dem Mann anhaftete, war ihr von ihrem Bruder Peter wohlvertraut, machte sie plötzlich zur Komplizin des Fremden, so wie sie nach durchzechten Nächten stets Peters Komplizin gewesen war. »Wenn Sie sich in Charlottenburg nicht auskennen, erkläre ich Ihnen gern, wo Sie ein Glas Heringe kaufen können.«

»Nein, ich brauche wirklich ein Steak!«, beharrte der Rothaarige, wobei er den Kopf etwas zu ihr drehte und auf sein rechtes Auge zeigte. Und jetzt sah sie es, der Mann hatte ein Veilchen. »Verstehen Sie?«

Vicky schluckte. Ihr kamen plötzlich die Tränen. Ihre Brüder fehlten ihr so furchtbar. Sie hatte solche Angst, dass sie sterben könnten, sterben würden, wie Otto einfach gestorben, einfach weg war. Ein offizieller Brief und seine Sachen und dann nichts mehr, nie mehr.

Um Peter sorgte sie sich nicht so sehr, Peter hatte sich freiwillig gemeldet, Peter war inzwischen Leutnant, er war dafür gemacht. Aber Bambi nicht! Männer wie er brachten es nicht weiter als zum Gefreiten und Gefreite wie Bambi fielen. Es war eine Sache der Hände. Man brauchte sich nur Bambis Finger ansehen, klein, schmal, mit scharf hervortretenden Gelenken und muschelrosa Nägeln. Mit solchen Händen überlebt man keinen Krieg.

Vicky schluckte abermals und noch einmal und noch einmal. Es half nichts, eigentlich half es ja nie, und sich die nassen Augen mit dem Ärmel wischend, stammelte sie: »Bitte entschuldigen Sie. Entschuldigen Sie vielmals, Sie erinnern mich nur so furchtbar an jemanden. An jemanden ... jemanden, der mir sehr viel bedeutet. Ich weiß gar nicht, warum. Sie sehen ihm nicht einmal ähnlich. Vielleicht, weil Sie ungefähr gleich alt sind? Bitte entschuldigen Sie.«

Abermals verstieß sie gegen das väterliche Gebot. Noch immer weinend, lächelte sie den Fremden an, um Verständnis bittend diesmal, und der Mann beugte sich über den Verkaufstresen, fuhr ihr mit dem Daumen über die feuchten Wangen, wischte die Tränen einfach fort. »Ist schon in Ordnung. Ist doch schon wieder gut. Wo ist er denn stationiert?«

»An der … Ostfront.« Das war irgendwie die Unwahrheit, denn der breite Fremde erinnerte sie an den im Westen stationierten Peter, aber sie konnte ihm ja kaum ihre komplette Familiengeschichte, inklusive ihrer Theorie zu der Verbindung von Sterblichkeit und rosa Nägeln erklären, und so wiederholte sie eilig: »An der Ostfront. Ich weiß, die gilt als sicher, aber ich habe trotzdem solche Angst um ihn. Einmal, da hat er für mich Sonnenblumen geklaut, ich bin vollkommen verrückt nach Sonnenblumen, und als er gerade wieder über den Zaun kletterte, kam der Gartenbesitzer aus dem Haus, und er musste fliehen. Und bei der Flucht ist er gegen eine Litfaßsäule gelaufen und hatte ein blaues Auge und … bitte entschuldigen Sie, das ist für Sie natürlich vollkommen gleichgültig.«

Einige Male holte sie tief Luft, fasste sich und fragte dann mit zittriger Ruhe: »Was wollten Sie noch einmal kaufen?«

»Ein Steak.«

Eigentlich hätte Vicky nun sagen müssen, dass sie aufgrund kriegsbedingter Knappheit leider keine Steaks hatten, sie ihm aber Pferdesalami und Leberwurst empfehlen könne. Ihr Vater hatte sie ausdrücklich angewiesen, die Leberwurst rasch zu verkaufen, die hielt sich schlecht – des großen Anteils an Steckrüben wegen –, doch zu ihrer eigenen Überraschung hörte sie sich sagen: »Dafür muss ich in den Eiskeller. Warten Sie bitte einen Moment.«

Würde die Köchin des Herrn Oberst eben ein Steak zu wenig bekommen und eine Szene machen, würde die Mutter Vicky deswegen eben anbrüllen und der Vater sie dafür vertrimmen, seltsam egal war ihr all das plötzlich. Da, wo der Daumen des Rothaarigen ihr über die Wange gefahren war, fühlte die Haut sich noch immer wärmer an.

»Das geht aufs Haus.« Vicky schüttelte den Kopf, als der Mann seine Geldbörse zückte. Inzwischen fast schon gewohnheitsmäßig gegen die väterliche Anordnung verstoßend, reichte sie ihm lächelnd sein in die Geburtsanzeigen der *Lüneburger Heide* geschlagenes Stück Fleisch. »Sie wissen doch: *Ohne Brot kein Sieg.*«

»Danke.« Etwas umständlich begann er, das Paket in einer Innentasche seines Mantels zu verstauen. »Vielen Dank, das ist sehr großzügig.«

Er wandte sich zum Gehen, doch in der bereits geöffneten Tür drehte er sich ruckartig um: »Bitte sehen Sie mir die Frechheit nach, Sie haben ja selbst gemerkt, ich bin noch halb betrunken, aber ich muss es Ihnen einfach sagen: Ich beneide Ihren Mann. Oder Ihren Verlobten. Ich gäbe den Blauen Max, den ich nicht habe, und das Eiserne Kreuz, das ich auch nicht habe, darum, an seiner Stelle zu sein. Ich bin sicher, wenn er weiß, dass Sie zu Hause auf ihn warten, wird er sehr vorsichtig sein. Ihm wird nichts passieren.«

»Wie bitte?« Verwirrt starrte Vicky ihn an. Wovon sprach er? Herr Ebert war doch sowieso die Vorsicht in Person, außerdem hatte er dank bester Beziehungen einen wunderschönen Druckposten bei einer Feldpostsammelstelle. Der lief höchstens Gefahr, sich an einem Blatt Papier zu schneiden. »Wovon reden Sie denn bloß?«

»Ich wäre gern der Mann, wegen dem Sie geweint haben«, erklärte der Rothaarige und auch er klang nun reichlich durcheinander.

»Aber wieso?«, stammelte Vicky. Sie tat sich ein wenig schwer mit der Konzentration, solange sie dieser Leutnant aus seinem einem gesunden Auge ansah. »Warum, um alles in der Welt, wollen Sie mein Bruder sein?«

»Ihr Herr Bruder?« Plötzlich lachte der junge Soldat, breit, laut und sehr erleichtert. »Also, da haben Sie recht. Ihr Bruder möchte ich wirklich nicht sein, nicht für alles Geld der Welt. Aber heute Abend mit Ihnen spazieren gehen, das möchte ich. Ich bitte Sie, gehen Sie mit mir spazieren, bis dahin bin ich wieder nüchtern. Sie werden staunen, wie zivilisiert ich sein kann. Ich werde keine dreisten Komplimente mehr machen und mich ganz tadellos betragen. Geben Sie mir eine Chance. Ich bitte Sie!«

Sie schwieg.

Im Gegensatz zu allen Rothaarigen, die Vicky kannte, hatte er keine blauen oder grünen, sondern braune Augen. Sie hatte noch nie einen Rothaarigen mit braunen Augen gesehen. Darüber dachte sie nach und darüber, dass sie mit dem Herrn Ebert verlobt war, zumindest aus Sicht der Eltern und vermutlich auch aus Sicht des Herrn Ebert. *Die Mädchenpost* in ihrer Schürzentasche knetend befand sie, dass man den Eltern keinen Kummer machen durfte und hübsche, verkaterte Leutnants mit Veilchen und ohne Tapferkeitsorden waren genau die Sorte Männer, die einem am Ende Kummer bereiteten. Ganz sicher waren solche Männer kein Umgang für eine Augusta Greiff, wohlanständige Tochter des Metzgermeisters Greiff, treusorgende Verlobte des Strumpffabrikerben Ebert.

»Ich kann nicht mit Ihnen flanieren. Es tut mir leid.«

Er nickte, sehr beherrscht. »Natürlich. Das verstehe ich.«

Er hatte wirklich die hübschesten braunen Augen, die sie je gesehen hatte, selbst jetzt, wo das rechte halb verschwollen war. Vielleicht waren Männer mit so hübschen Augen und so breiten Schultern aber ja Umgang für Mädchen, die sich Vicky nannten und Einschlagzeitungen lasen? Mädchen, die nachts bei weit geöffnetem Fenster rauchten und sich mit der Pinzette heimlich die Haare von den Beinen zupften? Mädchen, denen es beim Tischgebet manchmal vor Sehnsucht nach Leben den Hals zudrückte?

Sie lauschte, im ersten Stock war die Tür aufgegangen, weshalb Vicky leise zischte: »Um halb sieben vor der Bäckerei Frech, kommen Sie erst raus, wenn Sie mich sehen. Sprechen Sie mich nicht an. Ich gehe voraus, Sie folgen mir mit Abstand auf der anderen Straßenseite.« Und laut sagte sie: »Wenn Sie keine Leberwurst kaufen möchten, muss ich Sie leider wirklich bitten, zu gehen. Auf Wiedersehen.«

Joan Weng
Das Café unter den Linden
Roman
304 Seiten. Broschur
ISBN 978-3-7466-3294-0
Auch als E-Book erhältlich

Was nützt die Liebe in Gedanken?

Frühling 1925: Als Fritzi in Berlin ankommt, bringt sie nicht mehr mit als ein gebrochenes Herz, eine Reiseschreibmaschine und einen Traum: bei der UFA Drehbücher schreiben. In der schillernden Metropole findet sie sich schnell in einem Kreis von Malern, Schriftstellern und Musikern wieder, die das Leben und die Kunst feiern. Und dann trifft sie einen Mann, der alles für immer verändern wird. In einem Café unter den Linden …

»Mit viel Flair des Berlin der Zwanziger Jahre. Ein Buch zum Genießen.« ULRIKE RENK

Regelmäßige Informationen erhalten Sie über unseren Newsletter. Jetzt anmelden unter: www.aufbau-verlag.de/newsletter

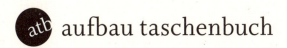